Deirdre Bair
Parisian Lives
Samuel Beckett, Simone de Beauvoir, and Me
A Memoir

巴黎岁月
贝克特、波伏娃和我

[美] 戴尔德丽·贝尔 著

黑驹酒馆 译

上海文艺出版社

图书在版编目（CIP）数据

巴黎岁月：贝克特、波伏娃和我 / （美）戴尔德丽
•贝尔著；黑驹酒馆译. -- 上海：上海文艺出版社，
2025. -- ISBN 978-7-5321-9285-4

Ⅰ. I712.55

中国国家版本馆CIP数据核字第2025K73S92号

Copyright © 2019 by Deirdre Bair
著作权合同登记字号：09-2025-0163

责任编辑：张诗扬　吴　旦
装帧设计：陈小娟

书　　名：巴黎岁月：贝克特、波伏娃和我
作　　者：[美] 戴尔德丽•贝尔
译　　者：黑驹酒馆
出　　版：上海世纪出版集团　上海文艺出版社
地　　址：上海市闵行区号景路159弄A座2楼 201101
发　　行：上海文艺出版社发行中心
　　　　　上海市闵行区号景路159弄A座2楼206室 201101 www.ewen.co
印　　刷：上海中华印刷有限公司
开　　本：1092×889　1/32
印　　张：11.75
插　　页：2
字　　数：235,000
印　　次：2025年8月第1版　2025年8月第1次印刷
Ｉ Ｓ Ｂ Ｎ：978-7-5321-9285-4/I.7282
定　　价：78.00元
告　读　者：如发现本书有质量问题请与印刷厂质量科联系　T：021-59404766

前　言

每当我告诉新结识的人，我给萨缪尔·贝克特和西蒙娜·德·波伏娃写过传记，他们最先问的通常是："你为什么决定写他们？"多年来，我打磨出一个现成的答案，力求简短礼貌，使我可以转移话题。"他们都是了不起的人，"我说，"的确不同凡响。了解他们是莫大的荣幸。"多数时候对方都不会放过我，接下来的问题通常是："他们本人到底是什么样的？"这个问题可不好回答。

这些年，我还写过其他几本传记，有关同样精彩的人物，但我对贝克特和波伏娃的兴趣却远远超过他们。每次讲座或研讨会，我都发现自己面临这些问题：跟他们打交道是什么感觉？我们都聊些什么？我怎么会写这两本书？我总是被这样的问题轰炸："在贝克特和波伏娃面前，你是不是觉得敬畏、恐惧、卑微、震撼？"此处请自选形容词。对，我承认。对，这些感觉都有，而且还多得多。我数不清有多少次在晚餐和聚会上不能白吃白喝而得谈谈这些，也说不清自己多么费力地在脑海中搜寻这些文学巨人的逸闻趣事以娱乐其他宾客，同时避免不当透露他们的隐私。

但是，这些问题还是不屈不挠地出现。所以，我开始想，或许，在遥远的将来，有一天我会写一本小书，一本"有关那些书写作过程的书"。最初的想法是主要为研究我传记作品的学者和作者，聚焦我在处理结构和内容时的各种决定，或者我如何用外国的档案和语言工作，又或者我怎么面对不情愿的继承人和麻烦的遗产。每次我提出这些可能的项目，对方哪怕也是传记作家或学者，他们的反应也总是"很好啊，但请讲讲贝克特和波伏娃到底是怎样的吧"。有好多年，这一点我就是做不到。

我在人生最动荡的时期写的这两部传记，写贝克特和波伏娃，就意味着我也得写自己。描述我做的职业决定，就得描述当年的自己：那个莽撞的姑娘，不到30岁的记者，鬼使神差成了传记作家，没读过一本传记就认定贝克特有一本，而且要由自己来写。我还得讲讲那个女人：她在10年后变得明智了一些，在那段动荡的岁月形成女权意识。那些年，她努力维持婚姻，养育孩子，经营正常的家庭生活，铸造学术生涯，还得四处弄钱好去巴黎请教西蒙娜·德·波伏娃，因为波伏娃似乎是在个人生活和职业生活中都取得成功的唯一当代楷模，而她那时正苦苦找寻，想有人教她怎么才能做到这些。

我的写作生涯始于为报纸和杂志当记者。虽然当时是新新闻时代（New Journalism），我却从没用过那些技术，而是小心翼翼地跟自己写的一切保持距离，不把自己放进去。做这个决定很大程度上是因为我写的多半是硬新闻，从划区仲裁委员会的行动到市议会的把戏，这类事件使我可以专注手头的报道而不是自己在报道中扮演的角色。当我开始写传记，一位最初也从事新闻行业的传记作家朋友告诉我她融合新旧两种职业的办法："传记作者从本质上是讲故事的。所以，讲故事，但拜托千万别把自己讲进去。"这种方式本来就是我的直觉想法，所以很适合我，直到我自己成了信源和写作对象。

几年来，有几位传记作家联系我，他们的写作对象在我的书里，因此也在我的生命里扮演重要角色。我接受他们的采访，讲述自己和他们写作对象的交往，给他们看信、照片和其他支持我所讲内容的文件。接下来，想象一下我的震惊：他们的书出版了，引用了我的话，热情地感谢我，但每条算在我头上的内容不是被扭曲就是被颠覆。我查看他们的注释，看看有没有使用多个信源；因为如果是这样，其他信息的分量或许可以解释他们为什么改变我的证词。但是没有，我是唯一信源，所以他们显然为支持自己的理论或假设扭曲了我的话。这使我陷入可怕的境地，因为他们写的内容很多根本就不是真的。这时候，我开始认真考虑出版自己的工作史，按照自己的记忆澄清真相，让后世的读者自己评判我是客观的证人和可靠的叙述者，或者不是。

但我仍然没有准备好面对自己的故事。当年，我肯定让纽约市立大学"女性书写女性故事"研讨班的姐妹作家们不胜其烦，因为我一年倒有大半年在反复向她们寻求建议，想知道到底怎样去揭示那么多隐私，不仅关于贝克特和波伏娃，也关于我自己。他们的行为每有尴尬不快或令人讨厌的方面，我的行为至少还比他们糟糕一倍。我开始写传记的时候是一个奇怪的混合体：久经风霜的冷酷记者，传记领域的绝对菜鸟。我当真要把自己犯下的错误一览无余摆在世界面前吗？玛戈·杰斐逊曾经完美表达我的这个困境，她对我们研讨班谈到自己的回忆录《黑人之乡》时说，她想在书中呈现的自我是最难写的："怎么做到在不请求爱或怜悯的情况下掏心掏肺？"真的，怎么做到？

关于自己面对的问题，我在另一个研讨班发现一个有趣例子，这回是在纽约大学人文学院。菲利浦·洛佩特说，他因为每次接近真相都禁不住躲开，结果花了 30 年才写完母亲的回忆录。我猜自己比他幸运，因为我来来回回躲避然后揭示自己的真相只花了 19 年。

那么，如何构建我自己的故事？我的 3 个写作对象：贝克特、波伏娃和我自己。这三者当中，记忆并叙述前两者的故事容易得多：我可以查阅储藏室堆到天花板的一盒盒文件——邻居们称为本地火灾隐患。我唤起记忆所需的一切都在那里，从采访笔记到新闻剪报、照片和通信。查阅这些材料帮助我想起写传记时做的各种决定如何植根于事实。我的写作信条有一个核心原则：如果记忆作为支撑传记的两大支柱之一，那它一定要与事实匹配。但我和我的故事呢？我到哪里去寻找自己生命的事实来平衡记忆？

这个问题后来解决了，因为我找到自己彻底忘掉的几个盒子，里面装着我所说的"每日日记"，我简称为 DD。我震惊地发现，我在那些红色封面、一天一页的大笔记本里记下有关传记工作的一切。我记不得自己在那些笔记本里倾吐了多少细节，从遇到的各色人等的简介到有关自己生命的漫长哲思，再到我对写作对象产生的丰富多彩的情感（有正面的也有负面的）。那里记录着我必须要在这本书里刻画的几个自我，从当年的菜鸟到今天读着这些日记的成熟女人——她深深感激这些经历帮助她成为今天的自己。那大概是最重要的自我：解释这个过程当中每一步的自我。

多年前，那个变化的、多样的自我展示出各种情感和热爱。手头有了DD，我可以支撑并且加固这个自我的方方面面。用时光来过滤"那一刻"的故事，我就可以既在场又疏离，并且造出另一个自我，她更适合不动声色地讲述一个尽量客观的故事。一旦挖掘出这些层次，我就知道自己能写出这么一本奇怪的混合作品：一部的确讲述自己故事的"人生回忆"，但首先讲的是写作题材的故事以及我是怎么写他们的。我得以把文学想象——也就是自己当时想的、后来证明正确或错误的一切——与时间揭示的事实的权威性结合起来。（但愿）读者将看到我置身于自己的故事之上或之外，俯视其中所有的角色，告诉读者我当时怎么看待他们，今天怎么看待他们。

我想，是那么多年的犹豫使我等到那个完美的时刻来讲述这个故事。时间够久了，我现在可以澄清真相而不致担心伤害到谁。我写过的人大多已经死了，还活着的不大可能对我写的这些东西感到惊讶。即便如此，写生命回忆录并不容易，尤其因为今天的写作在很大程度上是自我参考，要克服很多困难才能在变化的类别中找到自己的位置。回忆录不再受缚于绝对真实，也不受限于在最近的过去还占据支配地位的体面和礼仪。我们生活在不体面的时代，没有什么是禁止涉足的。虚构作品的前边往往有"自传""自我"和"写实"等字样，这使小说家悄悄从围栏下面爬过去，入侵自传的地盘。自传作家对杜撰自己的历史也不再犹豫。对所写人物找不到什么信息的当代传记作家毫无愧疚地把自己硬生生放在从没参与过的生活当中，要么作为权威性的人物，要么作为评论者。

我清楚地意识到所有这些打破类别边界的行为并且尽最大努力去避免，但在少数几次越界时也设法解释理由。对我而言，就像德斯蒙德·麦卡锡所说，传记作者永远得是"宣誓说真话的艺术家"，我就是按照这个要求来写这部回忆录和传记的混合体。我无处可躲，这有时候痛苦不堪。写作是一场缓慢的发现之旅。我一直活在当下，而回忆自己在职业上如何成年，这是去探索一个早已消失的未知国度，我没怎么留意但现在要求全面审视的国度。这里，我转述法国作家圣伯夫的观点，他认为：你永远无法理解一位作家的作品，直到你理解她的人生。我理解自己作品的唯一途径就是跳出自己，把自己变成主体和客体，在这个过程中发现那些自我，真实生活中的自我和书页上的自我。你可以说这是机缘，是巧合，是偶然，是事故——无论是什么，我都给全世界有史以来最非凡人物当中的两位写了传记，而那些冒险成了这本书。

巴黎岁月

01

"这么说,要拆穿我其实是冒牌货的人就是你喽。"这是萨缪尔·贝克特那天对我说的第一句话。那天寒冷刺骨,是1971年11月17日,我们坐在雅各布路多瑙酒店小到不能再小的大堂。我之前得到他的明确邀请,去巴黎见面,谈谈给他写传记的事情。最初定好11月7日见,可接下来10天我都不知他人在何处。他一直没露面,也没取消这次约会。最开始约的时候,他让我6日到巴黎就给他打电话,确认会面的时间地点。他要求我下午1点准时去电,因为他不喜欢电话,每天只在下午1点到2点之间接电话。我打过去,他没接。那1小时,我每5分钟打一次,听着电话铃一声接一声地空响,心情也越来越焦躁。

那个年代,巴黎有一种"气递信",小小的蓝色字条,看起来像电报一样,通过遍布巴黎的气动管道网传递,1小时内送达。我接下来几天写了若干封小"蓝条",但贝克特仍然杳无音讯。我不知如何是好,在失望和担心之间来回摇摆——担心他反悔了不想配合而有意躲着我。但我还是觉得，没人会故意冷酷无情到如此地步。所以，在弄清楚他的情况之前，我开始去赴其他约会，都跟要写的书有关。

11月16日，他打电话到我住的酒店，安排第二天会面。他道歉说没跟我联络就失踪，说会当面解释清楚。电话里他只说病倒了，重感冒，非常虚弱，只好听任太太把他带到威尼斯去沐浴阳光和温暖。他们走得匆忙，有些约会没来得及取消。我听后如释重负。

当年的多瑙酒店可不像今天这么昂贵时髦。1971年，那个鬼地方19美元一晚，光顾者都是穷学生和省吃俭用的游客。酒店年久失修，我们会面前的24小时既没暖气也没热水，所以早晨没有咖啡，也洗不了热水澡。现场找不到其他工作人员，只有两个葡萄牙女服务员面对不满的租客。她们的法语口音太重，我弄不清这些不方便是因为那年冬天巴黎的数次罢工之一，还是因为破旧的水暖系统干脆停止了工作。

我饥寒交迫，急需咖啡因，可是因为太紧张不敢出去买。因为上一周失联的经历，我迷信了，觉得如果离开酒店就可能发生什么可怕的事故，错过跟萨缪尔·贝克特的首次见面。于是，我决定把自己裹严了在屋里等他。吵人的暖气已经停止工作，房间里唯一的动静就是我肚子的咕咕叫。

贝克特说两点到。两点整，电话响了。"我是贝克特，"他用那种我后来特别熟悉的尖锐鼻音说。我支吾了一句就扔下电话冲向楼梯。下到大堂，我发现萨缪尔·贝克特正目不转睛地凝视着我叮铃咣啷跑下来的幽暗所在。

我马上认出他鹰一般的面容，鼻子有点勾，额头上方直立着一丛白发。在我见过的人里，没有谁的实相如此精准地被照片捕捉。他个子很高，但我也惊讶地发现，他的比例不太协调，身躯瘦长，腿显得短。我们握手寒暄。他穿着羊皮外套和爱尔兰式白色高领厚毛衣御寒。这让我想起过去英国骑士脖子上戴的那种轮状皱领[1]。我示意大堂里的小桌子和两把椅子，他气宇轩昂地走过去，利索地选一把椅子坐下，对我颔首致意：英国骑士的感觉更强了。我拉开对面的椅子坐下，笑笑，等他开口。大堂里没有其他家具，这样的布置挺适合贝克特下降的视力。就是空间太局促，彼此的膝盖会在桌子下面碰到，尽管我们都努力找一个碰不到的姿势。我知道他最近做过眼睛手术，但不知道他的视力仍然受损，周边视觉也没有恢复。要看清对方，他必须坐在或者站在正对面，在礼节允许的最近距离。

就这样，他目不转睛地盯着我，因为只有这样才能看见我。可我误以为他对我穿厚外套、戴毛线帽和手套这些感到不解，其实我早晨起床后就是这副打扮。我怕他担心我穿成这样是想待在户外，打算在这天剩下的时间跟着他在巴黎到处转转，就立刻解释旅馆没有暖气热水这些情况。我想让他放松，但没产生想要的效果，因为我不得不扯着嗓子说话。那两个葡萄牙女服务员就在我们旁边忙着用两种语言对骂，各自抓住一台脚踏式缝纫机的两端，认定缝纫机属于自己。

---

[1] 也称拉夫领。——译注

她们走后，大堂安静下来，贝克特和我成功地把腿安排在对角线位置，这样就不会挨到。他拿出打火机和一包棕色的东西，可能是特别小的雪茄或香烟，我太紧张没看清。他摆弄着打火机，静静地用那双浅蓝色的"海鸥眼"盯着我——他这么形容墨菲，他发表的第一本小说的主人公。我惶惶不安，误以为他盯着我看是在放肆地审视。他摆弄打火机的时候，我拿起他那包烟，在手里翻过来转过去。突然，贝克特伸手过来，一把夺走那包烟，脱口而出开篇那句令人惶恐的话：我要成为那个拆穿他是冒牌货的人。

我惊呆了，说不出话；因为我感受到的是责备的语气和冷漠的表情。他盯着我，一直盯着，现场一片死寂。我不记得自己怎么回答的，多半是结结巴巴甚至傻里傻气，因为我当时还年轻，提出一项宏大的计划，希望他能合作，尽管自己根本不知道从何下手。几个月以前，我给贝克特写了一封信，主动提出想给他作传。让我惊奇的是，他居然马上回信，说他掌握的任何自传信息都可供我使用，而且如果我去巴黎，他会见我。想象一下，这初次见面给我的震惊。

贝克特看到我的表情，作为旧世界的绅士，他开始结结巴巴地道歉，说让我不舒服了。没有，没有，我坚持说，自己没有不舒服。他只是让我觉得意外，毕竟我因为他邀请才来巴黎。那次尴尬的初次见面，记得最清楚的是，有那么多念头在脑海中奔腾而过。我不知他在玩什么游戏，他的邀请只是"先下饵再拉钩"，试探我一下，然后再决定要不要或怎么样设置无法克服的障碍，让我永远写不出这本书。毕竟，他难道不是所有作家当中隐藏得最深、最不跟外界交流、个人生活几乎完全不为外界所知的那个吗？

还有，他把自己说成冒牌货。我很难理解，他怎么会认为自己的写作是个笑话，莫名其妙失去控制，竟然欺骗了读者和观众。他是诺贝尔奖得主，他的小说和剧作不可逆转地改变我们这个时代的文学和戏剧，他怎么能把自己看作赝品和骗局？也许，他只是想借此考验我一下，看我会不会为讨好他虚情假意地否认，从而判断我是不是像在信里说的那样真要写一本"客观"的传记。

所有这些思绪在几秒之间闪过脑海，我抱着头说："天哪，我真不知道自己是不是写这本传记的料。"

他的态度马上变了，语气也变了。"好吧，"他答道，"那咱们聊一聊好不好？"

他开始神经质地使劲儿道歉，因为不得不在下午两三点跟我见面而不是请我喝点什么或吃一顿饭。他道了几次歉，一次比一次焦虑，为他不得不这么赶时间，说他希望这次迟到已久的会面没让我不方便，并且再次解释最后一刻决定的突尼斯之行如何使他的约会挤在了一起。

他和善地请我讲讲为什么要承担"这项不可能的任务"，笑着说："我还以为，像你这样的姑娘会找更有意思的事情做消遣。"

于是，我开始讲，多数时候条理清楚，因为我已经练习过要讲什么，已经把关键的理由都记在心里。即便如此，有时候还是语无伦次，不着边际，因为有太多太多想告诉他。我有很多问题想问，关于他的生活或者作品，但当时没问这些。相反，我讲了一点自己的情况，还讲了很多美国学术理论的现状，特别是在哥伦比亚大学：我完成一篇论文，写的是他的人生，1972年春天将在哥大获得比较文学博士学位。他安静地坐着，没有可见的迹象显示他对我说的话有任何反应，除了只是在听：热切地，投入地，专注地听。后来，对于我讲的事情，他的反应总是这样不带任何感情色彩，每次我都感到惶恐，就像这第一次一样。

不过，他一定觉得我讲得挺有意思。时间一晃而过，他原本说只能待1小时，结果快两小时过去了，他才意识到接下来的约会都要往后延。他在离开前说的话一直让我难忘："我不会帮助你，也不会妨碍你。我的亲友会帮助你，我的敌人很快会发现你。"他开始收拾东西，说我们一两天后可以再见，但他不能确定日期或时间，要晚些时候打电话确定。就这样，他走了，留下我琢磨下次见面会在什么时候（甚至还会不会有下次）。

我回到房间，打开房门，听到暖气片咔咔作响。温暖在望，我决定咖啡可以再等等。贝克特发表那么多议论，神秘难解的、嘲讽挖苦的、友好坦诚的、黏糊冷漠的，我想趁着还没忘把他说的都记下来。这是第一次，后来还有很多次都是这样，我们见面之后，我匆匆赶回一个"光辉的孤立"[1]之地，把记住的一切都转成文字记录下来。这初次会面以后，我也需要回忆对他讲过的有关自己的一切。

"您得了解我的情况，"我坚持说。"开始写传记之前，

---

[1] 作者此处套用19世纪到20世纪初英国所奉行的外交政策。——译注

只有告诉您我是怎么样一个人,我才能回答为什么想给您写传记这个问题。"就这样,我讲了我自己。回头看我的笔记,他对有关朋友家人和敌人的评论都有回响。不错,在接下来的7年,那些人的所作所为与贝克特说的不差分毫。

02

一条迂回曲折的路线把我带到那家破旅馆的小圆桌。我去巴黎怀着宏图大志，以为自己将为文学作出贡献：也就是用一部传记表明，萨缪尔·贝克特不是（像当时学术圈的主流看法那样）浸淫在疏离、孤立和绝望中的作家，而是深深植根于爱尔兰传统，以他上流阶层英裔爱尔兰人的背景和感情刻画那个世界。如此高尚的使命感在1969年扎下根。那年，我辞去报社的工作去读研，起初没打算毕生致力于学术，读研只是想摆脱报刊专线记者必须随叫随到的压力。

我在本科和读研中间的10年为杂志（《新闻周刊》）和报纸（当时是《纽黑文纪事报》）撰稿，后来有能力的时候专门写当地名人的短特写和深度报道。新闻不只上班时间才有。对于一个大学毕业就结婚、有两个年幼的孩子、丈夫还在读研而要养家的女性，这使生活格外艰难。我当时还不到30岁，因为努力兼顾事业和家庭精疲力竭，孤独无助。我的社交圈里极少有女性在我住的大纽黑文地区上班，原因只是她们不大可能这么做。她们的丈夫要么搞学术，要么是专业人士。如果谁确实在外头上班，那也只是暂时的，丈夫一有固定职业就停止。那些上班的女性大多没孩子，我却有两个孩子。我属于反常现象，也不知道自己是"试图拥有一切"，因为这种说法那时候还没进入女性意识。我只知道自己身心疲惫。我没办法去家长教师联谊会做志愿者，又挤出时间为孩子的班级烤饼干，或者在轮到我的时候为丈夫的研究生学习小组准备茶点。我也不能参加本地迎接新住户的聚餐，因为找不出时间准备精致的美食。而且这些聚会很晚才结束，我得早起，六点前赶到警察局查看拘捕记录，然后到编辑部写当天的特写。努力承担各种角色做好各种事情使我不堪重负。

1968年出现了一个机会，哥伦比亚大学艺术学院新设的项目提供写作奖学金，我欣然接受，觉得这可以让我喘口气，过几年安生日子，读读小说，写写小说评论，没有每天截稿时间的压力。我以为这能使我重新充电，打磨技艺，日后靠写文化评论为生。当时，我从没想过自己会当教授，更不用说传记作者了。

我在哥大的第一年恰好赶上1968年春的学生抗议。4月的一天，天气晴朗，我坐在智慧女神雕像前的台阶上，沐浴着阳光。"来啊，"一个新的同班同学喊我，"咱们去占领舍默霍恩大厅。"我遗憾地回答说去不了，因为得回纽黑文的家给孩子做饭。从一开始，我明显就是最异类的研究生。当我告诉同班同学自己确实得往家赶，但中途先要去一下萨克斯第五大道，到百货店抢购打折包，这个名声更是牢固确立。从那天起,他们就笑我是"布鲁明戴尔马克思主义者",尽管我无数次纠正他们商店的名字。这事有点尴尬,今天讲起来也会脸红,但我还是讲了,因为这说明我当时对严肃的治学生涯多么无感,还有哪怕上了一年的课我仍然把自己看作一个寻找故事的记者。

我喜欢待在艺术学院,那里确实可以闲坐着读喜欢的小说。但我没从那个非虚构写作项目里学到什么新东西。很多好久没进过新闻编辑部的老师在教着一些过时的说法,关于我每天在做并且做了10年的事情。这个项目唯一让我起劲儿的部分就是研究生院的文学课,跟着威廉·约克·廷德尔一行一行读乔伊斯的《尤利西斯》,跟着约翰·翁特雷克读现代诗歌。1968年的骚乱使大学陷入危机,对我却带来决断。我发现自己想读文学,而不是听什么人告诉我怎么去准备文案。这个我早就会。不夸张地说,我爱上阅读文学,谈论文学,未来想找份职业能让我继续读文学谈文学。

就这样,1968年秋,我去找约翰·翁特雷克,他当时是英语和比较文学研究生部的主任。我对他说的大致是:"收下我吧。"我不想在艺术学院再待一年,而想转到研究生院读硕士,然后读博士。我想,无论下一份工作是什么,如果成为高学历女性,那我无论写什么都有分量。我认为自己会当作家而不是教师;但如果教师身份有助于写作,那似乎也是很好的出路。

约翰·翁特雷克很乐意促成我转院,因为硕士学位的学费已经付过。但他提醒我说,如果研究生毕业还想继续读就得自己掏钱。研究生院的录取委员会多半不愿录取一个年近30、已婚并且有两个孩子的女性,奖学金委员会想必也不会给她出资。他说,委员会成员都是男的,大概会觉得把钱花在我身上是打水漂。此外,录取我相当于占用一个位置,这个位置给一个男的原本更好。我点头同意,因为我那时候认同文化规范,觉得这种态度天经地义。我感谢他,开始想办法付学费以便入读博士项目。

我的漫长求索始于女性历史上的一个幸运时刻:高等教育界缺乏女性教授和女性管理人员的问题引起全国的关注。设在圣路易斯的丹福斯基金会决心采取行动纠正这种局面。1965年,他们设立一项奖学金,针对能被研究生院录取(在男性主导的世界这绝非易事)的"成熟女性"。她们要刻苦学习,短短几年拿下高等学位,然后就可以顺顺当当在高校做全职工作。丹福斯女研究生奖金是一个很棒的项目,我认识的每位毕业生都会告诉你,这改变了她的生活。它无疑也改变了我的生活。

留在哥大意味着继续通勤,先乘纽约—纽黑文—哈特福德铁路公司的老火车,然后坐大巴从中央车站到时报广场,接下来换地铁到116街,单程要两个小时。尽管如此,我却从没想过拿着奖学金去耶鲁大学读,或许是因为跟耶鲁大学中世纪研究系主任的一次对话使我打消念头。他有次在一个派对上漫不经心地对我说,没有一个研究生院会录取我,因为我"年龄太大(我当时27),准备太差(我是宾大优等毕业生),另外还是教职员工(教学的研究生)的太太"。但这种陈腐的沙文主义并未触及真正的原因。我后来才了解，这个原因在整个20世纪70年代的女性当中都很常见。我害怕失败。如果真失败了，我圈子里的所有人都会知道。我想，如果在哥大失败还可以保存脸面，就说自己决定退出，因为通勤太麻烦。那个时代的女性就是这么想的，哪怕如我：身处自己职业的前线，遭受各种拒绝、侮辱和恶言恶语。回头看，我的逻辑推理可能存在缺陷，却是正确的决定。

哥大研究生院是针对成年人的研究生院，有很多学生像我一样来自职场。一些教授也理解，如果学生经过多年的"真实生活"后又回到学校，课程设置就必须适应他们的需求。在哥大，教授极少要求完成例行的论文和考试。学生要做功课，并在准备好的时候去参加考试，笔试和口试。这种氛围生出有关英语和比较文学系的一个传说：有个学生待了整整15年，仍然觉得自己掌握的知识不够，答不出两小时的口试问题，而完成口试以后才能开始写论文。我的态度完全不同。丹福斯女研究生奖金项目给获奖女性3年时间，在特殊情况下允许延长到4年。我把这件事讲给同学时说，如果连胡扯两个小时的文学都做不到，那我也不配拿学位。

就这样，我下定决心。我起初集中力量研读中世纪作品，这有两个原因：我想了解深度的背景资料，也认为需要证明自己能做"硬活儿"。读小说一直是"乐趣"，但现在是搞"真"学术的时候了。但我仍然忍不住被20世纪的小说家吸引，尤其是爱尔兰小说家。我的父母都特别重视读书，家里藏书惊人，也鼓励孩子定期去本地公立图书馆。

他们参加了几个读书俱乐部,热衷于当代文学。自从我高中第一次读到《尤利西斯》,乔伊斯就像磁铁一样吸引着我,当时我完全看不懂这样一部令人震惊的小说。后来我读本科的时候又重读《尤利西斯》,在哥大再读,而且我写了一年的硕士论文专门讨论其中一章(17,"伊萨卡")。研读乔伊斯使我沉浸于爱尔兰文化,从历史政治到自然景观和活生生的人。乔伊斯又自然引向贝克特,他的小说也给我类似的惊奇。但是,无论当代文学多吸引人,我仍然觉得这是为了乐趣才读。我还抱着一种错误的观念,认为想当教授,我就得"工作",工作就意味着中世纪研究,也就是一点一点地啃英语和拉丁语。我从一篇有关花园象征的论文开始。这需要透彻理解中世纪拉丁语,因为核心文本是圣伯纳德的《雅歌布道集》。我记得一共有86篇,全是拉丁语,没有一篇译成英语。

1970年2月,我开始读这些布道,整天蜷缩在巴特勒图书馆的一个隔间,大衣、帽子、手套全副武装。可以肯定,我的呼吸在上唇结了冰,睫毛也挂着冰凌。到了7月,热气逼人,我还在同样的隔间读同样的东西,意识到几个月已经过去,自己才读到布道第11篇。照这个速度,我想象自己变成一个白发的驼背老妪,穿着起球的线衣,戴着瓶底厚的眼镜,还在读研。丹福斯基金会给我3年时间,也许4年,我知道自己得换个科目,而且要快,否则绝无可能在经费断供前毕业。于是,我作出改变人生的决定,不是基于美学考虑,而是基于经济务实。

在那个还没有计算机的时代,我用3×5的卡片做记录。我拿出一摞空白卡片,像扑克牌一样撒在桌上——某种意义上讲,它们就是扑克牌。每张卡片我都写下一位当代作家的名字,这位作家的作品一定得是我非常欣赏并且愿意写一写的。身为记者,我知道如何面对截稿时间迅速出稿。如果能确定一个题目,不需要等图书馆找出皱巴巴的旧书和手稿,也不需要懂得古代语言,我大概能在一年之内好歹凑出100多页。乔伊斯、济慈、伍尔夫、康拉德、贝克特,想不起来还有谁,卡片上大概一共有10个名字。我当时也没想哪个名字能为原创性的研究提供最好的机会,甚至都没想自己最喜欢哪一个,就按照字母顺序把卡片整理好。A打头的没有,第一个出现的是贝克特,然后是约瑟夫·康拉德和E.M.福斯特。那就贝克特吧,我自言自语地说。我的传记生涯就这样开始。

像本分的学术界新手(没影响没威信)一样,我最初决定遵守规则,主要基于文学理论写一篇有关贝克特的论文。在我进入学术圈的时代,新批评主义渐衰,一股脑塞在"法国批评理论"这块大牌子里的理论如日中天。文学的唯一正解来自作品本身,不来自作者生平或者他所处的世界("他"是首选代词,因为当时公认的文学经典基本上清一色出自男作家)。别管作者可能因为付不起房租或者没钱带孩子看病而匆匆写就;或者是对本国政府的倒退怒不可遏的政治空想家;又或者是只能小心翼翼一笔带过性取向的、活在深柜中的失意者。当时,这些都不重要,价值只在文本自身。

我记得在《纽约时报·书评周刊》上看到几句完美概

括时代精神的调侃："这是雅克·德里达的故事，作者不存在，读者也不存在。"当时，巴特、拉康和德里达这"圣三位一体"占统治地位。这种环境下，如果有谁像我一样认为他们总体令人信服却并不神圣，那就没有立足之处。读贝克特的作品使我想去寻找很多问题的答案，这些问题都基于作品源自的生活而不是自己或别人的理论思考。在写作过程中，我的思绪带我回到当记者的岁月：我知道认出好故事时的激动。

最初吸引我的是贝克特的小说而非剧作。我发现，他的小说常以深情的口吻提到威克洛山的实际地点，还有贝克特在狐岩镇老家附近的乡村。除了认出这些真实存在的地方，让我不解的还有，为什么别人没从小说里几乎不加伪装的都柏林人身上读出智慧和幽默。有时候，读到对他们滑稽行为的生动描写，我会笑出声。我不明白为什么其他学者和批评家没有看到贝克特写作的这些方面。他们是被文学理论的政治正确吓住了，以至于无暇顾及真实的生活吗？或者是因为我阅读的时候带着某种反常的敏感，尤其因为这可能体现我自己扭曲的幽默感？我决定保持开放的心态阅读，让自己能够破译他的意图而不是强加自己的解释。当我列出想要在论文中回答的问题时，我意识到，它们总之都是一个问题：这个人的想象力使各国读者感到困惑、对看过的小说和戏剧充满好奇，他到底是一个什么样的人？

我逐渐意识到，我仍然尊敬作家和创作过程。我欣然接受这个身份，承认自己是变节的学生，竟然鲁莽地追问文学作品如何产生，灵感来自哪里，背后有什么样的头脑在影响创作。"你需要弄清楚的就是时间和地点，"翁特雷克教授说。他知道我做新闻出身，我也只对他一个人透露自己的"反常"兴趣。他警告我，关于贝克特作品的这些问题，哪怕只是动动调查的念头也等于学术自杀。他说，如果我写出一部相当于传记的东西，我绝对拿不到博士学位，更不用说教职。当时我还没下决心要当老师，就迎难而上。

翁特雷克勉强同意做我的论文导师。之前，我向他保证，我搜集到的有关贝克特写作的各种前所未知的新情况，都会拿出合理可靠的批评分析。但我或许没有百分之百诚实：因为我告诉他，我会按照侧重理论的路子写论文，我强调这只是打基础，日后还会开展深入研究，希望由此写出第一本书，那对获得大学的长期聘用至关重要。事实上我并不打算写这么一本书。我对贝克特作品提出的那些问题，答案只能通过研究作者去寻找，而研究作者的唯一途径就是写一个长篇的人物介绍，或者一部传记——在 20 世纪 70 年代的学术圈，这可是苍天难容的东西。（我承认，这篇论文会有某些传记性质的支撑，但这些内容微不足道，评审委员会一定会同意，它们只是为我的理论判断提供一个基础。）

即使抛开职业考虑，这也是很有挑战的事情。我不仅从来没想过要写传记，而且除了一些经典作品也没读过什么传记。上本科的时候，我发现并且仰慕苏维托尼乌斯、普鲁塔克和瓦萨里；查理大帝的两位传记作者诺特克和埃因哈德让我暗暗发笑。在研究生院，我读鲍斯韦尔和约翰逊这些标志性的传记作者，觉得他们的书很好看，但对自己的批判写作算不上什么重要的榜样。我还随大溜地翻阅弗鲁德的《卡莱尔传》和洛克哈特的《司各特传》，但花的时间不长，只够同意多位教授的看法：要想深入理解卡莱尔和司各特的写作，这些书都不太要紧。即便我喜欢读利顿·斯特拉奇辛辣的《维多利亚名人传》，但也很难摆脱一些理论家的建议，他们劝学生不要误以为这些"传记"是严肃的治学。这些书都是消遣、八卦，就像一位教授告诉我而我日后也经常听到的说法："这不是学问，只是传记。"

与此同时，我写完论文，就要以创纪录的速度拿到学位，那是 1972 年春天。我没有马上找到教学工作，因为这种机会在 70 年代少之又少。尽管丹福斯基金会恳求学校把这样的工作给女性，可空出来的位子通常都给了男性。我漫无目地向康涅狄格和附近纽约州的一些大学交了申请，但没有找到全职工作，也不想为了一点可怜的工资就把自己拴住，兼职超负荷的写作课。论文还在脑海里隐隐回响，我意识到写作过程中有那么多精彩的体验和偶遇，因而比以往任何时候都确定，我要围绕贝克特的生平和作品写一部传记。

这段时间，我经常想起约翰·翁特雷克摇着头警告我可能"学术自杀"以及"永远找不到教书的工作"。有 5 年时间，事实证明他是对的。但我们俩当时都不知道，其中一个人也不在乎。

03

斯嘉丽·奥哈拉[1]事到临头才操心,我也打算不操心去找工作,因为首先考虑的是给贝克特写传记。杰克[2]·翁特雷克(我一拿到学历就和他变成直呼名字的朋友)问我打算如何开始,我轻松地回答,多半会按着报纸人物介绍那种模式。杰克说话古怪有趣,幽默感也是同样地冷。他皱起一条怀疑的眉毛说:"你不觉得在行动之前应该先告知贝克特吗?"我对传记的写作过程一无所知,都是基于新闻人物的写法做决定,所以从没想过可能需要"许可"或"同意"甚至"法律合同"——这些表达我都是从杰克那里第一次听到。我没被吓住,而是乐观地确信自己具备必要技能。好的,没问题,我说,就给贝克特写一封信。

一动笔,我就意识到,这封信得有多强的说服力。我苦苦思索,扔掉的草稿溢出垃圾桶。我最终在1971年那个

---

1 小说《飘》的女主人公。——译注
2 约翰·翁特雷克的学生和亲朋好友称他为杰克。——译注

炎夏寄出的信写得短而匆忙，趁自己丧失勇气前赶紧送到邮局。我没留副本，信寄走以后，我担心信中的自己显得荒唐可笑，仿佛文学世界的圣女贞德，披挂着闪亮的铠甲，紧握记者的记录本，赫然登场要扭转乾坤。我清楚记得，自己在信中对贝克特说，传记是对有关他的全部批判写作的必要补充，因为我在他的小说中读到和其他多数学者很不一样的东西。我发现他行文活泼幽默，对人物和地点的刻画都极度精准。那一段我写得激情洋溢，一定显得相当浮夸，因为我希望说服他相信我的观点有多重要。在信的结尾，我简短扼要地介绍自己：女性，年纪轻轻就结了婚，有两个上小学的孩子，本质上是新闻工作者、记者。我说他如能回信我将不胜感激，因为我不希望没有他的合作就写这么一本书。

纽黑文和巴黎之间的通信可能从来没有像那次那么快。信寄出去一周，我就收到他的回复。信的开头说，他的人生"乏味无趣"，"那些教授知道的比我还多"。他的字体很小，一丝不苟，在没有横线的薄纸上从左到右笔直排列。然后是奇怪的第二段，字变大了，潦潦草草，从左下方延伸到右上方，连续几行都没有标点："我掌握的传记材料都可供你使用你如来巴黎我会见你。"

我不敢相信自己的眼睛，不停地揉搓这张信纸，以为眨眨眼信里说的就会改变。我望向窗外，看到街对面的邻居，作家教授恩斯特·洛克里奇，就跑出去，朝他挥舞这封信。他当时在耶鲁教书。我为论文答辩做准备的时候，他每次见到我都会用《美国小姐》的调子唱两句调侃我：

"她来啦她来啦,瞧瞧她知道多少扯淡的事啊。"在我的学生时代,他一直是乐观向上的理性之声。每当我情绪低落,他都及时推我一把,让我不要放弃。我把贝克特的信拿给他,让他确认信的内容。他向我保证是真的。那天晚上,我丈夫到家以后,也向我作出同样的保证。这个务实的人说,我应该给丹福斯基金会打电话,告诉他们我得到这个特别的邀请,申请特殊经费去一趟巴黎。管理女研究生奖金项目的杰出女性玛丽·布鲁克听我脱口说出这个请求,轻声答道:"当然了,你一定得去。我们会把支票寄给你。"她声音太轻,以至于我几乎没听见。

8月初,我回信给贝克特,说我可以10月或11月去,他说都可以。我在哥大的同学南希·麦克奈特正好打算去巴黎待几天,然后去伦敦做研究,我俩安排同行。与此同时,另一个哥大的同学发挥关键作用,帮助我开始这项事业,这才有日后的《贝克特传》。南希·米尔福德刚刚在哥大逆流而上,克服普遍存在的反传记倾向,出版对泽尔达·菲茨杰拉德的女性主义研究。这部突破性的作品大获成功。有天我们一起吃午饭,南希问我有没有找到当老师的工作。我回答,不想当老师,因为要去巴黎见萨缪尔·贝克特,给他写传记。

几天后,我坐在桌前,苦苦思索怎么写传记,更不用说怎么解决那些要做的家务,为我离家做准备。这时电话响了。一名男子自称卡尔·布兰特,是南希·米尔福德的文学经纪人。原来,南希把我要写传记的事转告卡尔·布兰特。他对我说,如果这是真的,那将是文学界的惊人之举,他肯定能安排出版合同,希望能代表我。我知道他父亲创建了备受尊敬的文学经纪公司布兰特-布兰特(Brandt & Brandt),很激动加入他们旗下的杰出作家行列,因此当即接受,简直不敢相信自己的好运。

就这样,丹福斯基金会保证我有旅行经费去和贝克特见第一次面,卡尔·布兰特提出可能跟我签出版合同并预付版税,我真是快要出头了。今天,当我讲起这个故事,其他作家纷纷摇头,难以置信一份新的职业竟然如此容易地落到我的头上。不只是他们,我自己回想这匪夷所思的好运也不免惊叹。

我欣喜若狂地对杰克讲述这一切奇妙的事情,他仍然像往常一样不动声色地听着。这个同样务实的人说,如果要继续这个疯狂之举,我除了要去巴黎,还得去都柏林和伦敦,他会给我一个名单,列出他的朋友,也是贝克特的朋友。杰克已经表明这种关系有多么宝贵:他之前就介绍我认识两个纽约人,演员杰克·麦高兰和诗人乔治·雷维,他们都是他的密友,但和贝克特的关系还要更近。我完成论文的时候,这两个人都丰富了我的学术研究。现在我准备写一本严格意义上的传记,他们都热心地要提供更多帮助。和他们的交谈将使我对于贝克特其人而不只是身为作家的贝克特获得最初的洞见,他们可以分享的信件和其他文件也将无比宝贵。

20世纪30年代,贝克特在伦敦度过了一段不快乐的日子。当时,他的朋友乔治·雷维决心帮他出版小说《墨菲》并且主动担任他的经纪人。这本书被42家出版社拒绝，他们的通信涵盖那段岁月。最后乔治终于说服劳特利奇出版社在1938年出版这本书。在那些令人沮丧的日子里，随着拒绝信越来越多，贝克特的信也变得既有趣又尖刻。我特别喜欢他被美国道布尔迪-多伦出版社拒绝后写的打油诗："噢道布尔迪-多伦/比白痴还聪明/你们有婊子的心灵/要去往班多伦。"我在论文里用到这封信的时候，也是我最早发现贝克特如何用犀利的幽默应对逆境的一个时刻。

我和乔治第一次见面是在55号东街一个没有电梯的公寓楼，他和剧作家妻子琼住在那里。真是一个囤积症患者的家，火车车厢式的小房间，一个挨一个，里面塞满东西，几乎无处下脚。文件盒堆到天花板高，还有一摞摞的书，他前妻艾琳·赖斯·佩雷拉的画，他（以及贝克特）的艺术家朋友布拉姆和吉尔·范维尔德的作品。进门后一条狭隘的过道通向客厅，那里唯一没堆东西的地方就是沙发，晚上用作他们的床。第一次走进他家，我简直不敢相信自己的眼睛。但是，在我还没适应房间的昏暗之前——昏暗的原因是那些盒子挡住肮脏的窗户——乔治就说，我们应该去多瑞安的红手酒吧[1]聚聚，喝一杯。他的意思是，酒他喝，钱我付，以后我有大把机会认识到这一点。乔治是个醉鬼，也是个精明的酒徒，总是拿出不多不少的资料，引诱我下次再来。但是，每次我懊恼给他买那么多威士忌而

---

1 红手据称来自北爱尔兰普经使用过的红手旗。——译注

扬言不想再和他有任何瓜葛，我都停下来告诉自己，他的贡献是无价的。困难在于如何让他把这些贡献拿出来。这是一场噩梦，写这本书的整整7年一直持续的噩梦。

畅饮威士忌是贝克特朋友们的一种主旋律，我7月份见到杰克·麦高兰的时候就发现了这一点。他当时在马萨诸塞州莱诺克斯艺术中心的音乐帐篷表演独角戏。有翁特雷克的介绍，我丈夫和我开车去看他自己编剧的贝克特笔下人物集锦。那是一个异常寒冷的雨夜，风很大，固定帐篷的金属链条发出怪异的响动，给麦高兰的表演增加了一重音效。他鼻息粗重，拖着脚走来走去，再现《莫洛伊》《马龙之死》和《无法称呼的人》这些作品中的人物。他穿一件邋遢的外套，大出几号，显得身材更加瘦小，破破烂烂的靴子也过大，每迈一步都啪啦啪啦，给风雨加入另一重复调。

演到《莫洛伊》吮吸16块石头那段，观众哄堂大笑。演到《马龙之死》一些比较黑暗的章节，现场安静下来。当他念出《无法称呼的人》的最后几句台词，观众鸦雀无声，对剧中人的苦难满怀敬意和痛惜。他说出那两句令人难忘的台词"我坚持不住了，我要坚持住"，表演结束，帐篷里一片死寂，只有铁链偶尔发出的叮叮当当，直到观众终于喘上气来，报以雷鸣般的掌声。至今这仍然是最打动我的戏剧体验之一。

演出完毕，我去到帐篷旁边的小化妆室。麦高兰正在卸妆，倒了一杯威士忌，这是他表演结束以后若干杯的第一杯。他很亢奋，因为现场爆满，观众反应热烈，反复喊他上台谢幕。他妻子格洛丽娅走进来，待的时间不长，但来得及告诉我别着急，说他可能慢慢才会跟我聊。在这之前，她斥责他，让他少喝点。她可能是在对着呼啸的风声说话，因为麦高兰是心无旁骛的酒鬼，迅速干掉一整瓶。他相当于又给我做了一场私人表演，每次停下来歇气儿都给自己倒一杯，我看得入迷。我问他什么时候怎么认识的贝克特，他就开始讲故事，一个接一个，然后突然停下，惊讶地说："你知道吗，我以前从来没这么聊过萨姆。我有好多话要说，我觉得这些都很重要，但是在你之前从来没人问过我。"

他告诉我他们第一次见面有多尴尬。那是在皇家宫廷剧院，《终局》首演前不久。他请英国导演唐纳德·麦克维尼介绍他们认识。贝克特请他在总彩排以前来，然后他马上要去巴黎，因为他从不出席自己作品的首演。麦高兰说，他"陷入可怜的沉默"，贝克特"因为腼腆也不说话。我们俩就一直这样，直到我明白，沉默对他很正常，在艺术上和生活里都是如此。我随口说到橄榄球，他马上活跃起来，说对啊，最近刚有场比赛很精彩。橄榄球、板球、持续6天的自行车赛，我俩突然开始说个不停，我注意到他的都柏林口音和方言，就问起他的爱尔兰背景，结果发现，我们俩都是狐岩镇郊区的，出生和长大的地方相距3英里。所有这些，包括我们先天的节拍、我们同样喜欢的地方、我们都认识的人——让我们结成深厚的友谊，这只是开始，后来我们有无数次这样的聊天"。

他俩都是英裔爱尔兰新教徒，家庭背景据我们认定比爱尔兰中上阶层略高。两个人的父亲都嘻嘻哈哈的，是生活里的开心果。母亲死板教条，家里收拾得一尘不染，举行的茶会精致正式（无趣），要求他们每周日穿不舒服的正装和让脖子发痒的衬衫去圣公会教堂。

狐岩镇也是进入威克洛山的门户，他俩小时候都探索过那片山。杰克描述当地的风景，提到一些标志、纪念物或者不同寻常的路标，我忍不住插嘴说："可那是在……"后面跟着贝克特的某部小说。"对对！"杰克同意，从硬木椅上猛然欠起身拍拍我的手表示同意。他对都柏林人物的模仿使我痴迷，那些真实存在的人几乎不加掩饰地写进《墨菲》，很多人都因为贝克特的描写在小说出版之后很多年都不跟他说话。杰克让我准备好，见到贝克特以后看他的现场模仿，因为他在这方面是天才。

他讲个不停，给我打预防针，告诉我贝克特是怎样的人。他的话给我留下彼此矛盾的感觉。一方面，我等不及要去巴黎跟贝克特见面；另一方面，我怕得要死，觉得将要开始的工程实在太难，远超自己的能力。离动笔还远，我就开始担心怎样把私人元素融入一部公共文献，这部文献似乎注定要在很大程度上揭开迄今不为人知的私密人生。

我敢断定，我们那天晚上可以一直聊下去。说到快两个小时的时候，格洛丽娅回来了，告诉我们该结束了。这是我第一次跟杰克聊。我去巴黎之前的几个月和从巴黎回来之后，都跟杰克有过几次闲谈和正式采访。1973年1月30日，杰克过世，我失去一个亲爱的朋友。我永远感激他，是他介绍我认识贝克特的爱尔兰的物质现实，引导我经由贝克特传递的记忆走进他的写作。

1971年的夏天，我通过杰克·翁特雷克介绍在纽约又认识了贝克特的一个朋友，作家约翰·科布勒。科布勒被一家杂志派去巴黎写一篇人物稿，刻画这位"避世隐居的爱尔兰作家"时认识了贝克特。科布勒认为，他们出于对爱尔兰威士忌的共同爱好结为朋友。杰克·翁特雷克告诉科布勒我要去巴黎以后，他打电话请我去他在85西街的公寓，要托我给贝克特带一份礼物。我不知道会面临什么情况，但只要认识贝克特的人我都想认识，所以当然去了。看到那份礼物，我有些发怵：两大瓶百世醇威士忌，科布勒希望我装进行李。我很不高兴他把我看成一个跑腿的小女孩，但别无选择只能收下，因为科布勒已经给贝克特写信告诉他有这两瓶酒。

这是我和科布勒首次会面，他有很多和贝克特的通信、照片、日记和笔记，这些笔记都是为他设想过但未能实现的项目。科布勒当时在写卡邦[1]传。每次获准进入他的公寓，看他神秘兮兮逐一履行安全防范都是奇特的经历。他这么做是因为确信其他黑帮分子打算对他实施恐怖的犯罪，如果他写了他们不喜欢的东西。我当时觉得这些行为荒唐可笑，但后来后悔当时没能更仔细地观察，因为多年后我也写了有关卡邦的书，本来或许能从他那儿学到一些有用的东西。

---

1 美国知名罪犯，被称为黑帮教父，绰号"疤面"。——译注

我动身去巴黎前，科布勒提供一些信息，我觉得对了解贝克特的性格非常重要。他透露关于贝克特友谊的一个关键情况，也就是他如何把这些友谊分门别类，使之彼此独立。科布勒住85西街，雷维住85东街。他俩都知道彼此，也很想认识对方，但没见过面。我表示惊讶，提出引见他们。噢，不必了，他们马上说：如果萨姆想让他们见面，他俩有几次同时都在巴黎的时候他就会介绍他们认识。他们觉得，没有"萨姆许可"，他们不应该见面。

就这样，1971年深秋，我第一次动身去见萨缪尔·贝克特。我对这项工程的艰巨感到焦虑，也对即将动工充满期待。我自己带了好多东西，外加科布勒那两瓶沉重的百世醇。我感激能跟朋友南希一起旅行，她慷慨地帮我拿了一些行李。我们11月6日入住多瑙酒店，我马上设法联系贝克特，可他仿佛消失了。

我们原定在11月7日见面，这一天过去了，他还是没有消息。日子一天天过去，我不知道应该生气、失望还是担心。他在哪儿呢？这又是什么残酷的玩笑？让我来巴黎，答应见面讨论写传记的事情，却把我撂在这儿。南希完成巴黎的工作以后去了伦敦，剩下我一个人。时间在流逝，旅行支票也快用完。如果不能尽快得到贝克特的消息，传记作者这个新职业看起来还没开始就要结束。但是，在彻底放弃之前，我还有事情要做，所以我得行动。

04

等着和贝克特会面的那10天过得昏昏沉沉，坐卧不安。我似乎记得，自己从来都不离开酒店前台太久，接待员很快就学会通过摇头来打发我。没有，贝尔女士，没有电话留言，没有小蓝条，没有信。这场揪心的等待模糊了那些日子的其他记忆，但事实上我还是做了一些要紧的工作，收集有关贝克特的各种重要信息，为跟他的朋友们面谈做准备。我不知道的是，贝克特的朋友们也想了解各种信息，不仅关于我，也关于他。

卡尔·布兰特让我去见新文学经纪公司的玛丽·克林。她后来成为我在法国的经纪人，书完成以后帮我打理在欧洲的销售。她也成了我的好朋友，帮我处理涉及法国的一切难题和礼节。除了介绍我认识法国出版界很多对我这个项目感兴趣的人以外，她还安排我认识贝克特的终生出版人杰罗姆·林登。那次会面，我去了林登的办公室，希望做正式的采访，问些简单的问题，跟他达成某种亲善，然后再问更有料的问题。我想先问林登一些常见问题，比如他怎么知道贝克特作品的，他们的第一次见面是怎样的，等等。可是我根本没机会问，因为自始至终都是林登在问。他想知道我是谁，我怎么有那么大的自信，认为贝克特的朋友会把他们知道的一切告诉一个连贝克特本人都没见过的无名小卒。我没想起来随身带着贝克特请我来巴黎的那封信，主要因为没想到有人会要求我自证诚实。

林登在我的名单上排第一，因为我觉得如果有谁能告诉我贝克特的下落以及他为什么如此神秘地消失，那一定是他。可林登甚至不知道贝克特离开了，因为他们的友谊已经发展到双方极少社交会面，有事要谈的时候都用电话联络。我的询问使他有机会强调他的观点：他不应该跟我聊，如果贝克特这么愿意见我，他为什么离开却不告诉我去哪里。我答不出，只说希望林登能在跟贝克特通过话、得到有关我学术信誉的证明以后再见我一次。最后，他接受我的回答，同意再见面并向我提供档案和照片。我们友好地告别，离开时我觉得自己完成一件大事。

玛丽也安排我和丹尼斯·罗奇见面，他当时是启蒙出版社的诗人兼编辑。我在他办公室坐下来没几分钟，他就告诉我，他不能出版我的书，因为他"和萨姆关系太近"，读到朋友的生活秘闻会不舒服。我困惑他既然是这么想的为何还费事见我，但还是告诉他，没问题，因为我在那周的晚些时候还约了另外两位出版人。我收拾东西准备离开，这时他开始跟我聊——更准确地说是向我发问。我断定不了他是想帮我推荐采访对象，还是出于完全不同的原因——他想让我把了解到的有关他"亲密好友萨姆"的一

· 037 ·

切都告诉他。奇怪的是,他竟然需要问我那么基础的问题,但我还是诚实地说,这些问题我大都答不上来,因为我才刚开始调研。

罗奇问我有没有跟A.J."科恩"·利文撒尔聊过,这个住在巴黎的爱尔兰人是"萨姆"的另一位亲密老友。我告诉他,利文撒尔在我列的"贝克特先生"的朋友名单上位置很靠前(认识贝克特的那么多年里,我们每次见面都互称"贝克特先生"和"贝尔女士";我对别人说起他的时候都称他贝克特。我从没叫过他"萨姆"。这些年来我发现,不少人称他萨姆,可是和他的关系根本没近到这种程度)。罗奇又抛出一些我已经知道的名字,包括曼·雷和玛丽亚·乔拉斯,后者是出版人尤金·乔拉斯的遗孀,贝克特最初在巴黎属于乔伊斯的圈子时尤金就认识他。有个名字我没听说过,乔治·珀洛尔松。看到我的困惑,罗奇说,我大概知道出版人乔治·贝尔蒙,他因为纳粹占领时期的不光彩过去在战后改了名。不错,贝尔蒙在我的名单上。我们继续讨论这些和其他名字,用去快两小时。但我一开始没意识到,对方是在盘问我有关贝克特的社交圈都掌握哪些信息。谈完了,罗奇让我过后再跟他约午餐,说我跟贝克特以及名单上的人都谈过以后再跟他碰一下比较好,这样他就可以针对我从这些人身上了解的情况给我"建议"。他摇着头表示真诚的遗憾,强调自己没办法编辑朋友的传记,但他非常希望我告诉他别人有关"萨姆"都说了什么。

这是贝克特把人分门别类的又一个例子。他朋友确实多,但大都不认识彼此,也不会冒昧地主动去认识,更不用说交朋友，除非贝克特本人容忍这种行为。让我越来越苦恼的是，所有这些人都期待把我作为一个渠道，向他们提供其他渠道无法提供的贝克特的信息。我感觉，他们把我当成某种中间人，使我陷入传谣言讲八卦的不光彩境地。我可不想这样。身为记者，我从来没透露或背叛过信源。作为迅速进入角色的传记作者，我也不打算开始这么做。

接下来，我去见 A.J."科恩"·利文撒尔。他是学者、批评家，从都柏林三一学院法语教师的职位退休后搬到巴黎。我听说一些谣言，有肯定他的（"他是贝克特信任的老朋友，贝克特当年在爱尔兰找不到人出版作品而生活困窘时他一直帮他"），也有刻薄他的（"他是贝克特的施舍对象，贝克特同情他的贫穷，让他自称他的秘书，在经济上帮助他"）。我确定的是，利文撒尔过世的妻子名叫艾丝娜·麦卡锡，容貌出众，充满活力，当年也在三一学院读书，贝克特曾经对她极其倾慕。不过，我知道的只有这些，而且都是来自都柏林的传言，需要核实。

我到利文撒尔在蒙巴纳斯大街的舒适公寓和他见面，他的伴侣玛丽昂·利和他同住。那可不是落魄的人住的地方，而是一个宽敞舒适的家，一个多年以后对我变得特别熟悉的地方：利文撒尔担任起中间人的角色，从贝克特那边传递信息，告诉我贝克特想让我知道但又不想直接告诉我的一切。我花几个月才明白，这是他俩的行为方式。

我不必向利文撒尔解释自己，因为贝克特已经通知他我要来巴黎，并且对他说，如果我提出要求，他应该见我。利文撒尔有一种顽皮的幽默感，用轻佻的语气说，想亲眼见见这个自认为有权进入"萨姆的神圣密室"的美国女子。他说等不及想知道我的目标是什么,这时我启动记者的本能,措辞变得异常谨慎。我可不想在没有得到回报的情况下就透露信息,因此就做了好记者都会做的:直接问贝克特去哪儿了,为什么离开。于是,他告诉了我。

贝克特染上病毒、流感或者支气管炎,科恩不知道具体是什么,但总不见好,他妻子苏珊很担心。她喜欢去突尼斯一个非观光客住的小旅馆,当年贝克特接到通知他获得诺贝尔奖的电话时他们就住那个旅馆。她安排好这次旅行,他们就即刻动身。苏珊以为已经取消了丈夫的所有约会,不幸的是,她忘记取消跟我的约会——如果她知道有这次约会的话。

听科恩解释贝克特的下落以及他为什么消失,我松了一口气:他原来不是在玩什么残酷的游戏。但这个真相给我出了很多难题。他回来以后或许很想见我,但要到什么时候呢?我能等多久?我的大脑开始飞速运转。巴黎之行的经费快要用光,我还得去伦敦和都柏林完成之前安排好的工作。我不能无限期地等下去。

接下来,我的思路突然跑偏,从这些重要问题转到一件荒唐事上,脱口而出道:"我有两瓶百世醇带给贝克特,可以拿过来放你这儿吗?"科恩大笑起来,声音太大,以至于玛丽昂从厨房出来问他什么事情这么可笑。不用我说,他知道这两瓶威士忌是谁给的。

"科布勒托戴尔德丽带了百世醇。我要接下来吗?"玛丽昂是信念坚定的强势女性,从不犹豫表达观点,马上说:

"绝对不行。"他们知道科布勒托人运酒的老把戏，也知道贝克特不能告诉他因为疾病缠身已经差不多戒酒。另外，他从来都不喜欢百世醇，所以每次都送人。

处理掉这两瓶百世醇成了我的要务之一。我知道不能把酒留在多瑙酒店，让贝克特方便的时候来取，这样太不礼貌。玛丽·克林已经告诉我，她绝不会帮我把酒送给贝克特，她还让我不要把酒邮寄过去。她力劝我不要再参与传递任何礼物，谁的礼物都不接。利文撒尔的拒绝让我一筹莫展，直到他提出，贝克特的另一位朋友阿维格多尔·阿里卡一定会接受。

我以前没有听说过这位罗马尼亚裔的以色列画家，直到科恩·利文撒尔让我约他，但我马上就怀疑阿里卡和贝克特的关系到底有多密切。他让我不要事先问阿里卡是否接受那两瓶威士忌，而是直接带着酒去，因为他知道阿里卡会抓住任何能跟贝克特在一起的机会。这是我第一次觉察，贝克特的朋友有时会为争夺有利的位置在背后含沙射影彼此中伤。

但阿里卡并不像利文撒尔认为的那样远离贝克特的核心圈。知道我专门来巴黎见贝克特这件事的，除了利文撒尔以外，就只有阿里卡和他妻子安妮。他们只可能是直接从贝克特那里得知的。我发现，他们也知道贝克特当时在哪儿。安妮是一位安静的美国女子，贝克特很喜欢她。他们都爱音乐，有时候四手联弹。奇怪的是，贝克特有时候不喜欢小孩子，但他喜欢安妮的小孩，在他们家的时候，他们在他身边玩耍他很放松。

至于她的丈夫阿维格多尔，他给我的印象是，他认为我这次拜访是为表示敬意或者寻求批准。他骄傲地对我说，他自称"萨姆的警察"，这让我觉得他很自大。他让我知道，他期待贝克特回来以后马上向他汇报对我的印象。但他态度含糊，没告诉我是什么印象。威士忌的事情利文撒尔说对了。当我透露有两瓶百世醇，阿维格多尔说他当然会告诉贝克特酒在他这儿，然后贝克特会让他来决定把酒给谁，因为正如他再次重复的，他是"萨姆的警察"。

安妮告诉我，她刚刚收到贝克特的明信片，说他至少还要在突尼斯待上一周甚至10天，这帮助解决了我的后勤困境。那天是11月8日，他最早要到16日才能回到巴黎。我终于掌握一个确切的情况，可以决定下一步怎么办。虽然想到或许见不着贝克特就得打道回府让我极度失望，但我还是决定离开巴黎，去都柏林或伦敦——还没决定选哪个。

我离开之前给贝克特发了一个便条，告诉他我打算去伦敦和都柏林，希望他能回复，告诉我未来是否还有机会见面。与此同时，我会继续进行采访。我打算把这次了解的情况加到毕业论文里，因为距离1972年2月交稿的最后期限还有一些时间。我告诉他，我会设法说服丹福斯基金会资助我再来巴黎，请他看看论文，确认是否准确。

回想起来，那似乎是空中旅行的黄金年代，预订和改签这些都不收手续费。花325美元买一张往返机票，你就可以请旅行代理打电话给环球航空公司（Trans World Airlines，简称TWA），在纽约飞巴黎的800号航班上预留一个座位。后来，800这个航班号悲剧性地退役，因为一架飞机在几年后坠毁。前往欧洲的乘客还有权在单程中转一次，但我那位优秀的旅行代理做了调整，使我在回家途中可以在伦敦和都柏林停两站。

伦敦成为我研究过程中极为重要的一站，因为我在伦敦结识了贝克特的两个朋友，他们后来也成了我本人的密友。爱尔兰大诗人布赖恩·科菲自大学时代就是贝克特的朋友。他和妻子布丽奇特以及他们9个子女中的好几位在我第一次去伦敦以及后来的许多年里不辞辛苦亲切慷慨地招待我，我则设法在他们的子女来美国的时候回报他们的款待。多年以后，当我写《荣格传》的时候，我多希望自己当时知道布丽奇特是荣格密友H.G.贝恩斯的女儿。但是，在我的贝克特年代，我只知道她是有才华的艺术家，是被深爱着的妻子和母亲。与此同时，布赖恩成了我最信任的顾问之一。他对贝克特、对我都是忠诚的朋友，同时也是爱尔兰文化和文学史的活字典。如果说我的传记里关于贝克特的爱尔兰岁月还有些内容的话，其中很多都来自布赖恩。

詹姆斯·斯特恩是我第一次去英国调研期间联络的另一个人。贝克特初到巴黎就认识他，他俩当时都属于乔伊斯的圈子。吉米（詹姆斯的昵称——译注）是记者和作家。他和妻子塔妮娅20世纪30年代开始跟贝克特密切交往，当时他们都在德国。这样的友谊持续下来，贝克特只要在英国，每次他有作品演出他都给他们送票，并且和他们一起吃饭。他们对我这本传记的贡献和科菲同样重要。

我知道自己在伦敦还得采访很多其他人，他们在贝克特的生活和作品中都占重要位置。但我不得不先把这些采访放一放，直到对他们扮演的角色更加了解后再开始。离开伦敦还有一个同样重要的原因：后勤问题。如果想去都柏林，我的钱不够了。

回顾当年没见到贝克特就离开巴黎时做的笔记，我发现自己到都柏林的时候情绪不是很好或者说很积极。我努力工作，见了很多人，他们的记忆和故事丰富了我的传记。但是，回想起来，我对所处的环境倒是比了解到的事情更有可说的。我最终发现，人们讲的很多话纯属谣言。不过，在那些"好谣言"里倒是有足够的真相，使我可以列出一长串主题和人名，接下来再去爱尔兰和其他地方查访。

这短暂的初次停留期间，我集中力量调研我认为最最重要的人，也就是说从贝克特的家庭成员开始。他的侄女卡罗琳·贝克特·墨菲是第一个。按老规矩，她叔叔告诉她，可以见我也可以不见我，因为他对我"既不会帮助也不会妨碍"。那是我第一次听到这种表达，它后来定义了我写的这本书，因为贝克特对任何请他许可跟我聊的人都会重复这句话。我在肖特里见了墨菲，她从父母手中继承了这幢房子，在那里长大，如今又在那里养育自己的孩子。她亲切谦和，对家族历史直言不讳。贝克特的表亲们也是一样，包括安·贝克特，她住在都柏林偏远多风的霍斯地区，我后来也爱上那里。还有她的兄弟约翰，他体弱多病，但告诉我很多精彩的故事。另一位表亲名叫希拉里赫伦·格林，在贝克特母亲日渐衰弱那些年和她关系亲近。她向我展示玛丽·"梅"·贝克特送给她的气派的大铜锅。

他们都爱"萨姆",但似乎也都指望我能告诉他们应该怎样解读他儿时的行为,如何理解长大以后的他。

到该回家的时候,我已经晕头转向。一大堆采访录音,几个笔记本写满日后的研究思路,厚厚一摞文件夹装着家庭照和各种资料,关于贝克特的学生时代、他的各种活动和在学校男生社团的成员身份。要回去了,我对自己取得这么多进展心满意足;但也有些难过,因为虽然完成各种任务,却没能实现此行的主要目标——和萨缪尔·贝克特见面。

在都柏林的最后一天,也就是11月15日,我忙着收拾行李。当时,时间已经很紧张,可我突然决定去美国特快的办事处问问有没有信。直到今天我都弄不懂自己当时为什么这么做。我早就兑现最后的旅行支票,也没告诉任何人送信到都柏林的办事处。我那些荣格学派的朋友会把当时发生的事情称作同步性[1]。办事人员说,只有一封信,然后递给我一个明信片大的小信封,盖着巴黎的邮戳,我立刻认出那瘦长的字体。信是萨缪尔·贝克特寄的。

他抱歉没能在我到巴黎之前联系我,因为发生"意外情况"(他没有具体说明),他"被叫走了"。他给美国特快的伦敦办事处也发了同样的信,希望我至少能收到其中一封。如果我能回巴黎他会非常感激,并且很乐意在我方便的时候尽早和我见面。

不用说,我放下一切去了巴黎。

---

[1] 同步性理论由卡尔·荣格提出,指特定时间发生的事情与同时发生的任何事情都是有联系的。——译注

05

我迅速给丈夫打电话解决往巴黎汇钱的后勤问题，然后打电话给环球航空公司改签航班。第二天，11月16日，我回到巴黎，还是住多瑙酒店。前台的工作人员警告我说，锅炉坏了，我或许应该换一家酒店。我说我必须住这，因为第二天下午有个特别重要的约会。就这样，我住了下来，再次等待和萨缪尔·贝克特的第一次见面。我已经描述过自己的紧张和现场的滑稽（只有回头看才觉得滑稽）。现在，回想自己的窘迫，我猜贝克特大概也和我一样紧张，因为我们都努力让对方放松。朋友们告诉我，我在社交场合有时候过于努力，说个不停，想让对方放松，跟贝克特会面就是这样。我当时觉得，他似乎在微笑，尽管他没说话，只是注视着我。

我准备就绪，要启动有关他人生的第一次访谈，希望后面还有多次这样的机会。可是，面对他的沉默，我不知道怎么开始。在他把自己称作冒牌货、我回答不知道自己"是不是写这本传记的料"以后，我对他说，或许我应该写一篇长文，根据我在伦敦和都柏林收集的资料写一篇《纽约客》那样的人物稿。这时他突然活跃起来，问："你都跟谁聊过？关于我都知道些什么？"我急需一个出发点，因此一直追溯到杰克，还有他的表演使我多么感动。在东拉西扯自说自话的过程中，我告诉他有两瓶百世醇放在阿里卡那儿等着他。他大笑起来，完全变了一个样子。他放松下来了，我也是。

我告诉他我去卡罗琳·贝克特·墨菲家里拜访她，他笑了。由此，我说起因为喜欢乔伊斯的《尤利西斯》而被他的作品吸引，并在研读大量爱尔兰文学和历史以后，从他的小说里认出很多人物和地点。这又使我产生兴趣，想去探索他的艺术和人生的关系，并且惊讶地意识到，我在大学里学的那些批评理论不足以完成这个任务。

他说，这正是我的信一开始让他感兴趣的地方，然后做了详细说明，透露有趣的信息，我都仔细记录以便日后研究。多年来，贝克特早就让大家知道，他从不读有关自己作品的任何评论。但其实我发现，他信息灵通，而且对自己作品的所有评论几乎都有强烈的意见。尽管花费那么多笔墨，那么多评论把他解读成一个（这里他引用我第一封信里说的）"浸淫在疏离、孤立和绝望中的诗人"，只有我认出他在作品里刻画的都柏林名人，以及威克洛山、基尔代尔郡和莱克斯利普的实际地点。

那么，我打算怎么写他的传记？贝克特问。我完全没有准备好答案，不假思索地告诉他我们可以怎么合作，这些想法大都来自我的记者生涯。很久以后，当我跟别的传

· 047 ·

记作者交朋友，听他们讲述工作条件之艰难，我才意识到自己当时有多天真：我要求的是任何一位作家都梦想的最优安排。我告诉他，我会对他本人和其他人做正式的访谈，以调查事实。我希望他能回答我的问题，并且予以澄清、纠正或改进。另外，我可能需要一些文件，比如通信、照片和手稿，希望他能提供。我希望采访他的家人、朋友和同事。我也希望他能让他们配合我。啊对，我最后说，他最好先别看我写的内容，等书出版以后再看。

他毫不犹豫地同意。对于他的欣然合作，我当时没有多想。我对传记写作一无所知，以为自己要求的都是标准程序。"我的话就是我的承诺，"他告诉我。我欣喜若狂地以为，所有的灯都绿了，所有的路都通了。没过多久我就意识到他为什么如此轻易地跟我合作：他没把我当真。

我一年后才得知这一点。当时我又去了巴黎。我在画家斯坦利·威廉·海特和他妻子德西蕾·穆尔黑德家里吃饭的时候，科恩·利文撒尔和玛丽昂·利主动提出跟大家讲讲贝克特在初次会面后是怎么说我的。我的震惊就出现在这一时刻。有好酒助兴，科恩活灵活现地模仿贝克特，摆着手说："老天，那个女人的头发跟斑马似的！"他所说的情况在当时称作上霜，现在称作挑染。一位过于热情的发型师把我浅棕色的头发挑出大片来染成银白色，看起来确实俗气，而且新头发长得太慢，这个颜色仿佛永远都不掉。科恩讲这个故事的时候，我清楚地意识到，萨缪尔·贝克特觉得我方方面面都很好笑。如果他没把我这个人当真，他对我的写作课题一定不会当真。

我的震惊慢慢变成愤怒。我坚持到晚餐结束,当他们嘲笑"斑马女"或者催促我告诉他们在那次会面中"你和萨姆都说了些什么",我都报以微笑。没错,我在微笑,但内心深处很生气,需要消化。我等不及离开海特家,沿着长长的沃吉拉尔街一路走回租住的公寓。或许贝克特的确认为,我充其量只能写一篇吹捧文章,一篇圣徒言行录,关于"伟大的圣人萨姆"——这是我自己发明的缩略语,用来概括在他生命中占据一席之地的人经常向我灌输的说法。

尽管如此,他已经告诉我他的话就是他的承诺,我没有理由不相信,因为我们的通信还在继续,我在巴黎时也继续和他会面。我回想从1971年初见以后我们的会面如何继续,尤其是当我告诉他在伦敦和都柏林的历险以后我们如何都放松下来。我记得他说只能待一小会儿,而等到看表的时候才发现已经待了那么久,那天下午和晚上的其他所有约会都得往后延,对这种情况我俩都很惊讶。第二次会面也确实发生了,在第二天下午,11月18日,还是在我住的酒店,还是两点整。一年以后,当我在海特家吃完饭出来,步行穿过卢森堡花园,我真希望自己当时没有一边笑一边自言自语,这可能吓到深夜散步的人。我想着布赖恩·科菲跟我说的"永远记着关于萨姆"的几件事。第一条,"他极重视守时。"第二条在我发现贝克特如何评论我的"斑马女"以后尤其重要,布赖恩告诉我"萨姆从来不会做他不想做的事"。他做了进一步解释,说在他们的大学时代,所有有志当诗人和作家的年轻人,没有一个"像萨姆那样想在活着的时候就知道后世如何评判自己"。我回到公寓的时候,决定不去关注这些无谓的评论。我要继续做我认为该做的事情,写我认为该写的书。我记得,那一晚睡得很好。

06

回到1971年我们的第二次会面,还是在两点准时开始,继续讨论我将按照哪些基本原则工作。贝克特再次用到前一天让我印象深刻的表达。当我概述自己制定的计划、也就是我想要的理想情况时,他打断我说,当然他"既不会帮助也不会妨碍"我的独立性。在7年的情感起落中,我一直坚信这句话。我觉得它实在很深刻,以至于用印刷体写在一张档案卡片上,挂在写台字上方。老实说,在写作过程中,贝克特确实帮助了我,但我们的非传统式合作也造成一定程度的妨碍,这一点我很快就会发现。

当我朝酒店大堂的那张小桌子走过去,贝克特提议我们去酒店附近一家卖烟的酒吧,他瞅见那儿有一个安静无人的卡座。找好地方坐下来,我觉得应该先从轻松的聊天开始,然后再进入我认为的正式采访,就问起他在都柏林三一学院的生活。他从1923到1928年都在三一学院,先是本科生,然后是研究生,后来还当了几天讲师。我问起他在学校里生活过的不同地方,他一口气说出一连串宿舍名和房间号。我有严重的数学焦虑症,数字让我头晕,于是忙不迭地从包里找纸笔,想趁着自己还没糊涂或忘掉把它们都记下来。

贝克特突然跳起来大叫:"你在干什么?"我试图解释,但他打断我说:"不能有笔,不能有纸。咱们只是在聊天。两个朋友在聊天。你不能记录。录音机更是不能用。"然后,仿佛这还不够使我困惑,他又加一句貌似毫无逻辑的话:"你也绝对不可以告诉别人我和你见面,绝对不行!"

我惊呆了。我习惯认真做记录,使用各种工具,从记者的笔记本到录音机。我还常常在记录中用不同颜色的彩笔写上想法或印象,甚至在适当的时候交叉引用。我当时还不知道怎么写传记;但从一开始就以为,这个类别需要的文献记录比我当记者时还要仔细。我知道自己必须想办法在这种受限的条件下工作。那个令人沮丧的下午,我们不着边际地说着话,他提出一些我大概需要去见的人,我则拼命把这些名字记在心里。

时间一点点过去,酒吧里暗下来。突然门被撞开,一群马路对面医学院的小伙子吵吵嚷嚷地冲进来。睡眼惺忪的服务生原本趴在报纸上打盹,这时抬起头打开灯,也打开收音机。我正专注于我们对话的细节,没有意识到贝克特在设法引起我的注意,直到感觉他在拉我的衣袖。我抬起头,看到一个年轻人俯身在我们的桌前,难以置信地大睁着眼睛,磕磕巴巴地既是提问也是惊呼道:"你,你,你是贝克特?!"

始终绅士风度的贝克特泰然应对。他首先转过来问我，是否许可这位年轻人在我们这桌坐下来。我当然只能说同意，尽管很不高兴贝克特希望我跟他的粉丝分享这有限的时间。贝克特巧妙地反客为主，拿这个人的问题来问他：他是哪里人，读几年级，打算从事医学的哪个行当？但这个学生是货真价实的粉丝，我听到他恳求贝克特告诉他地址，以便他带着他的小说和剧本去找他签名。贝克特转移话题，说自己正要去见出版商，他会在那里签名，并把书寄给这个年轻人，如果他能提供地址。

课间休息结束，这群吵吵嚷嚷的年轻人闹哄哄地走了。服务生关了收音机，调暗灯光，又趴在报纸上。贝克特转过来对我说："多好的年轻人，我没办法拒绝他。"我感觉自己当时淡淡一笑，但这绝不是我跟贝克特在一起时唯一一次有人认出他。他太过礼貌，从来不拒绝读者。这些邂逅通常很短，但我仍然讨厌不得不跟对方分享有限的时间，我相信他也知道这一点。尽管我努力避免表现出来，我认为他有时候故意延长这些邂逅，只想看看我会不会失态。我认为，这只是萨缪尔·贝克特试图考验我有多大决心给他写传记玩弄的几个把戏之一。

那个下午很漫长。天黑的时候，我的脑力也已耗尽。贝克特确实是要去子夜出版社杰罗姆·林登的办公室，不仅是给那个医学院的学生签名送书，而且因为当晚有个约会，讨论即将出台的一部剧作的权益和许可。他告诉我，林登是他的"看门人"，有些他不想承担责任的决定，他都指望他来转达。

注视着他沿圣佩雷斯街走远，我倒是松了一口气。回到酒店，我做的第一件事就是拿出录音机，对着它说出自己记住的一切，同时飞速写下详细的笔记，作为录音的补充或者解释。疯狂工作几小时以后，我意识到已经很晚了，肚子饿得发慌，就出门沿着圣伯努瓦街走到能找到的第一家小饭馆。我一边吃东西，一边想着面前的挑战：要做大量采访，却什么也不能记录。我怎么能记住自己要问什么，更不用说这些问题的顺序了。等到吃完饭，我想我已经有了答案。略加调整，这就成为我此后的工作方法。

我称它为"单人智力游戏"。我把想问的每个问题都写到一张小卡片上，然后把这些卡片放在酒店房间的床上或者公寓的餐桌上，取决于我当时住在哪儿。我把它们都记在脑子里，然后打乱顺序，重新摆放，有时候重新写过，总是设法让它们更精准，更有意义，有时候也让它们不那么容易激怒或冒犯贝克特。每次跟他见面以前我都睡不好，因为我会起来再折腾一遍这些卡片。采访之后，我马上赶回酒店或公寓，拿出笔记本和录音机，记下能记住的他讲的一切。对着录音机复述的时候，我设法用他的原话，并且用他原来的语音语调。比如，他可能说某个人是"好人"，用反讽的语气，意思正好相反。我也会把这一点写下来。过了好多天，我还会想起前一次的采访和对话。我总是随身带着小本本，专门用来记录不断想起来的他说的话。我把这些内容写下来，注明他说话的日期和背景。记忆和重构是一个持续的过程。

后来，我分别对贝克特的两位朋友倾诉采访他遇到的一些困难，一位是美国导演艾伦·施奈德，另一位是科恩·利文撒尔。关于贝克特要求我不对外透露我们会面，他们都提供一些解释，说他之所以坚持严格保密是因为太多人要求给他写传记，他全拒绝了。他尤其激烈反对一位候选作者：理查德·艾尔曼。艾尔曼给乔伊斯写的传记非常精彩，我和很多批评家及学者都称赞它是我们这个时代的佳作之一。那本传记在1959年首次出版。那时候，伟人传记通常只会间接提到他们在性方面的不检点。艾尔曼的书却透露私生活的细节，使贝克特很不舒服。萨缪尔·约翰逊有句名言：传记只应包括一个人生命中"适合被知道的一切"，这种观点在20世纪60、70年代是主流，贝克特认为艾尔曼在品位和审慎方面都严重越界。

那个11月，我们的第三次也是最后一次会面仍在下午两点，地点是酒店旁边的酒吧。贝克特的脸因为烦躁变得扭曲，因为我不得不拿出一张纸，上面列着我们同意我应该在都柏林、伦敦和北美（有几个加拿大人）采访的人员，我得确保名单完整。

名单一过完，我就把那张纸收好。我疲惫不堪，又缺乏经验，不知道接下来该说些什么。但是，贝克特没有像前两次会面那样宣布自己还要赶赴别的约会，而是提议，既然我第二天就要回家，我们就再喝杯咖啡，结束我们的"任务"。他想了解我打算如何推进"我的人生故事这件任务"，"人生故事"成了他最爱用的委婉语，用来代替他极少使用的"传记"一词。

我对他说，快放假了，下个月我得陪家人，以此故意强调自己的家庭责任。报社工作的经验告诉我这是明智的办法。此外，作为一个学者作家、刚起步的传记作者，这似乎也符合我呈现这个人生新阶段的方式。在我工作的新闻编辑部，女性通常屈指可数，要么就只有我一个。我很早就学会如何营造一种环境，预防式地阻止男性的勾引或者抵御这种勾引。我在见贝克特之前在都柏林短暂调研的那一周就不得不使用这种办法，希望确保如果有什么关于我举止表现的谣言传到巴黎他那里，他有我提供的版本进行比对。我知道这么说是陈词滥调，但是，就像凯撒的妻子一样，我认为让他尊重我的唯一方式就是我本身无可指责[1]。

在巴黎已经有人向我求欢，此人认识贝克特。后来一些年还有其他人。法国男人总是很直接。"咱们要不要上床？"其中一个问。"不行。"我回答。"好吧。"他说。事情就此结束。一个名叫托尼·约翰逊的英国人也很直接。他是企业家，对我的书很帮忙，后来成为我要好的朋友。60年代的伦敦活跃时髦，身为伦敦人，他也问，我们要不要"上床"。不，我拒绝了，拿出一张家庭照，显示我婚姻美满，是两个小孩的妈妈，不想做任何事情伤害《天才小麻烦》式的幸福生活。"好吧。"他说，然后主动提出我可以在他不住的时候使用他的几套房子，一套在伦敦的高级地段谢泼德市场，另一套在巴黎俯视卢森堡花园的沃吉拉

---

[1] 西谚"凯撒之妻，不容置疑"。凯撒否认对妻子绯闻的指控，但仍坚持与其离婚，因为凯撒之妻必须无可指摘。——编注

尔街。这些挑逗勾引都不具威胁性，常常很友好，当时就很容易打发。如果我觉得有可能面临骚扰或危险，我就想办法脱身并且明确告诉对方，这种行为不会被容忍。奇怪得很，有几次，一些温柔的邀请被我礼貌拒绝后却打开真诚的友谊之门，并且持续多年。

我把自己那张照片也拿给贝克特看过，因为我希望他明白我在那里的唯一目的就是写书。这是我的工作，我的生活在别处。回头看，我在如何处理职业生活的问题上作出了一个极其重要的决定。事后证明，这个决定对于我身为传记作者的发展至关重要。我听说过，有些传记作者对于笔下人物的认同感过强，以至于搬到别人家里或者模仿人家的发型和化妆。一个自称阿娜伊斯·宁传记作者的女子在宁死后穿她的衣服，化她那样的妆容。还有一位拿破仑的传记作者声称自己只有戴着据称属于"小伍长"的帽子才写得出东西。我也听到一些传记作者说，他们决心要把人物塞进某种理论或假说，吹嘘篡改材料，确保他们自己而非写作对象对传主的人生有最后的发言权。有一次，两位传记作者竞相讲述他们如何创造虚假人物，就差通过直接撒谎胁迫采访对象透露信息了。我从一开始就知道，这都不是我要做的事情。

我大张旗鼓地展示个人的境况，有意把自己的职业生活刻画得纯洁无瑕。换句话说，别碰我，我关心的只是要在这里做的工作。这种办法起了作用——多数时候如此。

贝克特听我说着，没有打断我，但脸上隐约带着一丝笑意。我说完后，他也没做评论。他明白我表现的是自己的哪一面。他说,他会在明年也就是1973年的夏天欢迎我,等我计划带着家人一起长途旅行调研的时候。与此同时,我们将保持通信,我也将开始进行计划要做的成百上千个访谈。

经过那次拖延已久、开局艰辛的首次会面,还有接下来两次确定基本规则的会面,我带着深深的满足感登机回家,一路上回味着这些工作并且想象接下来希望面对的种种历险。吃过午饭,喝了环球航空公司提供的一小瓶劣质酒,我睡着了,一直睡到飞机在纽约降落。

07

1972年春天,我再赴巴黎做第二次调研。我之前已经告诉贝克特,我一变成新出炉的哲学博士就会带着论文去巴黎。我没有当老师,也不想当老师。几家出版商有意和我签出版合同,这才是我专注的行当。

贝克特再次跟我在多瑙酒店旁的酒吧见面,我决心把自己写的东西都拿给他看,请他评论、纠正、建议——他愿意为这本传记提供什么都好。我开始讲解自己的论文,我们的对话一直很友好,直到讲到论文的最后三分之一处,我给这部分内容起名为"为可能的传记做注"。他摊开两手说,我们这一天已经做得够多,或许应该把这个话题留到下次。他的结论其实是:我们或许永远都不要再提这个;或许我应该继续,但他不再提供建议或意见。我记得自己试图放松气氛,说起美国参议院的角色类似于"不提供建议也不表示同意"。他不仅没有应答,还给我一个犀利的眼神。我理解,这是告诉我下午的会面结束了。

我那次去巴黎又见过他一次,还是在那家酒吧。我们喝着咖啡泛泛地聊着天，然后友好地分手。我心满意足地回到家，感觉一切进展顺利。那年剩下的时间，我在美国图书馆工作，做各种采访。1972年剩下的日子是安静的间歇，我趁机教自己如何写传记，对于能有这样一段时间感到满意。

1973年开年不利。杰克·麦高文1月30日在纽约去世，终年54岁。官方公布的死因是流感并发症，但贝克特圈内的朋友们说，真正的并发症是巴比妥类药物和威士忌过量。我2月1日动身去曼哈顿参加葬礼，但因为冰雪暴导致大规模撞车和火车延误而无法赶到。我后来得知，参加葬礼的人站满一屋子，这一定会让他开心。

在我心目中，麦高文是对贝克特性格的很多方面都特别有洞察的朋友。我们在1972年全年频繁会面，我知道了很多情况，有关贝克特超群的才智以及他对俗世的一般看法——麦高文所说的他"对人类的深刻同情"。麦高文告诉我，一旦我跟贝克特"只是朋友聊天"的对话逐渐深入，我就会发现他不喜社交，但有"一种不屈不挠、不惜一切代价发现真相的欲望"。他说，贝克特坚持说自己是"偶然写了几部戏剧的小说家"；当他自发谈到自己的作品时，他总说"写作是一种痛苦"。尽管如此，麦高文相信贝克特觉得别无选择，只能"按照事情本来的样子、按照他看到的样子展示它们，以同情的态度去讲述一切，永远带着幽默"。

贝克特以从不诠释、解释、分析自己的写作尤其是戏剧而著称。麦高文说，尽管他会讨论诠释的模式，当问题过于接近他最痛恨的那个："你写 X 的时候是什么意思？"他就会用这句话迅速结束讨论："如果我试图解释自己的作品，我就会感觉我比我写的作品水平高。"

在多次交谈中，麦高文都告诉我，有个问题他一直想直接问贝克特，但从来都鼓不起勇气。"萨姆是我认识的唯一一个有子宫记忆的人，"麦高文说，"他记得在子宫里的情形，记得脱离母体。"这个话题曾经附带着出现过，当他俩讨论麦高文想在独白里使用的某些文本——尤其是贝克特解释他希望《莫洛伊》的某些台词如何表达的时候。我永远忘不了麦高文怎样跳起来为我表演那些台词，我也永远感激我们之间的那么多次谈话，这大大丰富我对作家萨缪尔·贝克特这个人本身的理解。

1973 年上半年我一直忙着采访，为在巴黎度过整个夏天做准备。我还在摸索写传记必须进行的各种研究。有些研究要跟贝克特生命中的重要人物交谈，但一直得关注他如何跟他们互动。一个例子是想采访安德烈·格里高利，有关他在纽约上演《终局》，因为贝克特最重要的美国导演艾伦·施奈德一心想阻止这件事。施奈德要求贝克特取消演出，贝克特拒绝了，我需要知道原因。

我在不断地寻找历史背景。当时在纽黑文长堤剧院参演肖恩·奥卡西作品《朱诺和孔雀》的西里尔·库萨克，被证明是爱尔兰戏剧史的活字典。他还给我一长串名单，列出我可以在爱尔兰见的人，他们后来都成为关键的信源。

我花好多天查阅档案，在耶鲁大学的斯特林图书馆转悠。以前的书架都是开放的，我经常发现一些以前没想到要查的书。偶然看到的《维斯登板球运动员年鉴》告诉我，"贝克特二世，也就是贝克特一世（弗兰克·贝克特，球队队长，贝克特的哥哥）的弟弟，有一个令人尴尬的习惯：面对所有击来的球，都是走着去接。"拜内克图书馆的肯尼思·内斯黑姆提醒我关注有些原本想不到去查的藏书。纽约公共图书馆柏格英美文学收藏部令人敬畏的洛拉·斯洛迪奇也是如此提醒。

不过，多数时候我都集中精力采访两个人，导演艾伦·施奈德和出版人巴尼·罗塞特，他们对把贝克特的作品呈现给美国公众发挥了主要作用。贝克特在写给他们的信中提到，他在巴黎跟我见了面，但只字没提我要写传记，只说我可能会跟他们联系。他没有说他同意还是不同意，也没说他们应不应该跟我合作。我想，这两个人最初同意见我都是出于好奇。

至少艾伦是这样。我初次踏入他在哈德逊河畔黑斯廷斯的家，他就开始不停地问问题，想弄清我和贝克特是什么关系。我又复述一遍那套死记硬背的压缩说词：一个康涅狄格州的良善主妇变成学者兼作家，有两个快到青春期的孩子、一个做博物馆行政工作的丈夫、两只英国斗牛犬和两只波斯猫。讲这些我觉得很无聊，但艾伦是一位坚持不懈的审查员，他熟悉那种女性，她们起初与贝克特结交可能出于职业原因，后来却把这变成私人关系。艾伦不打算对我透露有关他敬重也试图保护的人的任何情况，直到他确定我是否"正规"（他的原话）。在认识艾伦的这些年，我看到他如何迅速判断品格并作出决定；他那天无疑对我作出迅速的判断。

他带我去他的办公室，给我看很多东西，从照片到演出笔记。他还拿出一些文件夹，装着他和贝克特的通信，以及他和从演员到后台等所有剧组成员的通信。我们从那天开始重要的工作关系和持久的友谊，直到传记出版，也直到他1984年不幸去世：他在伦敦街头走下人行道的时候看错方向，撞上拥挤的车流。

巴尼·罗塞特对我不像艾伦那么好奇。他只看表面，把我当成又一个想给他亲爱的萨姆写一本书的作家。巴尼告诉我，如果我想看文件和信，我就得去雪城，因为他把多数档案都交给雪城大学图书馆。但他很乐意对我讲讲有关他如何爱贝克特敬贝克特的故事，包括用他"最喜欢的作家"给自己的儿子命名。巴尼还告诉我一个情况，在我跟贝克特会面的过程中帮了大忙。他说，贝克特脾气很坏，可能瞬间变成凶神恶煞。他有时突然发火，然后又马上控制住怒气。巴尼告诉我，要让贝克特爆发可不容易，我大概从来看不到那个场面。但他错了：我不幸有能力提出经常惹贝克特发火的问题。

我在萨缪尔·贝克特的世界里出现，这个消息似乎在我还不认识的人中间引发各种各样的密谋，尤其是学术圈。鉴于我当时还在学习如何创作传记，1971年在巴黎见过贝克特回国以后，我最先做的一件事情就是联系所有写过他的人。到1973年夏天，我要在巴黎度假的消息已经传开。

每当我请求别人合作，我要写贝克特这件事就会引发各种反应。达特茅斯学院的劳伦斯·哈维把贝克特1961年给他的所有材料都复印给我，那年他打算写一部传记批评研究。后来，他把这些材料交给达特茅斯学院图书馆，其他学者可以借阅。当时在耶鲁的理查德·艾尔曼对我说，他绝不会答应接受我的采访，因为如果他有什么关于贝克特的话想说，他会自己写。在戴维斯加州大学教书的鲁比·科恩对我态度轻蔑，但她教的一些研究生当时正在写贝克特，因此她希望我能和他们分享我的发现。约翰·霍普金斯大学的休·肯纳没有给我回信。在英国雷丁大学任职后来成为贝克特传记作者的詹姆斯·诺尔森告诉我，欢迎任何学者参考他主导建立的贝克特档案。他没有对我的采访要求作出回应。还有其他一些所谓的学者，都自称是"萨姆"的密友，吹嘘如何在蒙巴纳斯一带和他整夜狂欢畅饮。我核实他们叙述的日期，发现都站不住脚，因为这些所谓寻欢作乐发生的时候，贝克特甚至不在巴黎。就算在，他也已经基本戒酒。

还有一些出版人声称和贝克特关系特殊，认为我应该给他们版权——当然是免费的——这是他们恩赐给我的荣誉。我说已经签了合同，阿卡德出版社的珍妮特和理查德·西弗第一个受到冒犯，第二个受冒犯的是贝克特的英国出版人约翰·考尔德。理查德·西弗在50年代是贝克特最早的声援者之一，当时他在文学杂志《梅林》发表短篇小说。西弗夫妇是考尔德当时的妻子、歌舞演员贝蒂娜·约尼奇的好友，后者从没见过我，却来纽约告诉西弗夫妇，在伦敦人人都抵制我的这个项目，他们也应该让纽约的所有人都这么做。奇怪的是，她丈夫在考尔德-博亚尔斯出版公司的合伙人玛丽昂·博亚尔斯当时也在纽约，她请我吃午饭，恳求我和哈泼斯杂志出版社的拉里·弗罗因德利克解约，跟她的公司签约。我回答说，我对现在的情况很满意（其实是很兴奋），她就跑回伦敦告诉约翰·考尔德，他应该写一部贝克特传记，这样他们就可以赶在我之前出版。我后来和考尔德见面时，他笑着给我讲了这件事，说他根本没觉得我会写一本传记，所以他也不打算写。但是，等到1973年秋天，他（像其他很多人一样）开始认真对待这部传记，因为我所说的"赶浪潮效应"已经很明显：火车已经驶离站台，车里坐着合作的人。突然之间，各色人等都想跳上去。

这发生在4月份我去巴黎之前，当时我在圣迭戈处理点私事。作为生命中的一个小小反讽，我母亲和萨缪尔·贝克特的生日在同一天，都是4月13日。我决定去看她，顺便去趟旧金山，跟凯·博伊尔聊聊。她和贝克特的关系始于他初到巴黎的时候，双方的友谊持续终生。在愿意接受采访的人当中，她排得很前，因为她不想被这本书落下。她给贝克特写了信，并把贝克特的回信拿给我看，上面说他"对（我）这个人非常支持"。她说，这么写意味着他希望她跟我合作。

博伊尔住嬉皮风的上海特地区，在弗雷德里克街。她穿着在当时当地都极典型的长裙，戴着厚重的原住民首饰，个子很高,身材清瘦,气度威严,观点鲜明,对贝克特的看法有极强的个人色彩。我一边拼命记录,一边意识到她说的每件事都得尽力查实。尤其是她不断坚称,关于她的宿敌佩姬·古根海姆我一个字也不能写。古根海姆是博伊尔的丈夫劳伦斯·韦尔的第一任妻子,30年代跟贝克特有过一段热恋。博伊尔告诉我,书里"必须"(这个词她说的时候加重语气并在后来的信里都用大写)对古根海姆一个字也不能提。结果,除了她对古根海姆的厌恶以外,她给我讲的一切都达到"真相"一词的各种后现代版本能够达到的最高限度。因此我把她看作可靠的信源。

第一次见面后,我又见过她几次。接下来的若干年,我只要在旧金山就会给她打电话。她通常会请我喝茶或者喝一杯葡萄酒(一小杯),显然希望借此听到贝克特的消息。因此,44年后的2017年,我认识记者扬·赫尔曼的时候听到一件怪事。赫尔曼也写过她。他告诉我,他在1987年采访她的时候,也就是她和他共同的朋友纳尔逊·阿尔格伦刚去世不久,她坚称一直拒绝给我任何帮助。她告诉赫尔曼,她从来都没跟我聊过,也建议她认识的贝克特的朋友都不要理我。我感觉很奇怪,因为我们彼此通信,特别是传记出版以后她马上给我写了信还大赞这本书。我真希望在她还活着的时候知道她对赫尔曼说了些什么。我会问她,为什么她认为从来没见过我,特别是因为我写的有关她在贝克特生命中扮演什么角色的内容有很多只可能直接来自她。

跟赫尔曼聊过以后,我一直在想博伊尔的事,因为她多变的记忆代表某种让我和其他很多传记作者困惑的情况。有相当一部分人，他们对自己跟别人互动的记忆变得极度脱离现实，就像博伊尔跟我一样。我采访过的一些人夸大自己的作用，往往把自己说得跟贝克特关系很近。帮助过我的人有时候却想与传记保持距离，有些给我设置巨大障碍的人却忙不迭地宣布，没有他们的持续指导我根本写不成这本书。我在写这部传记回忆录和阅读朱利安·巴恩斯的著作《时间的噪音》时，也在思考记忆的这种把戏，故意忘记的把戏。巴恩斯写到肖斯塔科维奇记不得列宁回到俄国时自己是否去了芬兰车站。"他不再知道该相信哪个版本，"巴恩斯写道，"他真的去过芬兰车站吗？好吧，就像那句俗语说的，他像目击者一样说谎。"

我回家的时候，4月快过完了，而我只剩5月准备首次去巴黎长期调研。我的家人也会一起去。我丈夫冯刚刚开始博物馆行政管理的事业，可以安排时间跟我们一起去。5月飞逝而过，那是一段激动人心的时光。我的两个孩子，冯·斯科特和凯瑟琳·特蕾西（卡特妮）需要新鞋，需要理发，还有定期的牙齿矫正。学年结束有很多活动，需要父母参加。要准备护照，要取机票，要安排人临时照看小动物们。另外，还有我的职业生涯：我往返于家和纽约，设法塞进去尽可能多的采访和背景调研。我得把此行要做的事情列出时间表。最重要的是，让贝克特知道我要到了，希望他能在场见我。那个月，我记得自己没睡多少觉，但大家竟然齐心协力安排好各种细节。我先出发，去巴黎找房子，解决我们在法国的日常所需，并且制定工作时间表，让我既能跟家人享受快乐时光，又能设法应付很快就成为日常奇遇的各种事情。我开始把自己想成爱丽丝，在兔子洞里上上下下，而我在奇境的夏天甚至还没开始。

08

从1973年1月到5月，我和萨缪尔·贝克特通过几封信，主要关于我的研究和采访以及他的作品和旅行。他说打算1月去伦敦，和女演员比莉·怀特洛合作《不是我》，和男演员阿尔伯特·芬尼合作《克拉普最后的录音带》。他不会去剧院看演出，但计划一直待到怀特洛1月16日首演以后，第二天再回巴黎。然后，他要立即动身去他的乡村别墅，在马恩河上的于西，巴黎东北大约40英里，他要在那儿处理大量信件，然后"向南，向着太阳"，去摩洛哥。他同意我最好等到夏天再来巴黎。贝克特没有告诉我，但他告诉乔治·雷维，他在离开巴黎前把剩下的牙都拔了，这样在伦敦就可以用新安的假牙正常吃东西。他对自己的第一本小说《墨菲》有一种温柔的感情，并且告诉雷维，在肯辛顿花园往圆池方向散步时，他看见一个人，好像他笔下的人物"没带风筝的凯利先生"。

我给贝克特写信说，我读到的评论对《克拉普最后的录音带》的演出报以谨慎的赞扬，但我认识的几个人看了演出后对芬尼的表演有褒有贬。贝克特回信说，芬尼属于"选错了角"，他对他的表演不满意。几个月后，当我们在巴黎又说起这件事，他激烈地表示对芬尼的反感，一只手拿着无时不在的棕色小雪茄，另一只手重重地拍着桌子说："芬尼是我见过的最糟的克拉普[1]。"我努力忍住笑，憋得快喘不过气，他才意识到自己说了一个双关语，耸耸肩，有点脸红——有些话题竟然会让他脸红。"好吧。"他也笑着说，我们就继续聊别的。

那年春天，他在给我的一封回信中问我打算何时去巴黎，说他那个夏天会在于西和他在圣雅克大道的公寓之间往返，我们可以在彼此都方便的时候见面。我到巴黎的时候带着一堆信息，都是介绍我去认识某人，某人又认识什么人，这个什么人或许有房出租。我的经纪人卡尔·布兰特介绍我去找他的客户之一，作家约翰·杰拉西。杰拉西在写萨特传记，他的父母在保罗·萨特和西蒙娜·德·波伏娃年轻时是他们的密友。卡尔认为，如果有谁能帮我在"真正的巴黎"摸清门道，那一定是约翰。他住在蒙巴纳斯大街附近，我去见了他，但没有在找房子方面得到任何帮助，而是得到邀请，当天在他们附近的小馆子——菁英咖啡馆与萨特和波伏娃共进午餐。

杰拉西告诉我，他请我只是因为他需要有人让波伏娃有事儿干，这样他跟萨特讲话的时候她就不会打断他们。

---

[1] 在英文里，克拉普和表示垃圾或者屎的字是同音字，所以这句话听起来相当于芬尼是我见过的最糟的垃圾。——译注

他讨厌她是"一个多管闲事的女人,聊天永远不能落下她",还说她从不犹豫发表自己的观点。他说:"她喜欢跟美国女孩聊天,她们如果读过《第二性》那就更喜欢了。"这时他突然吓得脸色发白:"你读过吧,是不是?"是的,约翰,我心里想,但没说话。就像我这种背景和受过教育的每个女人一样,我读过《第二性》。尽管他似乎对波伏娃其人其书没有多少尊敬,我却对二者都仰慕有加。

换个场合,我都会赴汤蹈火去见保罗·萨特和西蒙娜·德·波伏娃。但我不得不拒绝这个邀请,因为午饭在一点半,而我定在两点见贝克特,后一个约会我可是一秒都不敢迟到。那是1973年6月,我直到将近10年后才见到西蒙娜·德·波伏娃。我从没见过萨特,那时候他已经去世。

我6月初刚到巴黎的时候,担心的不仅是找房子,还有如何跟贝克特联络。艾伦·施奈德告诉我,他5月10日、11日和贝克特在一起的时候发现他极度抑郁。贝克特拒绝去他最喜欢的当地饭馆吃饭,所以他们在他住的公寓简单吃了点,其间他不断地重复一句话:"所有的朋友都死了,自己活着还有什么意义?"他没具体说谁死了,或者他为什么总是执着于自己生命有限这件事。艾伦说,我采访他的时候应该考虑到他的精神状态,因为消沉低落可能使他的回忆蒙上另一种色彩。我的记者生涯使我意识到记忆的微妙,以及它们如何影响回忆的准确,于是就提醒自己别忘了这一点:贝克特的某些回忆可能被当前的负面情绪过滤，而不是对当年经历的准确描述。

贝克特给了我电话号码，并且告诉我何时打怎么打。他设定一个暗号：我下午一点准时去电，让电话响两声，挂断，再打，他就会接听。但是，5月底我到酒店的时候，却发现一封留言，说他在于西，要在那边待到6月19日或者20日。因为找房子的一串线索都没有任何直接结果，我冲动之下决定重新安排几个采访，去日内瓦见贝克特的表亲莫里斯·辛克莱，然后去威尼斯见佩姬·古根海姆。

我到巴黎的时候，天气炎热难耐，而我只为这次短途旅行带了最休闲的夏装，换句话说，我的衣服什么场合都应付不了。第一站，我在日内瓦的绵绵冷雨中冻得要死。莫里斯的母亲是贝克特亲爱的姑妈茜茜（弗朗西丝·贝克特·辛克莱），父亲是有趣的亨利·莫里斯·辛克莱，人称"老板"。贝克特在不快乐的30年代常去辛克莱在德国的家寻求慰藉。我认为，尽管莫里斯那时候还是个孩子，搜集他的记忆也很重要，因为这对——用我喜欢的一种表达——"给骨架（事实）添上血肉（色彩）"大有帮助。我想，莫里斯在佩姬的问题上可能尤其有帮助：她是他的姐姐，年纪轻轻就不幸死于肺结核。贝克特在爱尔兰的表亲和他侄女卡罗琳·贝克特·墨菲给我的信件和照片显示，贝克特曾经与佩姬·辛克莱相爱。这些亲戚都坚定地认为，上了年纪的克拉普对失恋的回忆表达了贝克特对佩姬的感情。

莫里斯把他和我在日内瓦初次见面时对我说的一切都转告给贝克特，后来他到巴黎出差时我们又见过几次面，他也一样尽数转告贝克特。我怀疑，我最终在6月底见到贝克特时，这对他的态度有很大影响。他对我研究的深度感到惊讶，并且对此感情复杂。这进一步证明，我们最初达成协议时他没把我或者我的工作太当真。他对这本书的态度随时间推移不断摇摆，但我第一次注意到这个项目对他的影响是在我在威尼斯与佩姬·古根海姆见面回来以后。

我这次旅行带的衣服太少，只能穿着寒酸的浅色T恤和长裤到威尼斯大运河上佩姬的豪宅见她。我来之前写信请求采访，她同意了，让我到威尼斯以后打电话。第一次和她通过电话，我在她的电话号码旁边写下一句话："声音刁蛮，但说让我直接过来。"我走进院子，她在花园里坐着，身穿优雅的丝质长袍，脚跋金色的拖鞋，戴着最张扬的猫眼墨镜，我从50年代以后就没见过那种。她摆摆手，仿佛示意我坐下，那把椅子旁边的小桌上已经为我准备好一杯可怕的调制酒：金巴利和白兰地，也可能是别的，但同样有劲。不是适合炎热午后的解暑饮品。但我很渴，两大口下去，顿时头重脚轻。

接下来的一周，我每天都造访这个豪宅，每次都畅饮酒精饮料，庆幸不必依赖记忆或笔记，因为佩姬允许我把谈话都录下来。第一个下午，她很友好，东拉西扯，漫谈自己和贝克特的恋情细节。每隔一句话，她就插进一句类似"他真是个奥勃洛莫夫"的话，把他的被动与她的坚持追求和伊凡·冈察洛夫小说里主人公的消极怠惰相比。她拿出3张跟贝克特热恋时的照片，拍摄地点是她在英国的乡间别墅紫杉屋。她让我第二天再来，说到时候还会拿出更多的照片和信，最重要的还有剪贴簿，里面从菜单到演出海报到情书（主要是她写的）应有尽有。我不禁想起自己春天调研时从凯·博伊尔那里得到的警告，她坚持说，"佩姬会设法接管你的书。"但是目前为止，佩姬拿出的材料和她对我讲的一切都吻合。即使如此，我在跟她见面聊天的每个下午都保持着警惕。

我在威尼斯的倒数第二天，佩姬请我参加一个特殊的晚宴。我左右为难，因为她有两位暂住客人，两个同性恋美国侨民，他们告诉我，他们在"古根海姆宫"用餐总是着装正式。他们其实是在告诉我，我整个星期都穿得太不正式。我最接近晚礼服的衣服是一条模仿DVF裹裙的化纤裙。只能穿它，因为我没时间去买，也没钱。

那天晚上，回到那幢豪宅，我知道有什么令人兴奋的事情要发生。佩姬穿着一条金色的"福图尼"，那是30年代超级流行的华丽长裙。这条裙子经历过盛年，是她和贝克特恋爱时最喜欢的裙子，她有好几张穿这条裙子跟他的合影。将近40年以后，它已经变成博物馆级别的裙子。我惊恐地看到，她那群狮子狗在裙子上蹭，打呼噜，流口水，在那美丽的织物上到处留下皮肤病的碎屑。

她指示我赶在其他客人（不具名）之前早来，因为她想给我看亚历山大·考尔德给她做的有银床头的床。那两位暂住客人陪着我们，一位是美国富翁约翰·古德温，他对我说是出于"房产原因"住在爱尔兰；另一位我只知道叫霍恩斯比，住在罗马，在艺术品收藏方面给她提供建议。去卧室的路上，两个男人用只有我能听到的小声争论当天晚上谁应该跟佩姬一起睡考尔德设计的那张床。因为佩姬一个人睡觉会做噩梦,而且总是醒,暂住客人的一项职责就是轮流陪睡,这里没有隐语,或者像我最喜欢的贝克特名言:"没有象征意义,无意象征。"到目前为止,一切都是爱丽丝漫游仙境一样的经历。当我们回到客厅,其他客人纷纷到达,那个夜晚变得更加超现实了。

走进来的是剧作家莉莲·海尔曼,陪同者是年轻诗人戴维·卡尔斯通。我读过很多关于海尔曼的东西,知道她有时候极其残酷。我有个朋友想过给她写传记。我从这个朋友那里了解到,她喜欢在宴会上挑一个人戏弄,尤其是年轻女人。鉴于我是现场唯一的年轻女人,我为最糟的情况做好心理准备。海尔曼穿一条正式的长裙,我觉得看起来像浴袍。裙子前面半敞着,露出布满皱纹的前胸。她戴的颈圈很紧,嵌着巨大的蓝宝石,更衬托出可怕的皱纹。

寒暄完毕、上了酒水以后,我在华丽的大厅里找一个尽量角落的地方安静坐着。我试图捕捉大家的对话,但没有多少内容,因为女主人和她的主要客人是初次见面,彼此品评一番以后,似乎都觉得对方乏味。佩姬把注意力转到她的狗身上,海尔曼只跟卡尔斯通说话。两位暂住客人继续焦躁地为考尔德设计的那张床争来争去。我则微笑地坐着,看起来可能傻乎乎的。第二轮酒水没有上,佩姬似乎睡着了,其他人都陷入沉默。唯一的动静是狮子狗的鼻吸,直到走廊传来脚步声,回荡在大理石地面上。这个声音无比诡异,我们都坐在那儿安静地倾听,好像被催眠一样。这时走进来一个驼背老头,穿的像是后跟断了的家用拖鞋,让我们移步巴洛克餐厅用餐。

这幢豪宅的大多数房间我前几次来都见过，但不知怎的错过这间。它太惊艳了。16世纪的餐桌上摆着手绘陶盘，图案代表12个月，在柔和的烛光下熠熠生辉。烛光还照亮墙壁上的壮美绘画。我们准备就座，我在长桌一侧的中间位置，正对面是海尔曼，她招手示意我去到她那边。我担心言语虐待环节即将开始，但她只是小声对我说："我妈妈的这个项圈要把我勒死了。可否请你帮我把这个该死的东西摘下来？"就这样，我用颤抖的双手帮她解下项圈，然后迅速回到桌子另一侧。

那个矮个老头又拖着脚步走进来，这回抱着一只巨大的黑铁锅。他用一只木勺伸进去，舀出什么东西倒进每只盘子。回想起来，我猜一定是某种番茄牛肉汤。但是，有关盘子里这堆黏糊糊的东西，我记得最清楚的是海尔曼斜着身子对我小声说："现在我知道有钱人为什么一直有钱了：瞧瞧，他们吃的都是泔水。"

我第二天最后见了佩姬一次，然后带着她给我的一大堆文件和照片回到巴黎。重温在威尼斯度过的光怪陆离的这一个星期，我的脑袋直发晕。一回到巴黎，现实问题就重新发威，房子还得继续找。我幸运地找到一套，房主是在索邦大学教书的英国教授，准备回英国过暑假。房子所在的建筑属于传统的世纪之交样式，曾经气派不凡，现在略显破败，在蒙巴纳斯的阿莱西亚街。6个宽敞的房间，拼花地板，富贵安逸的装饰线，还有大大的窗户望向街道两侧的树木，对我们简直不能再适合。我7月1日搬进去，准备迎接家人第二天到来。

那天夜里，门房送来我丈夫冯写的一封信，让我恐惧万分。"见到卡特妮的时候可别吓着。"他写道，但没具体说。我自然是担心得要死，几乎一夜没睡。第二天上午，他们在奥利机场入关时，我看见卡特妮，她当时12岁，戴着一个塑料面罩，几乎把脸全挡住了。我几乎吓晕过去，直到她不好意思地告诉我事情的经过。原来，她不停地用水枪骚扰她哥哥（当时快14岁了），他挥舞胳膊避免被弄湿，不小心打断了她的鼻子。幸好，她已经恢复很多，那个面罩再戴差不多一周就可以摘下来，当时怕影响恢复所以还戴着。

阿莱西亚是一个适合家庭的街区，我们一家顺利安顿下来。我们都能不同程度地说些法语，因此所到之处都受到热情欢迎。两个孩子在学校学法语，冯也懂些法语，他们在我工作的时候都能自己应付。冯·斯科特每天早晨出去买回来新鲜的牛角面包，顺便也带回来从"夫人"那儿听说的本地新闻："夫人"经营着当地的面包房，每次黄油涨价而不得不多收几分钱都会道歉。有一次卡特妮去马路对面的小杂货店购物，结完账忘了把一块香皂装进篮子。店员看到我采访结束回家，就跑出来又是大叫又是挥手，把香皂交给我，说他们一直收着，直到看见我们家的人。总而言之，我们住的地方不可能更好了。

家人都能自己照顾自己，这是好事，因为我每天都排得很满。除了和贝克特见面，我还把每个能想到可以采访的人都排好队。这些人都认识贝克特，从出版商到他在剧院合作过的人,再到他的朋友,甚至一些路过巴黎前往爱尔兰或英国的亲戚。我有足够多的工作在那一年剩下的时间里一直忙,更不用说暑假了。但是,我先得决定如何跟贝克特打交道。当前最紧要的决定是,怎么引入跟我家人见面这个话题。

他们到巴黎的时候,他还在于西,所以我决定写一封信。毕竟,我提出给他写传记时,写信管用。那是一封短信,我问他愿不愿意来喝茶,或者在地铁站旁边街角的大咖啡厅塞耶和我们一起喝咖啡。他的回复并不让我意外:他拒绝了,说他和我的交往不能偏离"他的人生故事这件任务"(他用的引号)。老实说,这让我松了一口气。尽管我希望孩子们多年以后可以说,他们认识萨缪尔·贝克特,但我很高兴不必去操心那次会面要安排在哪儿或者如何进行。接下来那周,他在他公寓楼附近拉斯帕伊大街上的一家咖啡厅跟我见面时,试图给我一个理由,说他"太忙",而且不善于跟"小孩子"打交道(尽管他知道我的孩子都十几岁了)。我马上回答,完全理解。后来我们再没提过这事,尽管他一周以后——毫不夸张地说——差点撞上他们。

我的两个孩子都是跑步健将。冯·斯科特是新英格兰预科学校长跑冠军,卡特妮在中学校队,自己项目的成绩也都不错。我丈夫跑几个知名的马拉松,包括波士顿马拉松和纽约马拉松。他们3个人每天都在公寓附近美妙宜人的蒙苏里公园跑步,我有机会的时候也会跟在后面慢跑,但落得很远。等到彻底喘不上气,我就扑通坐下来,看书或者读报,他们则继续他们的正经锻炼。

我周围通常是一群老头，在跑道旁边的椅子上度过午后的闲暇。我把这称作我的"每日一乐"：看着这群老头在两个孩子风驰电掣地跑过去之后赞许地点头，然后神情担忧地问彼此："爸爸在哪儿呢？"直到几分钟后，我那位速度较慢的丈夫终于出现。那天，我正在专心读《世界报》上的一篇文章，有关逐渐展开的水门事件，抬头看到萨缪尔·贝克特瘦长的身影摇摇晃晃地过来了，他也喜欢在这个公园散步。我不知所措，慌乱之下斜靠在椅子上，用报纸挡住脸。沉浸在自己世界里的贝克特从我身边的这群老头面前经过，没看见我，继续向前走。他快从我视线里消失的时候，我的两个孩子从另一个方向出现，没有跟他的路线交叉，但距离很近，足以看到对方。双方自然都没有认出彼此。那天，我在记录这次差点发生的邂逅时，忍不住用了老套的表达：擦肩而过。

7月份还在继续，天气越来越热，我每天在巴黎跑来跑去，有时候觉得自己再多一个采访都做不下去了。我见的戏剧界人士从著名的女演员马德莱娜·雷诺和她的演员兼导演丈夫让-路易·巴罗，到剧作家兼导演西蒙娜·邦穆萨，再到贝克特最喜欢的出演过原始版本《等待戈多》的两个演员罗杰·布林和让·马丁。出版界的人物包括詹妮·布拉德利：这位传奇经纪人从30年代就认识贝克特，她似乎永远都在巴黎，为每一位可能的文学之光做代理。冯和我还到天文台街比尔·海特和德西蕾·穆尔黑德的工作室和他们一起吃饭。我在那儿见到爱尔兰诗人约翰·蒙塔古。不久以后我就在达盖尔街他第一位妻子马德莱娜·蒙塔古的工作室采访他。马德莱娜从事出版业，也是贝克特的朋友，所以我也采访她，并且采访她带我认识的其他一些出版界和新闻界人士，他们在贝克特的生命中扮演过小角色，但都很重要。有个人逃掉了，不是因为她想逃，而是因为她不在巴黎：玛丽亚·乔拉斯。她的女儿、作曲家贝齐·乔拉斯对我说，她妈妈一周后从伦敦回巴黎，期盼到时候和我见面。

我开始写这本自传回忆录的时候，找出一盒旧日历和预约簿，想确认事情发生的年代顺序和日期。重读这些记录，我才想起它们包括的内容远远不止这些，还有我对采访对象的各种详细观察。我把这称作"日记"。我之前没有体会到这些记录的宝贵之处，直到玛戈·杰斐逊说起她在回忆录《黑人国度》里使用的各种技巧。杰斐逊说，她希望"显示某个特定自我在某个特定时代、特定历史瞬间的内在因素"。日记使我得以呈现当时的我，那个摸索某种新写作类型的年轻女作家，即使今天写下这些文字的那个自我也在使用时间和空间的视角。年长一些（但愿也智慧一些）的我需要帮助才能想起那个曾经鲁莽的姑娘：她逐渐才意识到，她要在那个发生重大社会变革的时代颠覆一小片文化史。

马德莱娜·雷诺是我在日记里最先写过的人之一。我的记录显示，第一次正式谈话时，"她正襟危坐，对着录音机开始表演。表演完毕，就此打住，好像大幕落下，演出结束。我感觉她关于贝克特所说的一切都只是法式友好的表象,下面盖住的是一盒蛆虫。"

这种感觉是准确的,因为,那天晚些时候,当我见到罗杰·布林,他证实贝克特发现和她合作极其困难。"你怎么命令法国的戏剧女王按你写的方式去念台词?最后他只得放弃,让她按自己的想法来。没有人从她的表演中获益,包括作者和观众。"

当年,强烈的懊恼是我的常见情绪,比如当我试图联系布林的时候。经过几次尝试,我终于在一家烟店找到能收"杰盾"的电话,"杰盾"也就是打公用电话用的代币。电话铃一响,布林就接了,说他有空,我何不下午5点前直接到他的公寓?他就住在里沃利街旁边,车水马龙的市中心。当时是下午4点半,我打电话的地方在南边很远的13区。我不了解布林,以为认识贝克特的每个人大概都像他一样严格守时。我开始长途跋涉,坐地铁,倒巴士,然后一路狂奔。快到布林住的地方,我抬头张望,只见有个人倚着窗户下方的铁栏杆,微笑地看着楼下的街景。那是布林,正在享受下午的悠闲。

我大汗淋漓地爬上4楼还是5楼——记不得了,他给我拿了瓶啤酒,是热的,因为他没有冰箱。他说,我没有在上午来,这很好,因为那样的话我就只能喝黑咖啡,他不存牛奶或者任何需要冷藏的东西,直到冬天,那时他可以使用窗台。我啜饮着温热的啤酒,坐了几个小时,入迷地听他讲《等待戈多》初次上演的故事。他常常跳起来再现某个场景或一串场景,声音洪亮地念着台词,我真高兴录音机一直咣咣转动。回放这段采访时，我震惊地发现，那咣咣声其实是机器故障，必须换一台新的。谈话一个字也没录下来。但是，按照习惯，我还是记了大量笔记，确保能再现我们的交谈。

后来，罗杰·布林给我讲了一些故事，说明他和其他演员，尤其是扮演幸运儿的让·马丁如何处理他们的角色，还有贝克特如何与他们互动，这些故事让我获益匪浅。其他一些洞见来自西蒙娜·邦穆萨，她对贝克特如何处理他戏剧的技术方面讲得最为准确细致。她表面上一直是让-路易·巴罗的助手，后者那时年老多病，但不愿退休。事实上，公司由她经营，我也是从她那里获得很多洞见，从贝克特如何执导戏剧到女性在法国受到怎样的对待，不仅在戏剧界，而且是公共知识生活的方方面面。她是女权主义者，我当时依靠她的洞见，后来写西蒙娜·德·波伏娃传记时也是。但是，我一次又一次去找的是罗杰·布林。起初是为了听他讲《等待戈多》初次上演前后的各种故事，后来是因为他成为我和我家人的好伙伴。

我第一次见布林是在周四的下午。接下来的周日，我们在阿莱西亚街举行小型宴会欢迎琼和乔治·雷维来巴黎。比尔·海特和德西蕾·穆尔黑德也要来，并且会带两个朋友，意大利艺术家利娅·龙利代和她的英国伴侣艺术家艾迪·艾伦。布林说他也很高兴来。他当时没在工作，也有很长时间没见过贝克特，也极少见到老朋友。如果我饭做得不错，他很愿意来吃。

那个周日，他是第一个到场的客人，打扮得漂亮时髦，外面是一件明黄色的意大利丝质外套，里边是黄绿色大圆点的黑底衬衫。他骄傲地说，这套行头他是到克里昂库跳蚤市场专门为这个场合选购的。他还告诉我们，他从不穿内衣，并讲一个故事加以说明——我放在传记里了——故事说，一个前罪犯违反假释规定，穿着薄薄的夏季囚衣来看《等待戈多》1月的彩排，让布林给他几件旧衣服，特别是内衣。贝克特听说此事，就给这个人钱，让他去买需要的东西，尤其是内衣。我的两个孩子都睁大眼睛听他讲。其他客人到达的时候，故事还在继续，这场派对一直进行到凌晨两点半。我觉得大家都累得不行了，可布林还保持着旺盛的精力，直到他决定该回家了。他甚至没说再见，直接站起身走出房门。其他客人也步履蹒跚地跟在后面。我丈夫和我则丢下晚餐剩下的一片狼藉，直接倒在床上。

第二天一大早，家里的其他三位忙着动身去沙尔特。8点左右，我还在床上，因为第一个采访到午饭的时候才去。这时，床头的电话响了。来电者盛气凌人，嗓门很大："我是玛丽亚·乔拉斯。萨姆不让我见你，但他没说不能跟你说话。所以我现在给你打电话。"我刚刚从深睡眠里被吵醒，不得不请她重复一遍。当我终于明白她在说什么，我吓坏了。"萨姆"让她不要见我，但她认为他的命令不包括禁止跟我说话？她这么干会给我跟贝克特之间造成什么麻烦？我没时间细想，因为她开始自说自话，说了两个多小时。床头的电话旁有个小笔记本，我把每页都写满了。等到没纸了，我竟然开始往墙上写。我盘腿而坐，急需上厕所，但电话线没那么长，我也不可能打断她。

她说到贝克特生活的各个方面，从他初识詹姆斯·乔伊斯说到他和乔伊斯之女露西娅的关系，又说到他在战争中做了什么——说啊说啊，然后继续说。我一直把这次谈话称作"玛丽亚版的福音书"。她以权威激昂的语气谈论一切和文学有关的事情，并且固执地说只有她才知道真相，这些都令人难以抗拒。她的感召力势不可挡，这导致我后来在传记里犯下唯一一个事实性的错误。但是，我在那次不同寻常的电话之后马上要面对的是贝克特本人，因为我当天下午两点约他在拉斯帕伊的咖啡厅见面，所以我必须得告诉他。我做了什么？我纠结着，因为在那个前女权时代，我就是那么想的。让她说话真是罪过，是造孽，贝克特的怒火一定会烧到我头上。那天下午，我在某种程度上知道了答案。

09

除了正式的采访，我和贝克特的"谈话"主要在拉斯帕伊和当费尔-罗什罗地铁站附近的咖啡厅进行，偶尔选在蒙巴纳斯一家叫作福斯塔夫的餐馆兼酒吧，那儿的所有当地人都认识贝克特并且尊重他的隐私。做完"单人智力游戏"，我总会准备很多问题，我们见面的一个半小时到两小时肯定答不完。我准备的最前面几个问题甚至都很少能说完，因为贝克特总有自己的问题。他特别好奇别人怎么说他。鉴于我在研究他的人生，我想他有权知道他们说了什么并加以评论。所以，他想知道什么我通常都会告诉他，至少大部分告诉他。

他经常还会问一些事情，这些事情我在采访里从来没提过，都是第一次从他那里听说。我很快意识到，他引入这些话题是因为他觉得这本传记应该包括这些内容。这种时候，他总是语气坚决，声音也比平时高，直视我的眼睛，有力地点着头。有时候，我的大脑正在给他早先的评论存档，他似乎感觉我没对他当前讲的内容给予足够的重视，就会再重复一遍甚至两遍,并且再次伴以有力的点头。我发现自己也把头点回去,好像在说:"好的,我明白了。好的,好的,我一定会调查这件事。"我从来没有把这些话说出来,可一旦他确认我都听进去了,我们就会继续"只是两个朋友的聊天"式谈话。这些植入的话题或信息都会直接成为我的首要待办事项。一旦基本掌握我们这场游戏的各种规则,我就找到如何用拐弯抹角的方式让贝克特告诉我他的说法,无论他坚持让我调研的话题是什么。

有一两次,我告诉他自己发现什么以后,他似乎不情愿从他的角度讲这件事。这时我会说:"也许你最好能从你的角度讲一讲,这样可以确保我都弄对了。"对于某些话题,比如他和女人的关系,这种策略非常重要。贝克特不仅是聪明,他很精明。他知道,有时候,关于当前的话题,就算我知道什么,也知道得很少,而且是首先从他那里听说的。他也很巧妙地指引我去获得他希望我了解的信息,暗示我应该接受他的版本而不要再深入下去。我反过来也会利用他告诉我的情况,但只作为起点,去进一步调查并写下结论,最后放到书里。我写出来的东西常常比他告诉我的要细腻复杂得多,因为我有时同样依赖甚至更依赖其他人告诉我的情况。

他和露西娅·乔伊斯的故事就是一个例子。我引入这个话题,因为至少有十几位接受我正式采访的人都坚持说,这是贝克特和乔伊斯关系严重破裂的原因。我问贝克特这件事的时候,不知道他会做何反应,是不安、愤怒还是二者兼有。结果,他几句话把我打发了,说露西娅对他可能

"像女学生似的痴迷了几天，转眼就结束了"，然后就转换话题。我仔细审视了那么多在现场观察过露西娅·乔伊斯和萨缪尔·贝克特的人提供的证词，也读了贝克特本人给朋友（乔治·雷维和托马斯·麦格里维等人）的信中写过的内容，知道这段故事远非贝克特那样轻描淡写、三言两语就可以打发的，而需要多得多的解释。

了解这一点的时候，我已经跟贝克特见过多次，知道就算我的问题有时让他恼怒，我也可以刺激他去回答不喜欢的问题。一个令人困倦的午后，他不如平时坦率，我随口说了句，类似于："你最好能跟我说说这件事，不然埃尔曼就先写了。"他没生气，反而笑了，然后就模仿起理查德·埃尔曼来。我问起特定某个人的时候，他经常这么做。我没见过埃尔曼，所以不能保证贝克特的模仿准确，但我觉得一定惟妙惟肖。每次他模仿某个我后来认识的人，都是（用他的话说）"完全在点儿上"。我常常睁大眼睛叹服他模仿之准确，觉得他可以把自己写的一切都演出来，因为他太有天分，太会表现别人的品格和个性。他的模仿有时是纯粹的滑稽，有时我觉得接近残酷和嘲讽。我至今都把他称作温文尔雅的旧世界绅士：他的风度举止无懈可击，但他有时对人物犀利残忍的刻画也令我震惊。

这一切都在某天下午发生，当时他不愿谈论自己对艾丝娜·麦卡锡的倾慕（如果不是爱），麦卡锡是医学博士兼诗人，拒绝他而嫁给科恩·利文撒尔。气恼之下，我说了有关理查德·埃尔曼那句话。于是他开始模仿埃尔曼，我简直看傻了。接下来几年，埃尔曼的名字变成某种代码，我提起这个名字就可以让贝克特不情愿地告诉我我想知道的事情。

有时候,他想知道谁在我的采访名单上,我就会一个一个念人名,他则三言两语向我介绍这个人,模仿对方的声音或做派。后来,当我第一次见到这些人当中的某一位,我都会惊奇地发现,他对他们真实样貌的刻画多精准,多富于洞察。他做这些模仿的时候,表情会变得柔和,但奇怪的是从不直视我,而是把头扭开。我纳闷,他不好意思了吗?或许因为对我太敞开而感到尴尬?他是担心自己袒露太多?还是担心我会如何解读他的模仿,或者我会不会去写这些?这么多年过去了,我一直没有得到确定的结论。这些漫无边际的猜测或许都有道理,或者都没道理。当别人问我在萨缪尔·贝克特面前是什么感觉,通常都带着敬畏,仿佛他是神。我通常都尽可能简短回答,说两句表示尊敬但轻描淡写的话,以便转移话题。有时候我说那就像拼一个难拼的七巧板,有时候我说感到力不从心。直到现在,我只告诉过一两个最信任的知己当年的真实感受:我经常感觉自己是一个提线木偶,他拉着线,因为我完全不知道自己的处境。一开始,他友好坦诚,急切地想知道我在采访中有哪些奇遇。1973年夏天的大部分时间,我都是尽职尽责的通讯员,也就是说,我确实向他汇报很多他想知道的我在做的工作,包括在图书馆档案室(搜索书和剧作的评论),还有一对一的采访(人们常常向我提供信件、照片和其他个人纪念品)。但有时情况不同,我看到他的另一面。每当他感觉我太接近他不想让别人知道的情况,他就会言简意赅，出口刻薄，对我的工作表示不屑。

我那年夏天在巴黎的时候对此想了很多，因为我还在学习如何成为传记作者的过程之中。这次调研之旅以前，我得到已故的杰出学者、传记作者艾琳·沃德教授的邀请，去纽约大学参加她的传记研讨会。我在那里认识其他传记作者并和他们成为朋友。当我努力弄清自己要写的这本书应该是怎样的，确定自己要承担的任务是什么，我从他们那里学到很多有关技巧、方法和内容的知识。我要写的传记不同寻常，因为主人公仍然活着，而我在研讨会上的同事们写的大都是早已死掉的人。那些只研究信件、日记和其他文件档案的人常常问我，面对"说话的脑袋"做研究是什么感觉——"说话的脑袋"是一个常用语，指我采访的那些人。不仅如此，他们更想知道采访萨缪尔·贝克特是什么感觉。

所有这些想法都在巴黎的那个夏天汇聚起来，尤其是当我想起科恩·利文撒尔讲的贝克特如何把我说成"那个头发像斑马一样"。每次想到这件事，我都断定贝克特认为我在智识领域无足轻重，他只是在容忍我而已。这使我不快，让我想起早年当记者的经历。那时候，女记者基本上都是跟男性划清界限的"女孩子"，要么只能做调查员（就像我在《新闻周刊》一样）或者被打发到所谓社会版面，写写食谱和衣服、桥牌俱乐部和社交圈（我所在报社的主编曾经试图把我安排到那里，后来放弃，让我写新闻和特写）。想到贝克特可能把我打入这个类别，我心情沮丧。我常常要提醒自己，别忘了我们确定我日后基本行事原则的时候他说的两点："我的话就是我的承诺"，而且他"既不会帮助也不会阻挠"我的工作。我坚守他说的这两点，尤其是玛丽亚·乔拉斯打过电话以后，我觉得必须得告诉他。

我还在试图弄清怎么处理她这通奇怪的独白，确定应该把她说的哪些话或者多少话告诉他。他会不会特别不高兴，以至于收回合作？我最后推断，就算我把大部分（不是全部）都告诉他，他也会信守诺言。如果他有办法强化他自己的故事版本，他一定会那么做的。我不太情愿用"忽悠"这个当代字眼形容他的做法，但有时我觉得他极度接近布赖恩·科菲的观点：他试图在自己还活着并能享受这种感觉的时候影响后世对他的看法。

我写《贝克特传》的那些年采访过几百人。在这么长的时间里，他让玛丽亚·乔拉斯不要见我那次，我感觉自己最像一个被操控的提线木偶。她是唯一一个他不让跟我合作的人。我问他为什么，他又做了一次模仿秀，把她刻画成喋喋不休的八婆。

玛丽亚·乔拉斯的电话对我构成其他一些更长期的问题，因为她讲的很多东西都触及敏感领域。我写这本书的时候有一条严格的规矩，来自我的记者生涯：每一个故事都需要多个信源。我知道，我写的关于贝克特的很多东西对外界来说都是新的、未知的，所以每句话都必须做过最大限度的事实审核。

考虑到贝克特如何看待埃尔曼写的《乔伊斯传》，以及他如何把自己的生活分门别类，连最亲密的朋友和家人都求我告诉他们一些我惊讶地发现他们竟然不知道的事情，我学乖了，擅长转移这类问题以免他不高兴。此外，作为研究者，我不希望提供日后可能被证伪的传闻。有这一条作为最基本的前提，我决定写在书里的任何信息都必须有3个不同信源；这3个人都必须告诉我同样的故事，透露到目前为止不为人知的事实，都是独立提供而不是在我提示下提供。至于某些最敏感的信息，我希望有3个以上信源，有时候多到5个，否则不会采用。

然而，即使如此严格的体系也并非万无一失，而正是玛丽亚·乔拉斯在贝克特如何认识他妻子苏珊娜的问题上把我引入歧途，这个话题我发现很难从贝克特那里问出真相。苏珊娜在贝克特不愿意谈的话题里位置靠前。虽然他几乎每次谈话都很容易提到她的名字，并且总是肯定她为他的作品出版经历的艰辛，但我如果提起她的名字却无一例外会让他脸色发紫——暴怒的前奏，所以我在这种情况下都会小心地转换话题。

一定是有超过100人对我讲了贝克特和苏珊娜结识的经过。有一半人说他是30年代的某个夜里遇见她的。当时他走在街上，被一个精神不正常的人无故刺伤，躺倒在地，苏珊娜救了他。另一半人说，不对，他和她在他被刺之前很久就已经开始恋情。玛丽亚支持后一半人的说法，也就是双方之前就认识，而苏珊娜碰巧经过，看到贝克特被刺伤。因为玛丽亚对我说的其他一切都查证属实，也因为我最信任的信源——远远超过5个——大都同意她的版本，所以我这么写了。遗憾的是，事实并非如此。

等到传记出版，我也知道自己弄错以后，我联系很多当时同意玛丽亚说法的人，问他们为什么这样认为，他们的信息来自哪里。他们一开始大概都说"萨姆这么跟我说的"或者"我当时在巴黎，去医院里看过他"。后来，我紧追不舍，要求他们讲得更细一些。他们就会说，仔细回想，他们知道"跟萨姆关系密切的什么人当时在现场"，这个人这么告诉他们的，那个人原来就是玛丽亚·乔拉斯。她当时确实在巴黎，但和贝克特的关系并不密切，对他的私生活也不掌握一手信息。我的确做了事实核查，只是做得还不够。

有一个敏感关系我做了核实但没有写进传记，事关翻译芭芭拉·布雷，她和贝克特有过很长一段恋情。这不是新闻，我在伦敦和巴黎采访过的每个人几乎都知道，并且觉得理所当然。不仅如此，大家的共识是，这没有什么不正常，如果苏珊娜·贝克特接受，他们也接受。在都柏林却不是这样，很多人都窃笑着试图引入暧昧的话题。这段恋情在多次采访中反复出现，我很纠结该怎么下笔或者是否下笔。我在调研过程中决定把能找到的认识贝克特的每个人都采访一遍，无论他们怎么看他，因为我不希望被指责说只选正面而忽略负面的素材。我有足够的经验明白这点：就像记者们经常说的，任何一篇报道的操作方式都是别给自己挖坑，除非你写的是吹捧之作。如果贝克特的行为有什么不适当，我至少要考虑过这些方面，多半也要写一写。70年代，这种恋情可能不会被视为道德污点，但无疑是应该留在私底下的。

我抱着这样的想法给芭芭拉·布雷打电话，请求采访，不是关于她和贝克特的恋情，而是关于她如何进行翻译工作，在独自或者与贝克特合作的时候。我打算让对话自然展开，说到哪是哪。但她没给我机会解释为什么想跟她谈，而是尖叫着说她知道我为什么打电话，如果我对她和贝克特的关系写一个字，她的一个孩子就会自杀，她则会向世界宣告责任在我。我结结巴巴试图反驳，因为过于震惊而无法连贯思考；她则一路骂下去，直到重重地挂上电话。对于她和贝克特的关系，我一个字也没写，只是谨慎地提到她是翻译。

我决定在传记里写什么不写什么在很大程度上和时代趋势有关，适合出版的内容只限于比较慎重的信息。但是，不仅如此，身为女传记作者（而且是未经验证的女传记作者），我受到激烈的审视。20 世纪 70 年代，女性才刚刚开始创作并出版小说、回忆录和其他女性的传记。虽然女权主义理论处于上升期，女性却被（主要是男性）告知，她们永远无法成功，因为她们的写作对象不值得研究。此外，就算她们写了，她们对主题的处理也过于怯懦，缺乏威信。她们被指责"写法不同"，不同意味着二流。女性在很大程度上接受男性作出的判决，给自己找理由说榜样太少，这或许确实造成对艺术创新的恐惧。

一些专家把这称为"作者身份焦虑"，我倒是觉得这种说法令人安慰。我承认我有作者身份焦虑。我，那个在写报道时从不害怕问棘手问题的记者，却在写传记的时候不得不决定如何处理私人信息。

我的家人在暑假剩下来的时间愉快地旅行，去了尚蒂伊、凡尔赛和枫丹白露。冯·斯科特去卢森堡花园下完棋，带回家一张速写，画着他俯身面对棋盘的样子。这是一位艺术家送他的礼物，艺术家惊叹这个留着金色爆炸头的瘦小孩的棋艺。卡特妮兴奋异常地独自去逛勒克莱尔将军大街的鞋店，买回来的东西日后成了我们家族传说中的"法国灾难"：一双磨脚的刺眼黄色塑料鞋，最后被送到我们当地的慈善商店。

至于我，我的脚也痛，因为每天都要拎着重重的录音机和笔记本在巴黎艰难跋涉，结束一天的采访之后常常头晕脑涨。有几个人跟我聊过以后都对我说，他们怀疑贝克特不知道传记出来后将会面对什么。我觉得以这种方式描述他的参与非常奇怪，因此试图理解他们的言外之意。也许有什么负面的痛苦的伤人的秘密等待我去挖掘；如果是这样，我完全不知道该怎么下笔。

我常常发现，傍晚时分，公寓的百叶窗阻挡暑热，自己坐等家人归来，听他们吃饭时讲述这天的经历和故事，这些能让我开心，可以缓解我的压力：每天的发现就像一场逐渐展开的情节剧，使我不堪重负。我不止一次在黑夜抱头坐着，不知道自己在干什么。我最开始说过的那句话"天哪，我真不知道自己是不是写这本传记的料"，后来又一次次在心中浮现。但是，眼下正是最艰难的时刻，我在这个过程中也是在塑造自己。我必须继续下去，至少坚持到足以决定一切值不值得。就这样，我坚持着。

10

每次采访都独一无二。不仅适用于我只聊过一次的人，也适用于我聊过多次的人。在一次谈话中友好坦率、侃侃而谈的人，下次可能变得冷漠恶劣、令人不快。杰罗姆·林登就是一个绝好的例子。我刚开始采访他的时候，有一次他让我足足录了两小时音，透露了很多情况，涉及贝克特在戏剧界的合作者，有详细的信息，也有不着边际的谣言。他还笑个不停地讲到，出版界有些人现在后悔没能在战争结束后苏珊娜·贝克特找他们的时候出版他的作品。林登把所有他和贝克特的通信以及跟贝克特有关的通信都拿给我看，还给我一些信的拷贝。他打开照片档案，拿出厚厚一沓资料给我，包括法文版的《终局》首演。他还给我看大量剪报，让我过几天再来，说到时都会准备好供我细读。几天后，我打电话跟他约时间，他的态度完全变了，说不可能让我看那些剪报，因为它们"太过宝贵"。这种变卦很奇怪，因为那些东西只是收集的一些文章和评论。在前互联网时代，在他的办公室看这些材料可以节省很多时间，我可以用这些时间做更有价值的事情，而不是去档案里找寻。我把林登突然变脸的事讲给戏剧导演让－玛丽·塞罗的妻子、演员兼剧作家热纳维耶芙·塞罗，她帮了我一把，把自己收集的大量剪报提供给我。在研究法国戏剧史方面，她为我节省好多天甚至是好几个星期的时间。

乔治·贝尔蒙是另一个奇怪的采访对象。我见他的时候，他是著名的作家、翻译家。他1928年初次和贝克特见面时还用原名，乔治·珀洛尔松，在高等师范学院读书，是班里唯一学英语的。贝克特是英语交换讲师，被指派做他的导师。他们的友谊从那时开始并逐渐加深，但双方的关系却在战后变得极其紧张。珀洛尔松在战时的行为不太审慎，但并没有糟糕到像那些公开通敌的知识分子一样在战后的清洗中受到惩罚。他悄悄把名字改成贝尔蒙，低调度日，在出版界找了个差事，向法国出版界推荐英语图书，有时也把这些书译成法文。这和他在战前的生活天差地别，贝克特当时曾把他引荐给詹姆斯·乔伊斯以及乔伊斯的圈子，后者热情地欢迎他。以玛丽亚·乔拉斯为代表的战后幸存者却不肯再和他有任何关系。贝克特是唯一还见他的人，并且有几次以个人身份推荐他或在经济上帮助他。

我在贝尔蒙的办公室第一次见他的时候，他显然不太自在，所以我像往常一样开始闲聊，让他放松。我告诉他，我已经去爱尔兰做过一次调研，对他在法国第一次见贝克特以及他俩在都柏林三一学院时如何加深友谊很感兴趣。我没有提他改名的事情。他兴奋起来，给我讲了很多他们在大学里如何胡作非为、搞恶作剧的故事。这时他满面红光，整个身体都舒展放松下来。显然，他心情愉快，我也很愉快，但接下来要谈正事了。我略过战争年代，直接问他记不记得战争结束后他第一次见到贝克特是什么时候。这一问，情况马上大变。他还没回答，办公室的门就打开了，进来一个同事，一个身材瘦小、表情严厉的女人，直瞪着我。我可以在贝尔蒙的脸上看到恐惧。他脸色发白，本来极富表现力的双手开始颤抖。他在试图点一支烟斗或者一根香烟，我记不清了。我只记得他在抖。

安排我和贝尔蒙这次会面的是玛丽·克林，她已经警告过我当心这个女人，她称之为他的"看门狗"。这个女人显然已经在关着的门外待了一个多小时，听着我们的每句对话。我一旦有可能把问题从战前转到战后，她就出来保护他了。

我对贝克特讲了这次会面，这加深了我对他逐渐产生的另一个印象。尽管他不喜欢讨论女人，任何女人，无论是跟他有职业合作关系还是有私人关系（友情或性关系），他对谈论男人倒是毫无顾虑，而且常有很多细节。我最后得出的印象是，他对珀洛尔松/贝尔蒙的感情是悲哀：他职业生涯开始时前程似锦，现在却只能混吃等死，活在孤独和悔恨中。

约翰·蒙塔古提供的则是另一种会面。他从爱尔兰的科克、也就是他当时教书的地方写信告诉我，他听贝克特说起我在写他的传记。他要来巴黎，并且确信我想跟他聊，因为他"跟萨姆特熟"。他期待我照顾他的日程安排，并且定下我们见面的日期、时间和地点：在曼恩大街蒙鲁日圣皮埃尔大教堂前面，上午 11 点整，然后我跟他一起去马路对面的维利鞋店，他要买唯一穿着不脚疼的鞋，爱尔兰买不到。然后我们一起去达盖尔街他前妻马德莱娜的家。在那儿，他终将接受我的采访。当我被下达这样的命令，我习惯在内心默默地说："好吧……"在那伟大的一天降临之前，我无疑是说了一两次："好吧……"

到了马德莱娜·蒙塔古家，我见到一位迷人的法国女子，英语说得极好，愉快地宽恕了前夫的拈花惹草，这种行为导致他们离婚、他再婚并当了父亲。她借故离开。蒙塔古便指引我坐下，站在我面前，把他要呈现的资料都堆在桌上。我觉得自己就像教室里的学生，他则开始授课，表达清楚，技术娴熟，讲的是他在萨缪尔·贝克特的生命中扮演多么重要的角色。这明显经过深思熟虑，都是事先准备好的内容。他中间停下来几次，确保录音机在正常工作，我也在认真记笔记。他嘱咐我一定要按他说的写，并在尾注和致谢中热情洋溢地引用他。为强化自己在爱尔兰文学中的重要地位，他给我提供不同出版物的副本，包括权威的《多尔曼》（*Dolman*）杂志。

讲了几小时的课并在提到他的各类出版物的相关段落上做好标记以后，他说累了，今天先到这里。但他指示我第二天上午 11 点整准时回到马德莱娜家，他会把他跟贝克特的通信拷贝拿给我。他把最好的留在最后，只为巩固自己的重要地位，不仅在贝克特的生命中，而且本人也作为一个大诗人，同时确保第二天可以考问我，看我是不是把他说的都记下来了。啊对，还有，那天晚上，他要"跟萨姆喝一杯"。他在我的小马驹鼻子面前摇晃着另一根胡萝卜（因为对他来说我显然连一头成年母马都算不上）：说一定会告诉贝克特，他觉得我是一位多么"负责任的学者"。

此次采访戛然而止，正如开始时一样突然：我突然发现自己已经被送出大门。我跟跟跄跄地走在德盖尔街上，穿过一片纵横交错的街道，回到阿莱西亚街我们的公寓，不得不静静坐了好久，消化这一天的事件，同时默念着："好吧……"

写蒙塔古使我想到自己采访的其他一些声称和贝克特关系密切的作家。他们的态度只能用意第绪语单词"chutzpah"来形容，英语词典的解释是"不要脸""厚颜无耻"。我把伊斯雷尔·霍罗维茨归入这一类。采访在纽约他的家中进行。此前，也就是在1973年5月底那疯狂的几天，他打电话给我，当时我正忙着安排自己和家人去巴黎暂住的事情。他通过琼和乔治·雷维以及他们在纽约戏剧界的小道消息网听说了我，自称也"跟萨姆特别熟"，所以必须在我离开前给我些"启发"。我之前没听说过霍罗维茨和贝克特有交情，但因为每种可能性都不放弃，所以尽职尽责地按照他指定的时间来到11大道他的住处。他没有客套就直接领我落座，然后以极尽铺陈的夸张动作拿出一个文件夹，封面似乎是他亲手装饰的。他毕恭毕敬地打开这个文件夹，向我展示打印出来的一串问题和回答。

"这些都是你要在传记里处理的问题，为此你需要我提供答案,"他说,"你不可以用自己的话或者观点,而要引用我的原话,按照我在这儿写的,一个字也不能错。所以你必须把这本东西按原样复制,一定要放在书的中间部分,随手打开正好就翻到这儿,这是全书最重要的内容。"我惊讶得说不出话来,捧着这本东西呆坐在那儿,琢磨着可以多快逃走。霍罗维茨毫不灰心,笑容满面地对我说:"你不仅将写出贝克特的传记,还将真实记录下他与另一位伟大剧作家的最伟大友谊。"又一个"好吧……"时刻,不用问,这些东西都没有进入我的传记。

雷维夫妇在1973年7月初来到巴黎,像往常一样,他们制造各种戏剧性的场面,带来这样或那样的麻烦,但更多的是对贝克特而不是我。因为我和家人在巴黎过夏天,雷维夫妇也希望在那儿,并且期待我满足他们的心血来潮。至少承担这个负担的不只有我,我不客气地把他们的举动称作"利用"贝克特的慷慨。尽管贝克特已经数倍偿还,那么多年后,乔治还在强调"你欠我的",因为他为推动《墨菲》出版所做的一切。他们此行,贝克特支付他们的酒店费用,多次请他们吃饭,甚至作出更大的个人牺牲:在琼的坚持下,把他们介绍给让-玛丽·塞罗和罗杰·布林。琼·雷维自认为是剧作家,跟马布矿场剧团的演员交了朋友。在剧团创始人兼导演李·布鲁尔以及几位演员在去巴黎的时候,她想办法安排贝克特认识他们,这里包括演员戴维·沃里洛,他后来成为贝克特最好的翻译之一,也成了他的好朋友。

琼那次去巴黎见到贝克特做的第一件事就是给他厚厚一摞自己写的东西。第二天，贝克特见到我的时候模仿自己如何在她那些手稿的重压下步履蹒跚大声哀号："她赐给我一摞剧本，现在我到底该怎么办？"我不知如何回答，只好耸耸肩，转换话题，问他布林和塞罗的事。他告诉我，琼·雷维这次也准备好同样一摞剧本要给他们，但他们拒绝接受，说只看得懂法文，所以她得找人把剧本翻译了。琼马上向贝克特寻求帮助，贝克特对她的要求既尴尬又震惊，但还是找了一个他认识并且喜欢的年轻翻译。琼与这位翻译见了几次，第一印象很差，结局是翻译提前两周出发去度8月份的假以摆脱雷维夫妇。

我们一家结束快乐的巴黎之夏回家以后，雷维夫妇根本不考虑时间合适不合适，来了兴致就给我打电话，向我下达我所说的"行军令"。这些命令大部分是要求我驱车去纽约市里，在"多里安的红手"餐厅见乔治，请他喝酒，他则极慢极慢地拿出一两封"重要"的信，是贝克特在30年代写的。我通常都能放下手头的事情赶过去见他，因为这些信的确重要，我也需要。有时候，他能感觉到我的烦躁，因为他把我的生活弄得颠三倒四，他就把手伸进兜里，慢慢地，仿佛不忍与之分离一样，掏出几张日记，那是他当年试图向出版商推销《墨菲》时记的。另一些时候，他给我看一些信，上面有画，来自他和贝克特的挚友吉尔和布兰姆·凡·维尔德。贝克特想用来作《墨菲》封面的下棋的猴子的轮转凹版画，只有乔治有拷贝，就连最初发表这张画的报纸也没有。他那敛物癖的公寓里藏着好多有历史意义的材料，不仅对萨缪尔·贝克特的生命重要，对世纪中叶的欧洲艺术和文学也很重要。

乔治是一位"泽里格"[1]，20世纪初的每个人他都认识，并且有相应的物品证明这一点。让他拿出这些东西就好像一边揪掉我自己的头发一边拔掉我自己的牙齿那么痛苦。但我非常同情这个贫穷的老头，他悲惨地被当代文化圈忽视，因为跟我聊天感觉获得一段新生。他希望，只要是跟贝克特有关的事情，我都把他放在核心位置。我则安慰自己说，这相当于我的某种"善行"。但是，哦老天，真难啊！

比尽职尽责给他买酒喝的那些下午更糟的是周末，他和琼"必须摆脱纽约"，因此不请自来地光临我在伍德布里奇的家。我们的房子是我丈夫设计的，建在林间的一个陡坡上。房子周围有一圈平台，下面是一条小溪和一个池塘，一株大橡树的树干穿过平台。这是一幢神奇的房子，有足够多的卧室，我们也很欢迎客人来暂住，但雷维夫妇践踏所有界限。我通常是在他们打电话通知我他们的火车几点到纽黑文以便我可以及时赶去接他们的时候才得知他们不请自来。他们娴熟地打着贫穷牌，尽管我对此存疑——琼的娘家姓是布洛瓦，她来自布洛瓦钟表家族。但是，如果我想要那些文件，我就不得不伺候这二位。

我们在巴黎的时候，两个孩子对即将到来的巴士底

---

[1] 能随环境变化改变外貌行为或态度的人，得名于伍迪·艾伦电影《西力传》的主人公。——译注

日特别兴奋,因为那天会有游行和焰火。雷维夫妇认为那天很适合我搞一场晚宴招待他们,因此向我出具他们列出的客人名单。贝克特排第一,但在琼的剧本事件后,他告诉我说已经明智地决定动身前往于西,并且会一直待在那边,直到雷维夫妇飞回纽约。他们希望我邀请他们的老友比尔·海特以及迷人的(通情达理的)德西蕾·穆尔黑德。鉴于比尔和德西蕾当时又一次在招待艺术家埃迪·艾伦和利娅·龙代利,我们也很高兴地邀请这两位。科恩·利文撒尔和玛丽昂·利只能来喝酒,因为他们晚餐有约。海特告诉蒙塔古聚会的事,他于是打个电话不请自来。我们除了点头还能说什么?我们还邀请罗杰·布林,他问能否带上让·马丁。我们都激动地期待认识他。

这么一来,我们突然要请13个人喝酒,其中10人留下吃饭。蒙塔古炫耀地广而告之他晚饭有约,暗示是和贝克特。我与科恩和玛丽昂交换眼神,因为我们知道贝克特根本不在巴黎。到这时候,我已经习惯于面对所有的"贝克特俱乐部成员",这些人声称跟"萨姆"一起喝酒吃饭,而在他们说的时间段贝克特和他们都不在一个城市。我只是笑笑,祝蒙塔古愉快。

幸好,公寓的餐桌很大,可以挤着坐10个人。但给他们吃什么呢?我们决定走非常美国化的路子,做汉堡和土豆沙拉,配一些绝好的奶酪。甜点我打算做苹果塔,算是美式苹果派。每个人都爱这份菜单,吃得不亦乐乎。贝克特下一周从于西回到巴黎时,对这次派对了解得一清二楚,因为他审问了多数宾客。他知道我们提供美式食物,我的两个孩子因为参加游行回来晚了，狼吞虎咽之后马上出门，赶得及看焰火。他问了很多关于汉堡的问题，尤其是我用什么面包，说他1964年在纽约吃过一次汉堡，不太喜欢那种面包，那是他唯一一次去美国。他知道布林和马丁"表演了"，他们对出演贝克特戏剧是什么感觉的各种传说非常着迷，甚至现场表演某些角色。大家都没走，一直待到地铁晚上停运很久以后，我丈夫和我轮流送他们去街上的出租车站，等啊等啊车也不来。我们都筋疲力尽，天色渐明才终于能上床休息。我告诉贝克特，那是一个愉快的夜晚，有那么多他的朋友在场，他们都在赞美他。这一刻，情况突变。

我们的谈话一开始很友好，但我感觉贝克特提的问题越来越尖锐，有一种明确的非难意味。他不高兴这么多他的朋友成了我的朋友。不仅如此，我认为他感到惊恐，因为我打破他的分门别类，把他的朋友们聚集起来，可以交换对他的意见，交流关于他的信息。我的思绪闪回到纽约，住东85街的雷维和住西85街的科布勒一直不敢见面，直到我自以为是地介绍他们认识。我意识到，巴士底日那天在我公寓里发生的事情也是一样。除了海特一对儿和利文撒尔夫妇以外，贝克特的这些朋友以前都互不认识。

我的这种印象后来进一步加深。我跟贝克特见面几天后，阿维格多·阿里卡打电话说，他在蒙巴纳斯大街碰到雷维夫妇，他们刚好一同步行去和贝克特一起吃饭，乔治告诉他有关派对的事。饭桌上，话题重谈，阿维格多问雷维夫妇我为什么不请他，他可以看出这让贝克特不高兴。

我问，贝克特怎么说？阿维格多嘟囔了一句，我听不明白。但是，显然贝克特很不高兴，对于那个派对、各种谈话和接下来的问题都不高兴。

我把这件事讲给玛丽·克林，她那个夏天给我帮了大忙。玛丽说，或许我现在该离开巴黎了，这样事态才可以"平静下来"。玛丽在出版界关系很多，贝克特小圈子发出的这个信号意味着喧嚣骚动。她告诉我，反馈从好奇（我是谁，我在干什么，为什么贝克特允许我这么干）到怨恨（主要是，为什么我联络了 X 却没有联络 Y）。最令人震惊的是，玛丽告诉我，林登告诉她，我的出现和我的项目制造一场"骚动"，贝克特对于被卷进去心烦意乱。

玛丽对我在这么短的时间做了这么多事感到惊奇。我把做过的事情累加起来以后也意识到，工作量确实惊人。我还意识到，自己已筋疲力尽。我的家人不亦乐乎地探索了巴黎及其周边，我决定自己也放松一下。我们去喜欢的饭馆、博物馆和商店，去最爱的集市买异国情调的奶酪和水果，坐在卢森堡花园里看孩子们划小船。我也看看自己的两个孩子穿过蒙苏里公园做告别跑。

那时已经快到 8 月中旬，两个孩子需要为开学做准备。我也需要准备好开启一种模式，坚持到这本书写完出版，那就是当兼职老师教一学期的书——随便什么学校，只要有工作给我就行——尽量攒钱，学期一结束就回巴黎做下次调研。

到回家的时候了。要离开阿莱西亚街，我们都很难过。此外，我们还不得不买一只超大号的行李箱，用来装我收集的材料。我们告别动身。在横穿大西洋的途中,我计划谋划担忧了一路。一旦回到康涅狄格的书房,打开行李箱,然后呢?我离可以动笔还有十万八千里。但在某个时刻,我必须安静地坐下来,想清楚传记究竟该怎么写。

11

1973年11月17日,我在日记里记道:"两年前的今天我第一次见萨缪尔·贝克特,早知道就好了!"在同一页,我又写道:"今天快过完了,一个字也没写。不像话。"不过,没动笔这件事不会让我过于沮丧,因为我得到几个重要的文件集,花很多时间研读,包括劳伦斯·威利教授有关鲁西永的档案。战争期间,贝克特所在的反抗组织暴露后他曾在那藏身。

但是,尽管威利和几位美国学者的慷慨帮助给我鼓舞,想到从巴黎回来以后自己正经写的东西只有无数份经费申请,我就沮丧。我当时四处寻找研究经费,同时忙着在哈特福德圣三一学院教两门课。这两门课都很难上,学生人数也超额。我要在那里工作一学期,给一位学术休假的老师代课。既要设法筹措研究经费,又要努力履行家庭责任,这样的生活模式接下来消耗我将近4年的时间。我有些朋友是康涅狄格州立大学系统的教职人员,当南康涅狄格州立大学或者康涅狄格州立中央大学有教师请假,他们就安排我填补空缺。我处在州学术界的最底层,这个位置的教师通常都教三四门课,所以我通常要教四节作文课,每节课有三四十名痛恨完成作业的学生。

想到他们每周的作文,我至今仍然不愿去计算为纠正他们用掉多少红墨水。而且,尽管做了这么多,我得到的却是助理教师那点儿可怜的工资。难怪快到年底我还一个字也没写,也难怪我责怪自己缺乏进展,没有能力"拥有一切",成为所有女性杂志都在教导我应该要成为的那种"一切尽在掌握"的生物。

除了所有这些教学工作,申请经费的过程也把我掏空,从填表的体力消耗到等待结果的精神紧张。我是无名小卒,一个没有全职工作的博士,正在写一本传记——对于那些将对我的申请进行评审的文学学者来说,这是令人难以容忍的事情。尽管如此,几家最受尊敬的奖学金机构还是对我的项目产生一定兴趣,请我提供详细介绍和写作样篇。他们燃起我的希望,然后又将其扑灭。

我没有拿到能让我抽出一年时间去写书、做研究的高额奖学金,但好歹从美国学术团体理事会和美国哲学学会获得几千美金的研究资助。这帮了大忙,足够我安排冬天去伦敦调研,然后在1974年初去都柏林,最后到巴黎短暂停留。但这些钱不够为家庭开支做任何贡献,尤其是两个孩子在本地私立学校的学费。

让他们上私立学校并非出自家长的虚荣心,因为本地公立学校非常棒。但公立学校的校车每天早晨7点半就来接孩子,中午12点45分把他们送回来。我在家工作。最出活儿的时间如果有两个青春期的孩子在旁边吵吵嚷嚷干着这个年龄的孩子爱干的事，对我来说会很麻烦。此外，我出差调研的时候，也不希望他们在爸爸回家以前有那么长的时间缺乏监管。他们都是值得信任的好孩子，但没人管的时间还是过长。在霍普金斯中学，他们早晨8点离家，下午4点放学，然后还有必修的运动项目。他们6点和爸爸一起回来，然后很快我们就一起吃晚饭。这种安排对所有人来说都好得多。我在接下来的几年可能有很多时间不在家，但我下定决心，在一起的时候，我们就要遵循家庭传统，而一起吃饭对我们所有人都很重要。

那时候，我丈夫冯已经是哈特福德沃兹沃思学会博物馆的行政负责人。当时，这个著名的博物馆由极具远见的詹姆斯·艾略特领导。冯负责日常运营，使吉姆[1]可以集中精力为博物馆寻找当代先锋艺术。与吉姆合作的策展人名叫彼得·马洛，他教冯和我什么是先锋艺术，另一位同事查尔斯·爱德华兹则帮助冯处理经济事务。在我写书的调研过程中，机缘巧合发挥了很大作用，查理·爱德华兹就是一个重要的例子。他的岳父皮埃尔·雷诺将军碰巧是法国陆军的重要将领。因为他，我得以进入万塞讷的军事档案馆，发现贝克特因为二战英勇事迹获得抵抗荣誉勋章的嘉奖令。

沃兹沃思学会博物馆还使我有缘认识其他一些人，比如亚历山大·"桑迪"·考尔德和他的妻子路易莎。考尔德

---

[1] 詹姆斯的昵称。——译注

夫妇跟贝克特交往不深,在他们所说的他的"乔伊斯年代"见过他。他们给我一份有用的名单,上面的人都在法国,包括加布丽埃勒·比费-皮卡比亚,即画家弗朗西斯·皮卡比亚的前妻,还有他们的女儿雅尼娜——这对母女都是贝克特参加抵抗运动的伙伴。路易莎讲到雅尼娜·皮卡比亚从被审讯时所在的办公室偷出一台又大又重的机器,是纳粹给身份证盖章用的。我见到皮卡比亚母女时,她们兴高采烈地表演起当年如何把这台机器藏在加布丽埃勒宽大的裙摆下面,她如何并紧两腿一点点蹭着走出大楼,途中有几位年轻士兵都想帮助这两位女士,雅尼娜则谢绝了他们的善意。

另一个极其重要的机缘来自博物馆捐赠者的网络。我把自己称作"被雇来帮忙的太太",因为经常得参加一些正式活动,在活动上要帮忙去娱乐那些太太们,以免她们在富豪丈夫被诱捐的时候受到冷落。一次活动上,有人告诉我康涅狄格艺术委员会正在向学者和作家发放研究补助。我想反正也没有损失,就申请了。因为相关工作人员都毫无头绪,我在那区区 1000 美元补助上花掉的时间比申请其他所有补助加起来还多。这个项目相对较新,没有固定程序。鉴于我的申请也不太一般,我不得不按他们的要求完成一大串配合步骤,然后这些再被精简。我要提交预算以及打算如何使用这笔钱的详细声明,并且接受董事会数位成员的面试。提交的材料还必须包括"个人"章节,我于是写到两个孩子以及需要为他们的教育出资。我最终拿到这笔资助,也就是说,加上另外两项资助,我 1974 年的个人和职业任务都完成了。

多年以后,时任艺术委员会主任的安东尼·凯勒告诉我,委员会内部当年曾对是否批准这笔后来称作"第一例保姆补助"的经费有些犹豫。后来若干年,当女权主义推动女性进入职场并且参与公共生活,我就成了一个范例,董事会在讨论是否资助提出特殊要求的女性时总会拿出来讲。听托尼讲我在这个过程中发挥的小小作用,我备感喜悦和骄傲。

就这样,钱已到位,该让家人为我不在家的大概1个月做好准备。我们家的地下室有一个巨大的卧式冰柜,尽管我丈夫是烹饪天才——肯定比我强——我仍然觉得把冰箱塞满是我的职责。晚饭以后,我批改作文,炉子上煨着一大锅意大利面酱。秋天,有几个周六,我们家的其他三位贝尔在后院摘苹果,我则做了15张饼皮。我还做了肉饼,炖了肉,做了饼干和西式一锅烩。我丈夫一直跟我说没必要做这么多,但我当时觉得自己必须做好每个角色、每件事情,尤其是在家庭这条战线。如果想有自己的生活,我就得确保家人排在第一位。我做这一切既是出于离开他们的内疚,也是希望我不在家的时候能通过这些食物让他们想起我的爱。

卡特妮最近讲了一个我不知道的事,有关街对面的邻居,她是全职妻子和妈妈,每天都为丈夫和两个女儿做一大桌热腾腾的午饭。"小可怜儿,"她总是这么对我女儿说,"你妈妈根本就不管你,总在外头忙,把你扔在家,快来和我们一块儿吃饭吧。"卡特妮说,这件事一直让她困惑。她当然想我，但她很喜欢我不管去哪儿总会从当地带回特别棒的纪念品。冯·斯科特告诉我，他不记得我不在家有任何"不好"的地方，因为我总是想办法跟他们保持联系。越洋电话很贵，但邮件相对便宜，所以我们每周都会互寄录音。他还记得他和读三年级的卡特妮录的一段音。当时她刚开始在学校上音乐课，他则充当报幕员，宣布她将为我表演"弹拨中提琴"。除了每周的录音，我还总会在频繁的信里加入一些好玩儿的东西，通常是当地报纸的剪报，有关摇滚乐队或国际象棋比赛。对一个长身体的男孩来说，更重要的是，晚餐总有美味的东西，所以我不在那儿跟他们一起吃没什么关系。

那笔补助 1973 年秋天拨下来，而我要到 1974 年 1 月才能动身去欧洲，所以我决定拿出一小部分钱在 10 月份去一趟渥太华，快去快回，只过一晚，采访波兰剧作家、批评家亚当·塔恩。作为《对话》杂志的主编，他发挥关键作用，把法国先锋戏剧介绍到波兰。他还直接和贝克特合作，把《等待戈多》的波兰语版搬上舞台。我发现，塔恩尽管身体不好（他一年多以后去世），却非常健谈，说起话来神采奕奕，令人着迷。不过，或许因为身体不好，他才如此迫切地想尽情聊聊贝克特。他们之间的每次互动，或者塔恩参与的跟贝克特戏剧有关的任何戏剧活动，他都拿出大量的资料。所以，当他拿出信件和记录，告诉我有关贝克特性取向的一些令人费解的情况——从传记作者的角度来说也是成问题的情况，因为这恰恰是我不希望发现的东西——我感到不知所措。在塔恩拿给我看的信中，贝克特依稀提到一些似乎由其他男性发起的性接触。我第二天又去见塔恩，要求再读读那些信并且做笔记。他似乎觉得我的"美国清教主义性道德"很好笑，不动声色地把那些信拿出来。但是，老实说，我极度尴尬，手足无措，不好意思详细询问，因为也确实不想面对。我不知道在传记里怎么处理这些信息，就接受他的解释：这种接触没什么大不了的，不是始于贝克特而始于别人。我想可以先把这个信息存档日后参考，希望通过其他采访证实或否定他告诉我的情况。

那天夜里，在去拉瓜迪亚机场的短途飞行中，我纠结着怎么处理这个信息。1973年，"同性恋"这个词还很新，多数是同性恋或双性恋的公众人物都秘而不宣。字典里没有让人"出柜"这个词，"柜"也只有一个意思。对我而言，让萨缪尔·贝克特这种级别的人"出柜"根本无法想象。即使如此，我还是得想办法处理碰到的信息，无论是什么。我无法忽视塔恩以如此漫不经心的态度坚称的事实，但我必须找到谨慎而艺术的办法向他人打听。我不能亮出自己的牌，当然也不想惊动任何人，尤其是萨缪尔·贝克特。

那次飞行途中，我回想之前的夏天，约翰·蒙塔古和我在比尔·海特的工作室聊天。蒙塔古掩饰不住幸灾乐祸地告诉我："你把萨姆搞得很紧张，因为他肯定你要写他的性生活。"当时，我以为蒙塔古只是暗示贝克特在都柏林的爱情故事或者他与芭芭拉·布雷还在持续的关系。我转头看看比尔·海特，用表情问他：蒙塔古刚刚说的有关贝克特的事是真的吗？根据我的笔记，蒙塔古被证明是"满嘴跑火车"的家伙，我认为他是不可靠的证人。但是，海特没有笑，而是严肃地点头。我也把这存档留作以后考虑，没再追问。但是，飞机落地，我却禁不住怀疑：在我跟贝克特有几次不那么顺利的对话中，他显得极不自然，原因会不会就是他性取向的这个方面，也就是塔恩如此若无其事地透露出来的信息。

12月，我觉得自己有机会着手揭开贝克特的性取向之谜了，因为发生一件不同寻常的事。科恩·利文撒尔来信说，他和玛丽昂计划来纽约，非常期待到康涅狄格看我。这从几方面来说都不可思议。科恩和玛丽昂身体都不太好，据我所知在美国也没有熟人或亲戚。另外，他们在法国靠养老金生活，过得紧紧巴巴，如此奢侈的假期似乎超出他们的支付能力。乔治·雷维很快告诉我，这是贝克特的礼物，他为他们支付飞机票和市中心的高级酒店。当然，科恩和玛丽昂来康涅狄格的时候，乔治和琼也会来，他们已经把自己指定为陪同。

幸好，我在圣三一学院教课的那学期刚刚结束，所以有时间请他们来待一天。我在纽黑文的联合车站接上他们4个，然后驱车直奔哈特福德和沃兹沃思学会博物馆。我们在餐厅吃午饭，然后游览博物馆。后来，冯也加入我们，挤进我那辆大大的老福特乡绅旅行车，开回家。我那两个棒棒的孩子已经摆好餐桌，把烤牛肉放进烤箱，生起我早晨预备好的炉火。我们之前刚布置了一些圣诞彩灯，我又点上几根蜡烛。房间里灯火通明，熠熠生辉。我看到科恩和玛丽昂交换眼神，表示印象很好。我们一到家，乔治就直奔酒柜和威士忌。大家很快进入一种轻松快活的状态。我没机会问科恩任何实质性的问题，交谈一直亲切友好但流于表面。

冯和我开车送他们4个去赶晚班火车，把他们送上站台。火车开走以后，我俩转过头看着彼此问："这到底是什么意思？"我们都知道答案。贝克特很好奇，他们会把在这儿的经历向他汇报。

12

对这本传记的诞生来说，1974年在很多方面都是最不同寻常的一年。今天，回过头看，我真不知道自己是怎么熬过来的。我需要从都柏林和伦敦开始1974年的调研之旅，因为这两个地方还有太多人没采访过。但是，因为利文撒尔和利的意外来访，我觉得先到巴黎待一个星期比较好，以防在贝克特那边需要做什么补救。我12月初给他写信，他几天后回信，就是那种名片大小的卡片，写一两句话装在航空信封里寄出。他只说我到了就给他打电话。

我1月6日到了巴黎，当天是周六，我按指示给他打电话，他没接，所以我就寄了一个小蓝条，马上开始确认其他的约会。我只有一周的预算，得抓紧行动。周日我又打一次电话，他还是没接。我有些不安，但周末继续忙着见朋友，包括玛丽·克林。她周日中午请我吃饭，鼓励我动笔，这样她就有东西拿给几个感兴趣的法国出版商。我不想告诉她我几乎只字未写，就说我还得多做点研究，然后才能自信地拿出东西。令人遗憾，这个解释是真的。

雷诺夫人和雷诺将军请我吃饭，将军还自告奋勇查阅万塞讷档案馆的文件。那个档案馆计划到1975年才对研究人员开放。我估计我的书至少要到1976年才能写完出版，所以大家一致认为：我们的行为不违法。

我在菁英咖啡馆见了约翰·杰拉西，因为他告诉我西蒙娜·德·波伏娃会去那儿。他说他对波伏娃讲了我的情况，她想见我，因为她关于贝克特有很多话要说，尤其是她有多不喜欢他。我已经从贝克特那里了解到他有多不喜欢她，所以很想听听她怎么说。我在咖啡馆等她，直到我马上就得离开赴下一场约会。很清楚，她不会来了。我那次没见到她。但是，多年以后，当我开始写《波伏娃传》，我常常想到这次擦肩而过，琢磨着如果之前就认识她，我会不会犹豫写她的传记，甚至干脆拒绝。

周一，我再次给贝克特打电话，他还是没接。我做了一天的采访回到酒店，发现错过他的电话，是从于西打来的。留给我的信息是，贝克特先生从于西打了电话，但没有其他内容，也没留号码。我并不担心，因为我认为这意味着他不出一两天就会回巴黎，再给我打电话。所以我继续赴约，包括和很多战争期间认识他、跟他一起参加抵抗组织的人。

贝克特的朋友，也是抵抗组织的战友阿尔弗雷德的遗孀玛丽·佩龙夫人对我讲了抵抗组织战士家人面对的紧张和恐惧，非常感人。她还告诉我，她丈夫1945年死在集中营以后贝克特如何善良慷慨地对待她和她的孩子们。我这次也见到皮卡比亚母女，在她们的画室。屋里到处都是弗朗西斯·皮卡比亚的画作,猫多得数不过来。这些猫抓挠主人,飞檐走壁,爬到那些画作上面对哈对吼。在这个野性十足但有声有色的背景下,皮卡比亚母女讲了她们在抵抗组织的种种历险,精彩纷呈引人入胜。她们的勇敢令我肃然起敬。后来,我跟贝克特说起她们,他唯有钦佩地说"她们什么都不怕,了不起"。

我抽出一天时间去于西附近的小镇拉费泰苏茹瓦尔,看望年事已高的若塞特·海登。海登夫人是艺术家亨利·海登的遗孀。当年,贝克特藏身鲁西永的时候,这对夫妇也住在那里。像她丈夫一样,她经常靠学英语打发无聊的时间。她说有东西给我看,但我们首先得喝点"翰格":她最喜欢的苏格兰威士忌(当时是上午11点)。然后,她请我吃午饭。她让去火车站接我的那位司机开车带我们去她经常吃午饭的地方。在那儿我一定得见见曾经在纽约昆斯工作的主厨。若塞特(她让我这么叫她)点了葡萄酒,说我们必须先喝汤,这汤棒极了。我不需要酒,但在冷天里喝上一大碗热汤再好不过。她说要为我点菜,因为她了解菜单,周四的格外好。下一道菜是巨大的鱼片,浇着奶油汁,配上土豆和几种蔬菜,当然非常美味。我俩大吃一顿,喝了好几杯酒助消化。我以为吃完了就等咖啡了,结果又端上来一道菜,厚厚一大块烤羊肉,配着更多的土豆和蔬菜。对面那位瘦小的女人开始大快朵颐,也期望我马上开动。我竟然也吃掉大部分,还有接下来的焦糖布丁。我在下午剩下来的时间如何保持正常功能至今还是个谜。回到她家,她又倒了更多的"翰格"。我感谢录音机录下她对鲁西永的回忆和提供的材料，因为我那天做的记录不太容易辨认。

海登夫人的司机把我送回车站，车上还坐满他的工友，他们要去铁路上班。他们都对司机说，他瞎吹牛。他们说，我看起来不像什么大人物，只像个可能喝多了的普通美国女孩。

我时不时会遇到一些人，他们眼里的贝克特不是理想化的"伟大的圣人萨姆"。这样的人通常是另一位爱尔兰作家。比如我在比尔·海特工作室认识的艾丹·希金斯。希金斯宣扬所谓爱尔兰知识界的"正式"结论，但我无法确定他的讽刺挖苦是准确反映其他爱尔兰作家如何评价这位同胞的写作，还是仅仅出于他本人的嫉妒。

负面的看法还是会让我惊讶，尤其是出自像珍妮·布拉德利这样著名的文学经纪人。她带着公开的敌意评论贝克特。她告诉我，她鄙视贝克特，因为他一直是"乔伊斯的哈巴狗"。她还建议我"认真考察他对名利的强烈欲望"。她说，我如果能去深挖他和露西娅·乔伊斯的"恋情"真相，那将尤其明智。在布拉德利之前没有人如此激烈批评贝克特，因为她的身份，我不得不认真对待她的话。她的诚实和敏锐名声远播，她的判断力得到巴黎文学界的绝对信任。

等到和布拉德利见面的时候，我已经采访了不少人——大概有 60 个，而且每天都在增加——足以意识到自己接手了一项无比艰巨的任务，要给一个极度复杂的人作传；在动笔写第一个字之前，各种信息和观点都需要大量细致的辨别、筛查和解释。这项事业之艰巨使我夜不能寐。我有时半夜醒来，陷入我所说的"凌晨4点像野马狂奔一样的焦虑"，不知道有什么办法能保住脸面不写这本书。

那一周转眼过去，突然就已经是周五，可我还没见到贝克特，也没有他的进一步消息。但他却成为一股看不见的力量，我走到哪就出现在哪，使我坐卧不宁。佩龙夫人告诉我，贝克特在我到巴黎前打了电话，确保她能接我；皮卡比亚母女也说了同样的情况，感谢我在多年以后把他，至少是他的声音，又带回到她们的生命里。我在海特的工作室跟艾丹·希金斯聊的时候，德西蕾·穆尔黑德正好来串门。她说，"萨姆"打过电话，问她和她丈夫这次是否打算见我。她告诉贝克特我那天要见希金斯时，他请她一定要告诉他情况怎样。真让人抓狂：如果他这么下功夫要监督我的进展，自己为什么不来见我？

周六早晨，我的凌晨4点焦虑来得很早，大概是因为担心听不到闹铃睡过头，不能及时赶到蒙巴纳斯火车站，我要在那里乘第一班车去芒特拉若利，再去韦特伊拜访艺术家琼·米切尔。

10点差几分的时候我到了韦特伊，环顾站台，寻找琼的身影。一个当地人走过来问我是不是"琼的美国人"。他说他是给她打工的，让我上他的车，他带我去见她。那天很冷，我却摇下车窗，因为这个人一身烟酒气。从车站出来，他没有把我送到她家，而是送到当地一个酒吧。这一小段路上，他不是在刺激我，就是嘲笑琼，我判断不出是哪个，因为他说话很快，带着听不懂的口音，用字也几乎都是我不懂的过时俚语。

琼坐在酒吧的一张桌子旁边，面前是满满一杯潘诺茴香酒，旁边还有几只空杯子。她问我喝什么，鉴于当时才上午10点，我还没吃早饭，我说可否来杯咖啡。她现出鄙夷，开了两句玩笑，讽刺显然没有酒量的美国人。我事先得到警告，知道她有时牙尖嘴利，喜欢损人，尤其是喝酒的时候。所以我知道要小心行事。琼是美国出版人巴尼·罗塞特的第一任妻子，认识贝克特的时间几乎和巴尼一样久。她在巴黎有一间小工作室，但主要住在韦特伊这边，喜欢坚持说这幢房子的正式所有者是艺术家克劳德·莫奈。她和法裔加拿大画家让-保罗-里奥佩勒一起住在那里，或者至少是之前和他一起住。到中午，无数杯黄色烈酒下肚，她伤感起来，说话也开始含糊不清。我这才知道，里奥佩勒的东西还放在她那儿，但已经和另一个女人住到别处去了。

到了下午1点，琼还在喝，我饿得不行。我已经很慢很慢喝了两三杯咖啡，然后在她的坚持下要了能想到的最无害的酒精饮料，一杯汽酒，假装小口抿着喝。这几天我是连轴转，已经开始紧张地头痛，饥饿是雪上加霜。酒吧里的其他主顾主要都是劳工，一上午在这里来来去去。他们都认识她。"琼！"他们喊着，然后是我听不懂的语言，估计都是粗俗的笑话和色情的挑逗，因为她的回应里我唯一能听懂的词是"滚你妈的"。她对他们说，他们可以自己对自己做这件事。那种气氛既危险又焦躁。我真心想走。

幸好，这时那个把我从车站送过来的人回来了。他抓着琼的胳膊肘说，该回家了，她的厨子（他妻子）已经做好午饭，我们得回去吃饭。

好家伙，那一顿我可真没少吃！那是这么多年我在法国吃过的最棒的家常饭之一。法式清汤、羊排、土豆、蔬菜、沙拉、奶酪，还有入口即化的巧克力蛋糕，配苦味儿的橙汁巧克力酱。我吃到撑，琼却连盘子都没碰，还是继续喝茴香酒，抽烟，我真怀疑她是怎么活下来的。整顿饭，她一直坐在餐桌对面瞪着我，对我重复着两句话，要么说我"他妈的一团糟，得看心理医生"；要么说她太喜欢我了我们会成为好朋友。

吃过饭，我们去她的工作室，她给我看几幅奇异的巨型油画，都用鲜艳的橙色和红色，间或有一抹绿色或蓝色。我很震惊，不知道这么一个纤弱的人怎么能有这么大力量完成这么艰苦的体力活儿。她一边说着话，一边仔细查看已经画好的部分，偶尔拿起画笔在尚未完成的作品上疯狂涂抹。她给我讲了一个又一个有关贝克特的故事，冷静清晰，毫不含糊。她属于那一类酒徒：他们可以表现得百分之百清醒，口齿清楚，逻辑严密。但她也有踉跄的时候，我真担心，她手上总拿着的一满杯红酒或者燃烧的烟头最后把某一幅壮丽的油画给毁了。

考虑到我此行后来的经历，琼讲的一些故事因为缺少印证信源而无法写进传记，我也不应该意外。一个比较色情的故事涉及巴士底日的下午，地点是巴黎。她在回工作室的路上碰到贝克特，他们决定去喝一杯。喝了好多杯以后，琼说："唉，管他呢，萨姆，咱们为什么不做爱啊？"他说："对啊，为什么不呢。"于是他们在附近找了一家廉价旅馆。"你们做了吗？"我问琼，一边点头示意我指的是那个词儿。"你的意思是做爱，对吧？做爱？"她回答。"你这个女人有病啊？为什么有话不直说呢！"我没回答，那个问题也放过去了。

"老天，没有，"她最后说，"我们整晚上都趴在该死的地板上找他的假牙。"我等到自己终于忍住笑，觉得可以放心回应，就问他们到底有没有做过爱，故意强调那个我到现在也不喜欢说的字，尽管我有时候也说它，而且骂起人来不逊于任何人。"没，并没有，"她说，"我觉得他不是很想。"她在这里提出另一个有关贝克特性取向的观点，我写这部分内容的时候要考虑进去。

我很想把这个故事写在传记里，但没写，因为她是唯一信源，我当时又不好意思去问贝克特。不过，这件事其实是真的，因为我1983年从贝克特本人那里得到证实。那时候，传记出版已经快5年，我在写《西蒙娜·德·波伏娃传》。我有次碰巧遇见贝克特。我去看望琼，贝克特则沿着拉斯帕伊路往家走。那时候我们见面都很轻松友好了，那一天也是想到哪儿就说到哪儿，我觉得反正没什么损失，就问他琼跟我说的是不是真的，他简单回答说是，然后我们就继续聊别的了。

但是，在那个冬日的黄昏，天色渐暗，我的心情也越来越绝望。我反复请琼让那个人开车送我回车站，她却不理。我那天晚上跟利文撒尔和利约了见面吃饭，如果当时就走，我还可以比约定的8点半稍晚一点赶回巴黎。琼状态很差，不想我走。她对独自过夜抱有深深的恐惧，所以决定我不仅要陪着她，而且一定要跟上她的节奏，像她那样喝到断片：她当时已经很快要抵达那个状态。

另一位访客从巴黎不期而至，我以为自己得救了。此人的妻子小时候就认识贝克特，我那周正好刚刚采访过她。我很快意识到，他是来陪琼一起喝酒的，这是再好不过的借口，我可以再提送我去车站的要求。这位访客说不必让司机送我，因为他现场改变计划，很愿意开车送我回巴黎，然后我俩一起在我的公寓过夜。哎呀，我说，真不巧，我不能接受他的好意，因为我已经约了晚饭。他接受我的拒绝，因为已经喝了很多，不久就去琼的一间卧室独自睡了。但我仍然困在原地，搭不到车回火车站。

这时，电话铃响了，这是整个下午唯一的一次。我听琼用英语说："是的，对……好……好吧。"挂上电话，她说："是萨姆，他想让我送你上火车，好赶回去吃晚饭。"然后，她像个淘气的孩子一样端起酒窃笑着说："我才不听！"过了半小时，电话铃又响了，还是贝克特，还是同样的对话。15分钟以后，电话再响，这回是艺术史学家皮埃尔·施奈德，他说"萨姆"打了电话，请他开车到韦特伊，然后再开40英里把我送回巴黎。我当时还没见过施奈德，但他的确在我的采访名单上，我知道他和他妻子都是贝克特的朋友。

琼在电话上跟皮埃尔说了很长时间，边说边哭，语无伦次，最后终于同意让我跟他通话。皮埃尔告诉我，他已经通知琼的司机，司机正在来的路上，会送我去火车站。他还说，他希望跟我聊聊他和贝克特的友谊，问我能否周一见他。我当然说好，这意味着我必须改签周日飞都柏林的航班，在巴黎多待一天。结束通话前，他告诉我，他会给"萨姆"打电话，告诉他事情都已解决，我在去见利文撒尔的路上了。直到安稳地坐在火车上，我才开始琢磨：皮埃尔·施奈德根本不认识我，他怎么知道我要去见利文撒尔和利？而且，贝克特又怎么知道？

我10点半赶到约好8点半开始的晚餐。我一走进门，玛丽昂·利就递给我一杯威士忌说，我们本来是要吃烤牛肉的，但烤得太老，以至于火化了，"不过，说到烤牛肉，我们打了个平手。"我累得快站不住，但头脑还清醒，纳闷她为什么觉得有必要尖刻地评论我和家人对他们的真诚招待。我连嚼东西的劲儿都没有，更不用说讲话，但我不需要说太多，因为他们已经知道我白天在琼那里。玛丽昂说，"萨姆"已经体贴地打过电话，告诉他们我在路上，让他们别生我的气。

时间已接近午夜，我紧张疲惫，惶恐和懊丧同时袭来，终于控制不住，情绪崩溃，来了一场大爆发，浑身颤抖着，几乎抽泣起来。"这到底是怎么回事？"我在平静下来以后问他们。"萨缪尔·贝克特到底在跟我玩什么混账把戏？"

科恩和玛丽昂对望一眼，然后从桌子上面伸手过来，放在我的手上。这不是游戏，他说。贝克特突然生了很多囊肿和疖痈，他早年在三一学院读书时就有这个毛病。他脸上生了几个，嘴巴周围也有，尤其影响他的容貌，他不希望我看到，害怕我会写进传记。

我早就知道他大学时代受过这种毛病的折磨，是他在三一学院的一些爱尔兰同学跟我说的，他们都急不可耐地讲到他那段不幸岁月的可怕细节。这些情况也得到他的表亲和三一学院最好的两个朋友艾伦博士和杰弗里·汤普森博士的证实。贝克特的侄女卡罗琳·贝克特·墨菲提供进一步佐证，她记得还是小姑娘的时候就听过这些家族故事。我在写贝克特早年经历时犹豫很久才把这些细节包括进去，因为它们织入他小说世界的经纬，所以我决定不能略过这些令人尴尬的个人信息。但我当然没有提到这次的复发。

科恩的解释真让我松了一口气！得知自己没有跨越什么红线，那一夜是我到巴黎以后睡得最好的一次。周日上午，我很晚才从坑坑洼洼的床上挣扎着爬起来，脑袋和全身的骨头都在疼。我给贝克特写信，汇报这一星期的调研经过，提到我还会多待一天，见皮埃尔·施奈德，地点是丁香园咖啡馆。我喜欢那里，因为有一种浸淫在文学史中的感觉。但是，我在信里没提任何私人的事情，尤其是我把当天下午空出来去给孩子们买礼物，并且计划跟一位碰巧当时也在巴黎的大学老友一起吃饭。

这时候，写传记的工作已经进行一年多，我仍然纠结用什么词语来描述贝克特和我的关系。工作关系？共同的事业？我们承担的项目？但有一件事很清楚，就像俗话说的，我必须"公事公办"。我可不想跟萨缪尔·贝克特成为朋友，尤其是私人朋友。我知道自己将向世界揭示他的很多私人历史，他无疑希望保密的历史，这种想法使我深感苦恼。早在当记者的时候,我也对写作对象的过去做过类似的调查,但我当时毫无歉意,因为那些报道写的是公众人物,他们私底下的行为影响他们的职业行为,有必要公之于众。现在,作为传记作者,规则似乎有所不同,我陷入思想斗争。距离1971年初写论文开始做调查,我已经做了那么多,现在是1974年,终于要动笔。我怎么能放弃将近4年的努力,因为我不愿揭示丑陋或尴尬的私人事务?幸好,研究工作的迫切需要压倒对内容的担忧。眼下我必须收拾行装离开巴黎,去都柏林和伦敦赴约。

13

到都柏林，我就变得小心翼翼。写贝克特传记这7年，我去过爱尔兰很多次，每次都感情复杂。一方面，人们对我非常友好，慷慨，宽容；另一方面，我总要面对男性的无礼，他们不是直接动手动脚或者表示想跟我上床，就是乐此不疲地用大量性暗示来骚扰我。对他们而言，独自行动的女人是主要目标，而一个独自行动的已婚母亲几乎不可理解，因而成为各种讨厌行为的目标。我逐渐习惯去无视种种说我处于某种"自由婚姻"可以"抛弃"孩子的暗示。

但我也记得肖恩和玛丽·怀特举行的美好家宴，我在那儿跟希默斯和玛丽·希尼成为朋友。还有帕迪和莫妮卡·亨奇的家宴，他们和他们的朋友饶有趣味地看着我初尝劲道十足的爱尔兰私酿酒"玻丁"以后语无伦次的样子。我还跟一些女记者和其他女性交了朋友——让我惊讶的是，这些女性在专业领域或公共生活中都取得很高的成就。我在她们的家里和她们一起开心热闹地喝酒吃饭，在那里了解到很多怎么处理"那些老家伙"的知识。

这次为期一周的旅行非常疲惫，每天晚上都在莫尔斯沃思街巴斯韦尔斯酒店的吧台度过。我住在那家又脏又破的酒店，经常约见都柏林的各式人物，不得不买很多的酒，熬很深的夜。他们向我讲述当年在都柏林时"萨姆的胡作非为"。不少人暗示，如果我任由他们把手放在我的膝盖上，或者像一两次极其离谱的情形那样，如果我请他们到我的房间里单独喝一杯，他们还会向我透露更多更多。很多个晚上我都过得筋疲力尽，坐在吧椅上，不停地设法跟一个又一个醉醺醺的爱尔兰诗人、演员、剧作家、记者或者教授保持距离。

我把这些"历险"讲给我的女性朋友听，她们都同意我的看法，也就是多数爱尔兰男人认为一个独自行动的美国女人很奇怪，特别是这个女人还写贝克特。我为了解爱尔兰历史和文化背景采访这些女性时，常常会引出爱尔兰男性如何对待她们的话题。她们只是笑笑说，第一次被调戏后，她们就学会如何保持轻松愉快的局面，在拒绝求欢的同时仍跟对方保持友好。我从她们那里学到很多并且仿而效之。

这次爱尔兰之行也使我有机会跟踪关于贝克特性取向问题的重大线索。之前的几位采访对象都强调贝克特和爱尔兰诗人丹尼斯·德夫林的深厚友谊。我和布赖恩·科菲谈到这个话题，他态度保留地告诉我德夫林对贝克特之"重要"，我问是不是指贝克特的性取向。他的回答是让我"去找麦格里维"，以便充分地准确地理解——用他委婉的话说——"贝克特的生活和作品"。我既然已经在都柏林，就行动起来，着手更多了解贝克特和已故的托马斯·麦格里维深厚持久的友情。这种关系始于贝克特在巴黎的乔伊斯时期，一直持续到麦格里维1967年去世。

麦格里维也是都柏林的一位人物，换句话说，他浮华高调，每个人都能讲点他的故事，无论阶级地位。他退休时是爱尔兰国家美术馆馆长，在本地知识界和普通酒客中都是深受爱戴的著名成员。他获得过法国政府颁发的荣誉军团勋章，这个骑士荣誉称号在都柏林话里变成他的绰号：宽嘴鸭[1]。他终生未婚，照顾姐姐和她的两个成年女儿，他姐姐当时已经过世。

布赖恩对我提过贝克特和麦格里维的大量通信，这些信"宽嘴鸭"都相当公开地对酒友们说过，只要对方愿意听。不少人都知道，麦格里维夸口说，如果有朝一日决定公开，自己手里多么有料。布赖恩告诉我，如果想真正了解贝克特，麦格里维掌握的可能是最重要的材料，我应该想办法读到它们。

我传记里最最重要的故事就在这儿，我称之为"麦格里维的信"。

等到我开始做调研，麦格里维和他姐姐都已去世，两个成年的外甥女继承他的房产。我先是同时采访她俩，然后又分别采访。她们都受过教育，有文化，是中产家庭的妻子和母亲，既照顾着一大家人，又有满意的职业。其中

---

[1] Shoveler，发音接近法文的骑士chevalier。——译注

一位专门研究爱尔兰语言，为在中小学和其他语言项目中宣传推动爱尔兰语作出很大贡献。在我开始分别多次采访她俩以后，她成为我的主要采访对象。

接下来的3年里，我每次去都柏林（通常来说是每年两次，如果我能弄到更多研究经费就是多次）都会请麦格里维的两个外甥女去喝好茶吃好饭，顺便礼貌地反复请求看那些信。每次她们都会对我说同样的话：她们当然想配合我，当然也会考虑这件事，但目前还做不了决定。大概等到我下次再去她们就能决定了。我也给她俩起个外号："戈多姐妹，今天不行，明天肯定行……"那天最终还是来了，但过了很久。

当我请科恩·利文撒尔和布赖恩·科菲列出哪些人在贝克特年轻时认识他时，玛丽·曼宁·豪的名字冒出来。他俩都深深叹气，做出无奈而遗憾的表情：无奈在于她的确是一个重要信源，遗憾是因为我可能得忍受她反复无常的记忆。曼宁一家是贝克特一家的邻居，两家的女族长是密友。萨缪尔和曼宁家（3个）孩子里的两个最亲密，约翰和玛丽，因为他们也同样喜欢文学和戏剧。玛丽在都柏林成为女演员兼剧作家，后来嫁给波士顿的著名律师兼哈佛教授马克·德·沃尔夫·豪。她后来毕生都和贝克特保持着书信友谊。

科恩和布赖恩承认，玛丽喜欢夸张，把自己作为故事的中心。但他们也都认为，她绝对是我需要采访的人。他们也一致认为，与这位多姿多彩的妹妹相比，约翰·曼宁作为证人要可靠得多。说到老学者阿兰·厄谢尔，他们又都深深叹息，但也都认为他和贝克特关系密切，我至少应该找他聊聊，自己判断他的回忆是否有用。

我在爱尔兰期间，撼动这个国家的政治冲突并非没有影响到我。我曾经去北爱尔兰，到贝克特曾经就读的普拉托皇家学校采访，在恩尼斯基林。那天，我一早坐上开往都柏林的大巴，要赶在中午到，因为约好和曼宁兄妹一起吃饭。大巴在卡文似乎无故停车，我又急又气。一位警察上了大巴，让我们坐着别动。一个小时快过去了，我筋疲力尽，懊丧焦虑，因为大费周折安排的午餐会自己却不能赶到，就去到大巴门口，表现恶劣。我要求那两个守卫大巴的爱尔兰警察告诉我发生了什么。他们却转过身去没有回答。前排座位的几个年长的乘客小声说，我应该坐下来，保持安静。过了很久，等我们终于重新上路，他们告诉我，发生枪击，有两名男子丧生。他们的态度都很平静，说这"都是政治"，不必担心。那天晚上，我看到都柏林的报纸才得知还发生爆炸事件。显然，在爱尔兰，很多时候最好当一个缩在后头的胆小女孩，而不是自以为是横冲直撞的美国人。

那天下午，见到玛丽·曼宁（人们一直叫她莫莉）·豪和约翰·曼宁时，卡文事件使我状态不佳。午餐进展顺利，谈话内容正常，包括都柏林有哪些人认识贝克特、爱尔兰艺术和文学的现状以及当时戏剧界的情况。约翰饭后马上就离开了，说我们可以下次再见。莫莉提出我们再喝杯茶，由此引出关于贝克特性取向的各种隐秘细节。

照她的说法，她和贝克特在30年代中期有过一场轰轰烈烈的恋情，也就是她1935年结婚前后，贝克特定居巴黎之前。这让双方的母亲惊慌失措，因为她们都知道这件事。我采访过的知情者都将其称为"短暂的交往"。他们通常都认为，很可能只出现过"一次，而且由她发起"。莫莉说，贝克特的爱尔兰时期在性方面是被动的，这种说法和我从佩姬·古根海姆和琼·米切尔那里听到的差不多。莫莉·豪对于她和贝克特交往的描述远比我想知道的要细，但我当然坐在那里都听完了。尽管我已经筋疲力尽，但听到她暗示她的大女儿"有可能"是萨缪尔·贝克特的，我还是一下子警觉起来。

怀揣这条宝贵的新信息，我继续采访其他人，暂时搁置贝克特所谓的父亲身份。我觉得这过于敏感，需要先跟布赖恩·科菲和科恩·利文撒尔谈谈，在爱尔兰最好不跟别人说。与此同时，莫莉·豪在都柏林到处做出焦急不安的样子。只要对方愿意听，她就告诉人家她多么担心"那个美国传记作者"会"透露她隐藏很久的秘密"，那个她要么详细描述要么腼腆暗示给人家的秘密。最终，是她把这个秘密"透露"给贝克特，弄出一场短暂的风暴，给我在他那里制造各种麻烦，当然这是后来的事。

我在都柏林东奔西跑，完成一个个预先安排好的采访。有次采访尤其提供一个机会，可以搜集有关贝克特爱情生活的信息。爱尔兰文学界的一位老前辈，散文家、翻译家阿兰·厄谢尔刚刚卖出他的贝克特书信集。莫莉·豪向我保证，这些信的"重要性仅次于贝克特和麦克格维的通信"。我们在戴维·伯恩斯酒吧会面，我发现对面坐着的这个老头年事已高，而且非常紧张，企图从我这里打探贝克特对他卖信有何看法。我可不打算卷入什么龃龉，就告诉厄谢尔我不知道贝克特怎么想，尽管我知道——他对这些信被公之于众愤怒不已，因为大部分信都写于他在伦敦那段整天酗酒的不快乐时期，还有他搬回母亲的房子以后，那时他一文不名，沮丧压抑，作品无人问津。他认为厄谢尔无权公布这些信，甚至说他"希望"我不要用到它们。

贝克特不知道，我已经看过这些信，因为有个潜在买家请我评价它们值不值。我觉得最好不去惹恼他，等我真正动笔再说。我希望等到能决定这些信有没有用的时候。如果没用，我就不用。如果信里有什么重要的内容，我会努力去做该做的事。我想等时候到了再操心。

那次去爱尔兰，我每次见到莫莉·豪，她都不停地渲染她认为的厄谢尔信里的内容，暗示它们可能揭露的贝克特出的那些"岔子"涉及的"丑闻"。我每次都试图扮演天真的无知者，请她具体说说是什么意思，但她只摆摆手说"他那些性怪癖呗"。我不打算提出同性接触的可能，担心她会告诉都柏林的每个人，说我正在为写一本耸人听闻的书四处打探贝克特的性取向。

后来，关于贝克特的性关系又浮出更多线索。那天，我忙完采访回到巴斯韦尔斯酒店，看见科恩·利文撒尔和玛丽昂·利坐在大堂喝下午茶。他们说要在都柏林要办点家事，一冲动决定最好趁我在的时候来。他们问我都见过谁，对方跟我说了什么——当然，这只是想帮我，看他们能否证实这些说法。让我奇怪的是，我走到哪儿，他们就出现在哪儿。我喝了他们请的茶,告诉他们我希望他们——还有贝克特——知道的情况。仅此而已。

我当晚有约,但同意第二天晚上跟他们吃饭。玛丽昂饭前就开始喝酒,饭桌上说些刻毒的话。我选择用面对粗野采访对象时的办法应对,也就是进入我所谓的"乐呵呵的糊涂"模式,笑一笑把话题引开。她喝得醉醺醺,说话也愈发让人震惊不快,语无伦次啰里啰唆地讲着她在纽约之行以后如何跟贝克特议论我。她告诉他"一切",从我的家和家人到乔治·雷维如何说我,说我不受雇于任何机构却很有钱,靠私人收入生活,在纽约人人都知道我凭着"泄露"萨缪尔·贝克特的"把柄"从某家出版商拿到巨额预付款。这些没有一个字是真的。

幸好,这卑劣的攻击发生在晚饭快要结束的时候,我因此得以一边保持着乐呵呵的糊涂,一边隐藏自己的惊愕,然后假装疲惫,迅速脱身。事实上,我气得冒烟。回房间的路上,我脑海里来来回回只有两个想法。第一个有关雷维:"我得修理修理这个胡说八道的王八蛋。"第二个想法有关玛丽昂·利:"她和他的'萨姆'倒是真有工夫八卦。是该一笑置之还是该担心呢?"

第二天早晨,我开始在都柏林的最后一天。玛丽昂打电话到我房间,邀请我跟他们一起吃早饭,仿佛什么糟糕的事情都没发生过。我去了,谈话很正常,表面上很愉快。我没待太久,因为需要完成最后的采访,然后赶下午三点左右的航班回伦敦。回酒店收拾东西的路上,我看见利文撒尔和利懒洋洋地走在莫尔斯沃思大街上,旁边还有德西蕾·穆尔黑德，三个人一路愉快地聊着。科恩和玛丽昂没告诉我穆尔黑德也在都柏林，鉴于他们没看到我，我也就没打招呼。我在日记里是这么写的："这些人的深藏不露和两面派手法总是让我惊叹。他们到底在搞什么把戏？"但是，没时间细想，我得赶去机场，接下来在伦敦的每天都安排得满满当当。

奔向机场的路上，我极度紧张，濒临崩溃。在机场，我又遭遇"和平卫士"，也就是爱尔兰国家警察，说明当时的政治局势有多紧张。我当时已经坐上那架小小的短途飞机，突然意识到旁边的人在紧张地窃窃私语。坐我这侧的乘客都焦虑地望向窗外，停机坪上有一件行李没有装上飞机。两个身穿制服的警察在和一个看起来像是行李装卸员的人说话。后者手里捧着一个足球大小的物品，正试图塞给警察，警察拒绝接手。突然之间我意识到，那是我的行李，他拿的是我从当地陶艺师那里买的茶壶！我跳起来冲出机舱，奔下台阶来到跑道上大喊："别弄坏我的茶壶！"行李员当时正准备松手，我及时赶到，从他手里抢了过来。

我打开茶壶的包装后，警察打开我的行李箱，好让我把茶壶装回去，我的脏衣服一览无余地展示在飞机左边这侧的乘客眼前。行李箱安置好，我重新上了飞机，满脸通红，避免任何目光接触，飞机起飞了。我坐飞机从来不喝烈酒，但在这次前往希斯罗机场的短途旅行中，我满怀感激地接受一杯威士忌，如果不是因为路程太短还会再来一杯。伦敦之行忙得连喘气的工夫都没有，但我真高兴能逃离爱尔兰，对即将发生的一切充满期待。

14

我这次调研之旅的预算够在三座城市分别待上一周。这意味着在动身前的几个月，我要设法确定所有采访，这样到时候就一刻也不会浪费。即使如此，采访还是经常不得不改期，有时候意味着在一个或多个地方多待一段，从而打乱所有计划。这也意味着想方设法省钱，经常要看哪个朋友有房子给我住，不收或只收很少房费。多亏托尼·约翰逊，让我把他在谢泼德市场的公寓当作基地，我才能在伦敦保持疯狂的工作节奏。住他家只有一个问题：那里存着他的好酒，室温必须始终保持在55华氏度[1]。寒冷的一夜和快速淋浴之后，第一件事就是找个理发馆吹洗头发，因为我患了重感冒，在公寓里洗头恐怕要得肺炎。

我的面谈安排得满满的，首先要见我的英国经纪人马克·汉密尔顿，他再安排对这本传记感兴趣的英国出版商和我见面。其中一位名叫约翰·考尔德。我在日记里写道，

---

[1] 约合13摄氏度。——译注

他"精力充沛,据理力争。我感觉,他一边痛斥我厚颜无耻要写这本书,一边懊悔没拿下版权。他不停地说,他将'指引我往正确的方向走',但我知道他指引我走向不重要的话题和不可靠的信源。我怀疑他头脑是否清醒,因为他一边围着桌子转圈一边口齿不清地自言自语。奇怪的会面,从头到尾都奇怪"。

乔纳森·凯普出版公司的汤姆·马施勒是下一站。他在日记里"干劲十足,对我的书异常兴奋。我很激动他愿意出版这本书"。汤姆建议一起吃午饭,我不得不谢绝,因为我得休息,下午晚些时候还要见贝克特的侄子爱德华。在都柏林得的感冒到伦敦变成流感,我头昏脑涨,胃也难受得不行,不敢吃不敢喝。所以我没去吃饭,回到公寓缩在毯子下面,直到爱德华过来。

他摁门铃,我去大楼前门给他开门,我当时处在一种既焦虑又晕头的状态——焦虑是因为要见他,晕头是因为这几个星期的忙碌。我住的公寓在一层,靠近前门。刚跟他打招呼,我就意识到背后的门关上了,可我没带钥匙。爱德华震惊地听到,我对他说的第一句话是:"噢妈的!我把自己锁在外面了。"我们在走廊里站了几分钟,然后我才想到去街上那家蔬果店。店主叫来一位锁匠。爱德华显然对自己误入的局面感到困惑,但他很有冒险精神地一直尽量陪着我,跟着我跑到这儿跑到那儿。他在伦敦交响乐团吹长笛。我们约这次见面的时候,他说可以给我半小时,最多40分钟,然后还得去排练。我们回到公寓楼外面等锁匠。我穿着毛衣,虽然很厚,却没厚到能应付1月的伦敦街头。

锁匠没来,爱德华只好离开。我们约几天后再见,但选在中立地带,一间茶室。我回到蔬果店,店主叙述跟锁匠打的一通大惊小怪的电话,"住在附近的一个小子",说他明天才能来。果蔬店主跟着我回到公寓,把前面窗户的玻璃打碎,抬起窗户,爬进去,从里面把大门打开,让我进去。这大概是我唯一一次感恩自己住的房子在大楼的正面一层。进去以后,我们打电话给修玻璃的,对方说他可以第二天上午9点来。那天太冷了,我又难受得不行,一晚上什么都做不了,只顾坐着喘气。第二天,我来回踱步了一上午,等着修玻璃的,他却没露面。蔬果店主又打一通电话,说"这小子保证明天"肯定来。我那次去伦敦没能再见着爱德华,但后来我再去的时候,当我不再那么慌乱时,我们还是见面了。

第二天下午,我采访了几位20世纪30年代就认识贝克特的爱尔兰老人,着迷地听他们读破破烂烂的日记或者从破碎的信封里抽出的贝克特的信,那是他回到爱尔兰以后写的。光线渐暗,炉火也快熄灭,但那些苍老眼睛里的光芒和颤颤巍巍的声音里的抑扬顿挫有一种催眠的魔力。我几乎没办法记录。这后来引发恐惧:采访结束后,我的狂喜变成恐慌:"该死的录音机不转了!歇菜了!我真高兴要回家了。"

我疲惫不堪地来到久居伦敦的美国朋友家吃晚饭。他们马上提出把录音机借给我用,直到我的能修好。我过了一个急需的放松之夜,不用再想工作。房间里回荡着青少年嬉笑说话播放吵闹音乐的声音。厨房飘来食物的香味,懒洋洋的聊天不绝于耳。回到公寓，我向日记倾诉："那是我生活的世界。贝克特的世界是我的工作；如果我想在这个地方坚持本色，坚持所做的事情，我就必须记住这一点。"

没修好的窗户和录音机都给我考验，但1974年1月27日的那个星期一仍然是这次旅行里最艰难的一天。我一早出门，从梅费尔到汉普斯特德，9点钟见杰弗里·汤普森博士。他和他已故的兄弟艾伦都是医生，也是贝克特的朋友，尤其是他在三一学院和刚刚离开三一学院的时候。杰弗里学的是精神科，是他最先提议贝克特去做心理分析并且最终说服他去做心理分析。我之前来伦敦的时候短暂见过他一面，当时他表示或许愿意跟我聊聊，这会儿我们就要开始一场漫长激烈的上午访谈。

我按汤普森博士的严格要求在9点准时到达，结果被告知时间还"太早"，我应该再"转转"，至少转半小时，直到他准备好接待我。那天上午寒气逼人，没有一个地方开门能让我喝杯茶暖和暖和。我在街上走了半小时，戴着手套的手揣在腋下保暖，不停地跺脚以保持血液流通。

汤普森博士终于恩准接待我以后，我们聊了3个小时，尽管他起初很不情愿开口。他逼我为自己和自己的项目辩护：身为女人，而且是一个美国女人，你怎么竟然认为自己能写一个爱尔兰男人？你怎么可能理解他那敏锐的思维？这时我产生了一种清晰的印象，他要么在计划要么已经开始写一部精神分析传记："然后他滔滔不绝地说起我已经听过无数遍的废话和谣言。过了两个小时他才终于开始热切地谈论拜昂和荣格，同时不断地说：'我要给萨姆写信，看看我应不应该讲更多。看看我应该告诉你多少。'"

他给我看他和贝克特下棋用过的棋盘，并且展示《墨菲》中的棋局，我（不会下棋）看不懂。我做了记录，准备回去请儿子（少年的他曾经想当象棋大师）给我解释，这样就可以写进书里。汤普森还不停地打开合上桌子最中间的抽屉，仿佛决定不了要不要给我看什么东西。他摆弄着一堆信，把看起来像是一摞打印手稿的纸都弄皱了，但他没有念这些材料上的内容，也没让我好好看一眼。有几次他反复嘟囔着那两句话，我费好大劲儿才听明白："我得看看该不该多说一些，我得看看能跟你说多少。"

无意之中——或者是故意的？我无法判断——汤普森博士证实我之前怀疑、其他人告诉过我却不能证实的情况：贝克特曾在30年代找威尔弗雷德·鲁普雷希特·拜昂博士做过心理分析，拜昂博士带他去听荣格在塔维斯多克的演讲。但我仍然需要证据，然后才能向贝克特求证这件事，而这个证据直到快年底也就是我1974年第二次去欧洲调研的时候才出现。

我头晕脑涨地离开汉普斯特德，坐地铁去皮卡迪利方向，希望能找家饭馆好好吃个周日的午饭，再找家商店给孩子们买点小东西。这两条战线我都没成功。"没有商店开门，没有像样的饭馆。恨死一个人在国外过周日了。所以买了各种报纸，头条新闻都是耶鲁大学的文兰地图系伪造。想家。明天是最后一天。只希望该死的火车别罢工，别把我的最后一天浪费了。"

我第二天一早就来到滑铁卢站坐车去萨里的康普顿，

去拜访贝克特的两个表亲莫莉·罗伊和希拉·罗伊·佩奇。他小的时候，这对姐妹也住在狐岩镇那个家。幸好没有罢工，只是火车减速，似乎永远都到不了站。即使如此，这一天仍然很有收获，因为房子里到处都是贝克特送的礼物。我看到肖恩·奥沙利文画的青年贝克特和亨利·海登在鲁西永画的四幅画——当时他们在那儿躲避纳粹，还有一个男子的小雕像，贝克特说是《等待戈多》中波卓这个人物的灵感来源。她们还告诉我，贝克特"不喜欢拥有财产"，因此她俩经常会成为他慷慨馈赠的对象。我看到他在初版作品上的题词和其他作家的签名赠书，还读到他给他们写的信，并且拷贝他去家里看她们的时候拍的照片。我这本传记的骨架上长出这些丰满的肉。

回到伦敦，我还有时间在去希斯罗之前给托尼·约翰逊寄一封信，告诉他钥匙在蔬果商那里，并且再次为打碎窗户道歉。"离开时还有一个情况没解决：该死的窗户还没修好。"除此以外，我离开时没什么可抱怨的，但怀着一种啮咬我的巨大恐惧：几乎没有人告诉我任何新东西，很多人讲的都是我知道的事情。是时候了，该动笔了。现在的问题是怎么开始，从哪里开始。

15

适应重返真实生活花了一些时间,但天气帮忙。那是新英格兰的冬天,雪很厚,学校停课,孩子们都在家。我坐在书房,瞪着堆积成山要转化成文字的录音带和要打字整理的笔记;与此同时,烤饼干的香味和互相冲突的音乐(儿子和女儿喜欢不同的摇滚乐)撞击着感官。博物馆有些开幕活动,我得找出自己的华服,照例扮演被雇来帮忙的太太。耶鲁各个图书馆的学者朋友来访,我还得做饭招待。突然就是1974年2月25日的周一,我写道:"我从周四就什么也没干,陷入持续的阻滞和恐慌。这只是一般的观察。"

在财政方面,我焦急等待补助的消息,结果却都是令人失望的拒绝。哈特福德圣三一学院先是拿出一个可能的工作岗位吊我的胃口,然后又因为没有经费收回了。我每星期都有几个晚上去西港,在一个社区中心讲课,有关"伟大的书",那是我冬天的唯一收入,我担心下次调研之旅的钱从哪儿来。我知道,一旦消化收集的资料,我就得回巴黎请贝克特证实、纠正甚至不予采信很多我了解的信息。但是，我想做的主要是写出第一份草稿，这样至少可以大概知道这本书将如何展现他的人生事实和事件。内容是主要的，但如何组织构架成了另一个大问题。就在那时候，贝克特的圈子追查到我，各种阻挠突然出现，持续的写作变得绝无可能。

琼·米切尔初春来到纽约，为惠特尼美国艺术博物馆的一场大展做准备。展览的作品极多，包括22幅1969至1973年在韦特伊创作的新画。她让我去她在圣马可街区的工作室，不是因为要告诉我关于贝克特的新信息，而只是因为她"喜欢"我，觉得我"或许值得拯救"。这又是一个"好吧……"时刻，但我真心喜欢她，就去了。

到了她的工作室，我发现她正忙着打电话约巴尼·罗塞特。他是她前夫，也是终生的朋友。她希望我们3个一起聊聊贝克特。我们的确聚了，我也因此开始探索有关贝克特著作的某些有趣方面。

琼的画展开幕式是一场盛典。她容光焕发，美丽动人，身穿法国设计师品牌的麂皮绒长裤套装，是性感的米色，但我及时地往这套衣服上洒了一大杯白葡萄酒：一位挤到她身边的祝福者碰到我的胳膊肘。她情绪特别好，只是一笑置之，使我摆脱丢脸的处境。艺术界原来都赞美琼，我也得以和艺术家以及在沃兹沃思学会博物馆的那些派对和开幕式上认识的博物馆界人士谈天说地。这真是一场友爱大聚会，琼陶醉其中。

巴尼·罗塞特同样享受琼的这个时刻。他把我拉到一边说，他有"好多新东西"要给我看，并且提议我们两天后在他的办公室见面，不带琼。她要忙着做跟展览有关的公关工作，他不想等，因为"萨姆"告诉他，我想看什么"都拿出来（给我），不管是信还是其他材料"。在1月的调研之行以后，这是我第一次得到显示我和贝克特关系正常的信号。得知我在伦敦和都柏林见过的所有人都没有对他说我的坏话，或者就算他们说了他也选择不信，我真是松了一大口气。

创纪录的雪还在下，但没有挡住我前往巴尼的办公室，接下来几天我都在那儿工作。我主要聚焦他和贝克特早年的通信，大概从1953年开始。还有小说和戏剧的各种打印稿，多部戏剧的照片，以及贝克特远离工作去度假时寄来的纪念品（主要是明信片）。

纽约当时充斥着法国人。小说家纳塔莉·萨罗特在92街Y文化中心演讲；出版商莫里斯·吉罗迪亚还算是驻外，但正忙着安排永久移居法国。遗憾的是，他俩都不能见我，因为时间排得太满。我后来去巴黎见他们，回报是他们和贝克特之间的故事，我后来都写进书里。

吉罗迪亚让我找爱丽丝·欧文斯聊聊，后者50年代在他授意下用笔名哈丽雅特·戴姆勒写过小说。她讲了关于所谓"梅林帮"的欢乐故事，就是和《梅林》杂志有关的那群年轻作家，尤其是理查德·西弗。西弗是贝克特的小说《瓦特》的第一位出版人，与吉罗迪亚所在的奥林匹亚出版社合作。理查德当时在巴尼·罗塞特的格罗夫出版公司当编辑，也是贝克特在出版界最信任的朋友之一。理查德和他妻子（后来的合作出版人）珍妮特给我一长串名单和地址，都是给《梅林》和奥林匹亚出版社写东西的"年轻土耳其人"（他们的用语）。在互联网还没出现的时代，他们为我省下几个月，告诉我在哪儿可以找到奥斯特林·温豪斯、简·卢吉、亚历山大·特罗基和克里斯托弗·洛格这些人。

我之所以提起这些名字，是因为若干年后另一个名字让我产生一种奇怪的感觉，觉得知识和艺术圈真是很小，而且盘根错节。吉罗迪亚是杰克·卡安之子，卡安的方尖碑出版社20世纪30年代出过亨利·米勒的作品，因为阿娜伊斯·宁的银行家丈夫休·吉勒慷慨地支付他两部《回归线》的出版费。这属于那一类奇怪的通信，之前对我毫无意义，直到我90年代开始写《阿娜伊斯·宁传》。当时，我已经彻底忘了她曾在1974年寄给我一张她标志性的紫色明信片，请我牵线搭桥帮她联系萨缪尔·贝克特。因为贝克特禁止我泄露他的地址，我提议她请巴尼·罗塞特转交她的请求，但我始终不知道她有没有联系上贝克特。我还有她寄来的另一封信，回应我问她在巴黎生活的时候是否见过贝克特。她回复说没见过，但她看了艾伦·施奈德执导的《等待戈多》，希望联系贝克特，因为她想在她著名的《日记》里写写他和他的作品。

我在巴尼·罗塞特的办公室里忙着抄录他那部贝克特档案里的几乎所有内容时，家里的信和电话留言越积越多。乔治·雷维觉得受到忽视，因为我没时间在他最喜欢的酒吧跟他见面，所以他就拿出一两封他"刚刚奇迹般发现"

的信在我眼前晃。琼·雷维希望我写信给贝克特，请他帮忙，给她的剧找法国制作人，我使出浑身解数加倍小心才把她的注意力移开。另外，我差点没接到乔治在3月份的某个深夜打来的电话，告诉我约翰·蒙塔古在纽约，想见我。他提议，我们在马特尔餐馆见面吃饭。我还应该计划陪他们一下午，并且支付各项开销，尽管这一点没明说。我咬着牙对乔治说，我只能拿出1小时，而且只能3点以后到。他不高兴，但算他倒霉，我自言自语地说，用了那个我不想用英语骂人的时候用的法语词 tant pis。

我最后确实跟蒙塔古和雷维一起吃午饭，但付过自己的饭钱以后成功脱身，留下他们自己付钱，当时他们还在喝酒。我一开始同意跟他们吃饭是因为蒙塔古告诉我，他去巴黎"跟萨姆长谈了一次"，关于我和传记，结果他只是在骗人。蒙塔古有一种错误的概念，以为我在多所高校都有足够的影响力，可以帮他找个教书的差事，就算不是正经的差事，至少也是有利可图的讲座之类的。我连自己都找不到固定的岗位，当然没办法神奇地给他什么工作。

琼·米切尔每天打电话到我家，到巴尼的办公室，让我去她的工作室陪她。多数时候我的确会去看她。幸好，她在我不得不走的时候也会放我走。我说的"被琼绑架"的情况只重演过一次，也就是她不让我离开她的工作室。好在她的画廊经纪人格扎维埃·富尔卡德打电话主动说要来陪她，她才让我及时回去和家人共进晚餐。她动身回巴黎的时候，我充满柔情地给她送行，真心承诺下次调研会去看她。

那年春天还发生其他一些怪事。玛丽昂·利写了一封絮絮叨叨的信，问我打算什么时候回巴黎。她喜欢我上次去巴黎穿的一件衬衫。那件衬衫我自己也很喜欢，以至于买了同款好几种颜色。她问我能否买两件给她寄去。我买了，按照她要求的尺码和颜色，走航空寄给她。几周以后，我收到回信：颜色不对，尺码也不对，所以她都送给慈善机构了。她没提钱的事。我气得冒烟，但什么也没说。

然后，伊斯雷尔·霍罗维茨回来了。我在格罗夫出版公司的办公室整理巴尼的档案时见过他几次，但我们没说过话。他给我寄一封信说现在准备再次"考虑回答书面形式的问题"。我回信说，他知道我会问哪一类问题，如果他想回答，那很好；如果不想回答，那也很好。

这么忙来忙去的，我从1月底到4月中显然几乎只字未写。我在4月底安排去奥斯汀得克萨斯大学人文研究中心查阅跟贝克特有关的档案。得知杰克·翁特雷克那学期在那里当客座教授，我大喜过望。吃午饭的时候，我滔滔不绝地把我俩上次在哥伦比亚见面以后发生的一切讲给他听。杰克很少说话，但像往常一样，总能说到点子上。他指引我关注之前没想过的方向，帮助我把还没联络的人按照对贝克特和这本书的重要程度排序。他1989年英年早逝，那是我最后一次见到他。

有一个人，杰克认为他不仅是贝克特爱尔兰传统的重要信源，也是一位深思熟虑的学者型编辑：维维安·默西埃。他住在爱尔兰，我一离开奥斯汀就给他写信。他让我打电话，因为我们近期不大可能同在一块大陆。我打了，我们聊了将近两小时。我安慰自己：电话费还是比飞机票便宜。

默西埃是跟爱尔兰有关的一切事物的知识宝库。他也兑现承诺，给我寄来他收集的大量信息，是他自己写贝克特时用的。但是，他和我的谈话中说到一点，我立即向日记倾诉，并且为此困惑很久："给萨缪尔·贝克特做传的适当人选是一个年轻的美国姑娘，她给人的印象是一派天真。"

我不知该对这一评论做何反应，除了感到不适。我以为自己展现的是学者型作家的形象，工作热情，以积极的专业精神教育自己。可是，尽管我尽最大努力，那些本应该更有头脑的人还是把我看成一个天真的女孩。这在当时让我苦恼，今天仍然让我耿耿于怀。不过，有一个好处：这使我迸发出巨大的能量，进入一种"我倒是要让他们看看"的模式。我已经做了足够多的研究，传记的基本框架也有了，该安下心来动笔了。我以前说过这话，但这回要来真的了。

16

"哈欠因素"是我自造的词语,形容做采访时听到对方说的都是我已经了解的情况而忍住无聊的哈欠。尽管贝克特生活中的某些部分我还需要了解更多才能连贯叙述,但到1974年春天,我知道是动笔的时候了。

与此同时,我也仔细阅读其他传记,既研究内容,也研究风格技法。我那时读到的传记似乎都从开始写到结束,也就是从出生写到去世。他(绝大部分都是男人的传记)出生,长大,做事,离开,见证,成为,然后衰老死去。句号,全书结束。

到了4月,过去几个月的疯狂节奏慢下来,我可以集中精神考虑从哪里开始而不是怎么开始。这时候,作为一个偶然的传记作者,我虽然短暂但不断成长的职业生涯发展到一个阶段:我已经就这个类别做了比较广泛的阅读,可以自信地在圣三一学院教"文学传记"课。为授课,我先设计一个自我教育速成计划,从经典概览开始,包括普鲁塔克、苏埃托尼乌斯和瓦萨里。诺特克和艾因哈德写的查理大帝传记都让我着迷,沃尔特·司各特、托马斯·卡莱尔、查尔斯·狄更斯和约翰·济慈的传记也有趣。我还读了弗洛伊德和荣格的心理传记,出于我当时在那个领域教育程度不够而无法理解的原因,两部我都不喜欢。但我很喜欢经济学家W.W.罗斯托为詹姆斯·福莱斯特写的心理传记,他对福莱斯特的性格如何影响公共生活提出富于见地的解释。我觉得从中学到一些有趣的方法,可以对贝克特的写作获得至关重要的洞见。

跟其他传记作者交谈和阅读他们的作品同样重要。艾琳·沃德的每次传记研讨会我都不错过,并且从中获益。这些讨论围绕还没完成的作品,包括纳撒尼尔·霍桑(格洛丽娅·埃尔利奇)、多丽丝·莱辛(卡萝尔·克莱因)、莉莲·海尔曼(琼·梅林)、多萝西·帕克(玛丽昂·米德)和维多琳·默朗(尤妮斯·利普顿)等人的传记。那是我第一次意识到女作家对这个类别的影响力,并且开始以完全不同的视角阅读弗吉尼娅·伍尔夫的纪实类作品——作为创作者而不是批评家。伊丽莎白·哈德威克有关其他作家以及他们生活和通信的文章开阔我的思想,使我思考虚构与非虚构之间的界限可以如何演变,从而影响传记这个文学类别。我发现自己被一些女作家吸引,她们通过传记和非虚构作品探索女性生活,包括南希·米尔福德(埃德娜·圣文森特·米莱)和苏珊·布朗米勒,后者当时正在写她影响深远的著作《违背我们的意愿:男人、女人和强奸》。阿莉克斯·凯茨·舒尔曼的《前舞会女王回忆录》在文学界引发海啸。凯特·米莉特的《性政治》在社会政治学各个领域激起对话。回想起来,我认为自己笔下的萨缪尔·贝克特在各个方面都受到她们微妙的无意识的影响。

我一定是从每一个女性的方法和技术中拿来什么并将其内化,但没意识到这一点,直到多年以后,也就是2016年,我读到葆拉·巴克沙伊德1991年出版的传记研究。她写道,我的贝克特传记"弥漫着女权主义"。我起初对这个评价感到惊讶,因为没意识到女权主义在我写作的时代已经成为积极主动的考虑。整体而言,我很高兴如此杰出的学者发现这一特质,因为我刚开始下笔的时候完全不知道自己在做什么,更不用说本能地创造出一种思考和写作传记的方式,使之成为我日后一切作品的基础。

经过广泛深入的阅读,我认为自己不想写一部传统传记。我想做点不一样的事情,先声夺人,就像道格拉斯·戴的马尔科姆·劳里传记那样。戴从劳里之死写起,他酒醉跌上(不是跌下)台阶。就贝克特而言,我想从一个事实或事件开始,知道他的人一听到他的名字首先想到的东西。所以,有什么是比《等待戈多》更好的开始呢?

这对我是不同寻常的第一步,因为我几乎永远不知道怎么写第一句,直到写到结尾(今天仍然如此)。这回,我觉得知道怎么开头:苏珊娜·贝克特在她丈夫获得诺贝尔奖以后对他说的第一句话:"真是灾难!"接下来我要写这个剧第一次上演。第一稿写了一页半,问题和疑虑就来了。我向日记倾诉所有问题:第一是怎么加入这个剧的创作背景;但在此之前,还得告诉读者贝克特产生这个灵感时身在何处。或者，我想，也许我需要停下来，解释一下他怎么想到戈多这个名字，或者讨论一下他从别的作家那里借来的句子，还有他打算通过这些句子传达什么。另外，是否应该让读者了解一下他妻子苏珊在这过程中扮演什么角色？突然就到5月，1个月过去了，符合逻辑的开头连影子都没有。从贝克特声誉鹊起时讲述他的一生行不通。

我不情愿地承认，自己是个生手，或许别人的办法才是正确的，也就是从写作对象出生讲起。我决定试试。一周后，我写出非常粗糙的第一章初稿，从贝克特出生讲到他十几岁在普拉托皇家学校就读。"粗糙"这个词远远不能形容那别别扭扭支离破碎的草稿。我只搭出一个骨架，没什么肉往上填。

我知道自己需要回爱尔兰了解更多有关贝克特早年的信息，但还是那个写作过程中经常面对的老问题：去哪里弄钱支付旅费。我已经和哈泼斯杂志出版公司正式签约，但微不足道的预付款已经花完。经纪人卡尔·布兰特说，出版人拉里·弗罗因德利克不会再预支费用，直到我拿出一定规模的文稿给他。我只好停止写作，去填更多的经费申请表。正在沮丧之中，幸好美国学术团体理事会给了一小笔津贴，使我可以在那年秋天重返欧洲。我松了一口气，继续写书。

最直接的任务是把手头有关爱尔兰时期的全部信息整理出来，这样到爱尔兰就可以把不知道的信息填进去。这是大工程。我意识到需要列出详细的年表，把贝克特的活动和写作一天天排好，某些情况下甚至是一小时一小时排好。但是，在那个没有电子数据表的时代，怎么才能把所有内容以某种好用的方式排列出来呢？我很喜欢用小档案卡片，就分门别类把这些年表写在卡片上，包括教育、健康、家庭关系等等。但是，我没有足够大的地方把这些卡片都摆出来同时看到全部内容。因此，我需要一个可视日历，能把所有主题融入一个总时间线的缩略图。

我在当地一个快要倒闭的廉价品商店找到解决办法：在一个箱子里发现一卷卷白纸，就是把家里收拾得一尘不染的节俭主妇用来垫在橱柜里面的那种白纸。鉴于我从来都不是这种50年代典型的家务模范，我看见这些白纸产生的第一个念头是杰克·凯鲁亚克如何写《在路上》：他用卷纸打字，这样就不需要停下来换纸。我也要用我的卷纸写出贝克特日常生存的不间断编年史。

我开始写贝克特的时候，世界对他知之甚少。学术作家称他是异化、孤独、绝望的隐居诗人。文化批评家说，他在哲学上要感谢阿图尔·叔本华和乔治·贝克莱等人。戏剧研究者和剧作家认可他忠于爱尔兰传统或者与大陆荒诞戏剧相通。他们的看法都有道理，但并非全部真相。我认为，自己的任务是提供传记信息，使各种形式的批判性写作朝新的、目前未知的甚至人们从未想过的方向繁荣发展。我开始把传记这个类别看作一种工具，借由它对作家作品的方方面面进行更加深入细致的探究。

但是，说到方法，我一个也没有。我的打算就是任由笔下的人生如同贝克特本人经历过并且还在经历的人生一样徐徐展开。我不会试图搭建某种结构，给内容强行划界；

也不想把他的人生故事分门别类，排列整齐。我坐在书房的安静里，沉思着面前这项艰巨的任务，试图通过日记里的随意记录设计某种理论或命题。我就这样构思出所谓的"无方法"，一种我后来一直遵循的方法。我写道，每个人的生命都混乱多样，受制于外部事件和无常的命运而变幻莫测。传记是有血有肉有呼吸的机体，必须自由地沿着自己特定的方向蜿蜒而行，穿大街，也走小路。这完全不同于我在学术生涯里被教授的东西：同行评审杂志要求所有主题都按照事先严格规定的参数范围内呈现。

我在国家美术馆偶然遇到莱昂·埃德尔，禁不住把这一切都讲给他听。我们当时都在华盛顿参加一个传记会议，他作为尊贵的演讲者，我是坐在台下听得出神的新手。我们聊了一个多小时。我向他解释自己的方法，提出问题，请他提供建议。他似乎很乐意跟我聊，并且慷慨地以自己的亲身体验作为例子。我至今仍在践行他给我的建议，仿效他的很多技法。

说到我自己的写作过程，听凭作品自由展开常常需要事后的无情修剪。这在我写的开篇几段也最明显，因为那几段不是过分夸张就是过多修饰。我在记者生涯中力求开篇言简意赅，用"琅琅上口的导语"吸引读者看下去，但极少能一举成功。我记得，赶稿的时候，我最喜欢的编辑站在背后，透过他那副老奶奶眼镜盯着我的打字机。"你起来。"他对我说，然后坐到我的椅子上，把我的报道从打字机里抽出来，写下他简洁直接的第一句，把这句贴到我那华丽夸张的文字上，再送到编辑部。你可能以为，我在他手下工作这几年，关于简洁和直接学到点东西。可是，当我开始写贝克特的一生，我又故态复萌，语言浮夸，仿佛什么也没学到。

尽管我知道自己写的那些华丽夸张的文字大概都留不到最后成书的时候，但它们的确有用。有时候，涉及贝克特某篇不重要的批评文章，我得写10页甚至15页才能弄清哪些句子、最多是哪段话，真正表达的要点。我一定要让"剪辑室"的地板上满是扔掉的草稿才知道自己要留下什么。

那个夏天，我用不少时间才做出日历年代表，但这个时间花得很值。这段时期虽然忙碌但卓有成效。工作不断推进，书一点点成形，我把掌握的大量信息且有多个信源证实这些信息的部分都写出来了。我同时还在做采访，集中力量寻找参与过贝克特作品在美国上演的戏剧界人士。这样，回到爱尔兰和英国，我就可以把他们的方式与欧洲大陆的戏剧界人士进行比较。我还采访了几位写过贝克特的心理学家和精神科医生，他们都确信他有严重的心理问题。我认真倾听，把他们提供的情况全都收集存档以便仔细斟酌。维维安·默西埃把他和贝克特的信以及他当时在写的书的一章寄给我，我发现这些内容跟我的书没有冲突，因此松了一口气。

这时候，玛丽·曼宁·豪来吉尔福德和女儿苏珊·豪一起过暑假。我们有好多次一起用午餐晚餐，在我家和苏珊家度过很多快乐的时光，有过愉快的交谈。玛丽的另一个女儿、作家芬妮·豪带着孩子们来了以后，这样的快乐时光甚至更多。10月快到了，我也该动身去巴黎了。像往常一样，我写信告诉贝克特我在巴黎的日期安排。收到他的回复，我震惊了。他写道，"非常反感你给豪太太和她的女儿苏珊带来的困扰"，结尾是"我还是不见你为好"。

怎么办？

17

看到贝克特的信,我的反应远远不止震惊。我绞尽脑汁,想弄清楚是什么刺激了他。一个特别的夜晚浮上脑海。那是8月8日,也就是理查德·尼克松辞去总统那天。我邀请莫莉、苏珊和芬妮来我家吃晚饭,当时谣言满天飞,但我们不知道尼克松会怎么做,只知道他会发表电视讲话。我打开门迎接芬妮和苏珊,发现她俩合力抱着一台电视。她们担心我没电视或者我的电视不好使,就把自己的搬来。把她们的电视和我的电视在餐厅并排放好以后,我们排成一排坐在饭桌前,盯着它们,仿佛在剧场里看戏,桌上的食物却没人碰。

那年夏天,我们每次聊天,莫莉都会提出贝克特可能是苏珊的父亲,还竭力劝我,想让我相信这是真的并且应该这么写。幸好我有贝克特涉事那年的详细日历,还有大量的信件和明信片提供佐证。他不可能是孩子的父亲,因为她和他没有同时在爱尔兰。我知道自己不会把谣言、含沙射影或者纯粹的八卦写到传记里，所以没理这茬，也没费事去问贝克特莫莉的谬论是怎么回事。当然也没对苏珊提过此事。每次莫莉和我一对一聊天时说起来，我都尽可能礼貌而坚决地告诉她，我不会以任何形式写这件事。我以为那些对话一劳永逸地解决了问题。

上次在8月底见面时，我告诉莫莉，我10月份还会见她，因为我打算把都柏林作为第一站，然后再去伦敦，那边还有很多采访和档案研究要做。我已经把行程告诉贝克特，但之后去不去巴黎要看我的补助金能坚持多久。如果去巴黎，也只是短暂停留，查缺补漏，以防出现什么情况让贝克特不满，必要时平息他的怒火。

从8月份到9月底，我一直在写，很高兴书稿能稳步推进。贝克特后来的生活我只写了一些片段，但从时间上我已经进入30年代后期，准备开始写他永久移居巴黎。我写信告诉他日期安排，他的回复让我震惊。他说他如何"反感你给豪太太和她的女儿苏珊造成的困扰……事关（他）给厄谢尔的一封信"。他让我不要把任何通信、照片或绘画的副本放到书里，最后说："我还是不见你为好。"我不明白这个麻烦是怎么回事，莫莉·豪为什么制造这个局面。

尽管我记得布赖恩·科菲警告过我，莫莉·豪相当"夸张"，会利用一切条件为自己的目的服务；但我还是想不明白，为什么——如同贝克特信里说的——她告诉贝克特我打算把他说成是苏珊的父亲，为什么她要求贝克特谴责我,停止合作,不再见我,尤其是她之前还和我亲吻告别,并且为巩固友谊送给我一件非常特别的传家宝,她母亲织的一条蕾丝。是她介绍我认识阿尔兰德·厄谢尔,也是她和我一起去他家并坚持让他给我看他的信;但她却告诉贝克特,这个可怜的人在我的威逼之下才同意把信拿出来。她还坚持说,我发现苏珊可能的身世跟她一点关系也没有,我是在看了厄谢尔的信以后才知道这些的。她的无耻使我震惊,她的谎言让我恶心,真不知道哪种感觉更强烈。

收到贝克特的信,我马上去找苏珊。她既尴尬又不安,问我要不要她写信给贝克特,尽管她不知道怎么解释母亲的爆发。我对她讲了自己在这出闹剧中的真正角色以后,她说:"妈咪就是这样。"我们同意不再提这件事。夏天形成的友谊没有受损,我松了一口气。

接下来,我不得不面对贝克特。但是,我完全不知从何入手。幸好,偶然发生的一件事帮了忙。艾伦·施奈德打电话说他发现某位导演和《等待戈多》有关的笔记,觉得或许有用。他计划下周到纽约,我们就说好在巴尼·罗塞特的办公室见面,在那儿交换下意见,看伦敦戏剧界有哪些人最重要,值得我采访。

我告诉艾伦和巴尼,玛丽·曼宁·豪在我和贝克特之间引发一场风暴,我不知该怎么办,但我没讲细节。他俩都非常专心地听着。我讲的时候,可以看到他们交换意味深长的眼神。巴尼先开口,问我是不是第一次经历"萨姆罕见的暴怒"。我在思考这个问题的时候意识到,他的暴怒对我并不罕见,因为每次见面我提的问题通常至少会刺激他发作一次。

艾伦提出一种解决办法，我采纳了，但只是部分采纳。他说我应当立即给贝克特回信，对自己无意中可能对"豪太太的幻想"起到的作用道歉，不谈别的，一封短信，仅此而已。"幻想"是他让我用的词，我在信里用的就是这个词，这也是我打算寄出去的内容，直到继续琢磨这件事让我非常生气。这么多年来，我们有那么多次面对面的谈话，我写过无数封信解释准备见谁，要问哪种问题，贝克特竟然在信里这样指责我，真让人难以容忍。照惯例，我把所有情绪都倾倒给日记："玛丽·曼宁·豪搅得一团糟。贝克特对事关厄谢尔的胡说八道大发雷霆，还把一切怪到我头上。我琢磨了一整天，晚上没怎么睡觉，但最后深思熟虑下写了一封有尊严的信，希望让他知道我对他的傲慢很生气。"我不能什么也不说就这么过去，因为我知道他的指责会像脓疮一样恶化，最终使我爆发，我不希望在面对他的时候爆发。接下来，我解释说，这场"大惊小怪"——这也是艾伦的原话——都是豪干的好事。

说完这些我还不满意，加上我还在气头上，我忍不住在最后又写了一段激情洋溢的话。我说，经过这么长时间，他还在怀疑我这项事业的严肃和诚实，我为此深感遗憾。我希望他能改变想法，因为这本书的写作已经开弓没有回头箭，我对太多的人有契约义务，他们指望着我，我别无选择，必须继续。我说，我会去都柏林和伦敦，他可以通过我的出版商联络我。我之后会去巴黎，前提是他改变主意，愿意见我。

如果他回了信，把信寄到某个替我留信的地址，我也没收到。但我怀疑他没回信。他的暴怒烟消云散，我的义愤也因为写出来而消散。我收到的下一封信不是直接来自贝克特，而来自他的表亲莫莉·罗伊，她说我下次去英国的时候应该见她，因为她想给我一些信和画的副本，是她之前拒绝给我的。她问过贝克特的意见，贝克特说应该给我这些材料。看来我们的通信和其他形式的沟通都恢复正常，就像什么也没发生一样。

莫莉·豪制造的麻烦不是我在这个时期经历的唯一灾难。我在连续工作期间也不断受益于——或者说我认为受益于——和维维安·默西埃持续的通信以及若干又长又贵的越洋电话，他在爱尔兰。就我的写作生涯而言，在此之前，我常跟同事朋友讨论自己的作品，但只有写出完整的草稿才会给别人看，无论是短消息还是长人物稿。对默西埃我却打破这条铁律，把传记的部分内容拿给他看，因为我担心自己是否准确把握贝克特的英裔爱尔兰传统和社会背景，希望确保没有犯什么离谱的事实错误。他说我是"天真的美国女孩"，尽管我痛恨"天真"这个词，就这件事而言我的确是天真得一塌糊涂。

我把大部分手稿寄给默西埃看，他确实在很多"爱尔兰特有"的东西上给我帮助，但他主要的反应是惊讶于我发现的材料以及这将如何改变贝克特研究。他反复对我说，我写的这些内容没人知道，我的书将对"贝克特学术研究这个产业"作出极其重要的贡献。他仿佛知道我最内心的想法和梦想，因为这恰恰就是我希望的：对学术研究作出真正的贡献。我一边写，一边愉快地把写好的章节寄给他。

这一年有大半年的时间，我不断给他寄出这些章节。这时，他写信说，他自己也写了东西，因为我是毫不知名的"新手"，他是"知名学者"，他认为"最好"让他把我书里的传记信息纳入他自己的批评研究。他提出，如果这些内容先在他的文章里出现，我的书得到出版商重视的可能性会大大提高。他这么做只是给我"帮个大忙"。我的所谓天真马上化为行动。我联系我的经纪人，后者联系我的各个出版商，这些出版商的律师联系默西埃的出版商。他的出版商向我提交修订后的书稿，确保里面删除我的所有研究，默西埃的书最后按照他最初打算写的批评研究出版。

回想当时，我看到自己如何慢慢获得自信。我勇敢面对贝克特，为自己辩护，看来他让步了。我也一次次面对雷维夫妇，拒绝对他们有求必应，同时专注自己的工作，告诉乔治他不能再拿信息来吊我的胃口，而只有一个选择，要么给我要么不给。我还告诉琼，没有，我对戏剧界的朋友没有影响力，没办法让他们上演她的剧作。最妙的是，我扼杀默西埃窃取知识产权的无耻企图。就这样，充满力量的我相信即将到来的爱尔兰之行将与上次大不相同。我在这段时间进行的多个采访都显示，麦格里维的信是贝克特拼图的关键组成部分，我决心不拿到就不回家。

预订机票时，距离我给贝克特寄出那封自我辩护的信已经过去快两个月。我想大概应该再给他寄封短信，告诉他我的行程。动笔之前，我收到他的一封信，说他在丹吉尔,那个月都将在那边休养,然后去参加伦敦《快乐时光》的彩排。接下来,他12月和1月都将在柏林排演《等待戈多》。这次旅行见不到他,我松了口气,我的家人、经纪人和出版商都对此难以置信,但事实如此。的确,直接面对他的反复无常和各种花招是分散精力的事情,会影响我专注手头的工作。写完他的书是当务之急,这样我才好恢复正常生活。

我本能地觉得,如果我读他和厄谢尔的信让他不快,那么,我读他和麦格里维的信几乎必将触发另一次暴怒,结果使我不能仔细研读那些关键的信件。我知道他要求若干通信对象销毁他的信(他们都没听),但我不希望哪怕暗示麦格里维,直到我踏踏实实读到它们。我担心,如果见到贝克特本人,我可能说漏嘴,透露自己知道这些信的存在。所以,我给他寄了一封短信,以欢快的口吻跟他闲聊,说真遗憾这次见不到他,祝他工作和旅行顺利。然后我就去都柏林了。

18

我住进巴斯威尔酒店,发现有留言。M.M.豪太太明天想请我去她家吃饭,跟剧作家肖恩的遗孀艾琳·奥卡西见面。她有很多话要对我说,关于她和贝克特的友谊。如果莫莉·豪想做出什么事也没发生过的样子,我也希望如此。我接受邀请。

然后我打电话给阿兰·厄谢尔,看看是否需要做些弥补或解释。他的管家接了电话,让我稍等,她去叫他。过了挺长时间,她回来说:"你猜怎么着,我觉得他刚出门了,要去几天呢。"这是我在半小时里第二次默默说"好吧……"感觉这会是有趣的一周。结果没让我失望。

这支赶时髦的队伍变得越来越拥挤,各色人等都想加入。接下来的一周,我的约会每天都从一大早开始,快半夜才结束。三一学院和大学学院的馆长们都热心向我提供此前一直莫名不可用的档案。莫莉·豪的兄弟约翰·曼宁带我到时髦高级的基尔代尔街俱乐部吃午饭,给我看一本童年影集,有萨姆和他哥哥弗兰克的合影。某位信奉天主教的重要教务负责人家里举行的酒局透露出对贝克特作品的极度蔑视。另一晚与一位修女和教育者的对饮显示教会在爱尔兰的影响力，阐明天主教对他作品的敌意。贝克特有个搞艺术的表亲叫希拉里·赫伦·格林，和贝克特母亲的关系极其密切。格林家住多基的一处悬崖，俯视爱尔兰海。她请我吃午饭，接下来四个小时拿出梅·贝克特给她的好多东西给我看，向我讲述贝克特太太如何解释儿子为何离开爱尔兰去了法国，这个话题日后在麦格里维的信里占突出地位。保持如此令人疲惫的工作节奏后，我断定这值得，哪怕只为确定没漏掉任何事任何人。到周五晚上，也就是11月2日，在日记里做完这些总结以后，我只想上床睡个懒觉，第二天去买一篮子水果。我希望给自己一天时间，不要全套英式早餐。我已经受不了鸡蛋了。

我第二天确实起得很晚，但节奏没有放慢。那天晚上，我在之前提到的著名天主教徒教务负责人家里吃饭，他想让我见见其他人，他们代表天主教界对贝克特英裔爱尔兰人感情的摒弃。那是一个很平常的晚上，贝克特不是话题，我是。对话大多围绕有关我个人情况的问题，主要有关我怎么"抛弃"丈夫和孩子自己去外国，以及这在美国"女性解放运动拥护者"当中是否很常见。但是，接下来的问题使我无言以对：我为什么离开家人去写一个像"托马斯·贝克特"[1]这样的人？这一定是故意的反讽，因为当时

---

[1] 英格兰国王亨利二世的大法官，之后又担任坎特伯雷大主教一职，死后封圣。——译注

没有谁喝了那么多以至于会犯这种错误。我知道,现代爱尔兰有两个世界,其中一个不赞同萨缪尔·贝克特。

周日也是忙碌的一天。晚上回到酒店,我只想倒在床上。我去坐电梯的时候,接待员追着跑过来,给我几条口信。麦格里维的一个侄女打来电话,说她第二天早晨9点半来酒店,请我11点之前给她电话确认第二天会在。当时刚过11点,我决定碰碰运气,就拨通她的号码,听到她的声音才放下心来。她东拉西扯,支支吾吾。最后说,她和她的姐妹一直在谈,她们还不确定该拿那些信怎么办。

这套话我那几年听过多次,但这次略有不同。有些信她们是第一次读到,基于我跟她们讲的传记的情况,她们觉得应该把这些信给我看。但是,或许不应该给我看。或许这些信太过私人,应该销毁。接下来45分钟是车轱辘话来回说:她们想把信拿给我看,她们确实想把所有的照片都拿给我看,但她们不知道该不该这么做。另外,如果她们同意让我看这些信,她们估计我至少得花四五天时间才能看完,如果不是更长,鉴于她们不会让这些信离开姐姐的房子她们就得弄清我在什么时间什么地方读信,因为需要有人始终在场"监督"我。我使劲忍着,才没说出本人保证可靠的反讽之语。我无意偷走萨姆·贝克特的信,只想看到信的内容以确保自己下笔准确。

周一本来应该是我在都柏林的最后一整天。我计划周二下午动身去伦敦。在伦敦的约会一个接一个,排得满满当当,因此不可能延长在都柏林的停留。这让我手忙脚乱,疲惫不堪,因为看来我得碰碰运气,但在后勤和财务方面

· 167 ·

都要付出重大代价。我显然必须回都柏林，一直待到把那些信都看完，这样一来巴黎之行就悬而未决。

第二天上午，麦格里维的大侄女来到巴斯威尔酒店。那时候，经过之前那么多次见面，我可以从她苦恼的表情上看出来，一切还都没有决定。她再次告诉我，在过去的这个周末，她和妹妹如何花很多时间试图决定怎么做，但最后"我们放弃了，决定在改变主意之前让你读这些信"。她这么说的时候，一种释然让我眩晕。但这种欣喜是短暂的，因为她又开始支支吾吾，说不知道这样做对不对。她坐在那里，两只手真的在扭来绞去，我爆发了。那么多年，我对她和她妹妹一直客客气气，但这次我失控了。

幸好，我的爆发不是愤怒的大喊大叫，而是冷静理性的发言。我感觉她被如此柔和的声音迷惑了。我开始解释自己的处境，采用略为夸张的版本，说这本书是一项使命，是给学术界的馈赠（一种过度膨胀的说法，今天还会使我脸红）。但我也加入实际的因素，包括我怎么想方设法找工作申请补助为写书筹钱，我如何后悔这把我从"真正的生活"、我的丈夫和孩子们身边夺走，还有这给他们造成的压力如何使我们全家受苦。我继续激情动情地独白，告诉她我多担心如果不能把无比重要的麦格里维信件包括进去，我就不能公平对待这个伟人的一生，而他值得被公平对待。

结束这场控诉，我筋疲力尽，有点恶心，进入一种听天由命看不到这些信就拉倒的状态。这种反反复复已经持续得太久，我已经疲倦到几乎无所谓了。我最后对她说，这是我最后一次来都柏林。我的初稿已经基本写好，我必须回家，在出版商受不了我一再拖延而取消合同之前把书写完。现在不给我看信，以后就没机会了。

估计是我的坦率把她弄蒙了。我们都静静坐着，或许是因为都不知道如何使这次会面融洽地结束。我突然想到一个办法：我们应该问问贝克特，看他是否愿意让我读信。我觉得我和他新达成的和解也许能扩展到新发现的档案材料，因为经过厄谢尔信件那番小题大做，贝克特终于同意我使用这些信，并且吩咐莫莉·罗伊把他最初拒绝拿出来的材料交给我。问问至少没坏处。我提议这位侄女和她的妹妹写封信给贝克特。她觉得这个办法很好，就去酒店的电话间打电话问她妹妹的意见。她回来的时候脸上带着微笑。写信是个好办法，但她们觉得自己表达能力不够，希望我替她们写。

我就替她们写了。我回房间拿出旅行带的小巧的史密斯卡罗纳打字机。我们坐在巴斯威尔酒店的大堂，斟酌一番，给贝克特写了信。法国邮政当时在罢工，爱尔兰或英国的邮件都不通。这至少给我不断改变的计划一种可能的解决办法：如果他还在巴黎，我可能就得找时间和钱去巴黎把信寄给他；如果他已经在伦敦参加彩排，我就可以在伦敦寄信而不必去巴黎。不管怎样，有关传记内容的主要问题都将得以解决。我可以根据已经掌握的情况把书完成，换句话说，我最快可以在第二年也就是1975年春天把稿子交给出版人。我也可以告诉出版人这个重要的新内容，请求宽延一段。

我到伦敦的时候，贝克特没在那里。正如预想的那样，我在伦敦的日子如同旋风，亮点是在丽思酒店和哈罗德·品特（贝克特已经告诉他我是"一位可爱迷人的女性"，他"一定要见"）喝茶。品特讲道，他受惠于贝克特清晰的视野，这也给他运用自己视野的自由，我听得入神，那些令人垂涎的点心也碰都没碰。品特还回忆他和贝克特结成深厚友谊以后他们一起度过的某些冒险之夜。他说着，我听着，茶都放凉了。

我一到伦敦就得处理后勤问题，先是去取家人送到马克·汉密尔顿办公室的邮件。他也留着一份记录，是想见我的朋友和出版界人士的名单。在乔纳森·凯普出版公司，天才的出版人汤姆·马施勒请我喝酒，同时并不特别礼貌地打探我计划何时交稿。编辑安·奇泽姆当时在写《南希·丘纳德传》，她让我们俩都平静下来。安的丈夫、杰出的记者迈克尔·戴维兴致勃勃地跟我分享贝克特的板球数据，尽管他最后放弃使我理解这种游戏的希望。我的朋友吉米和塔尼娅·斯特恩请我吃饭并和普里切特见面。面对周围的交谈，我就像看网球比赛一样来回转头。托尼·约翰逊召集一群人在惠勒斯吃饭，来的人包括政治记者帕特里克·西尔和他年轻的妻子拉莫娜。

我去萨默塞特大楼取到萨缪尔·贝克特的结婚证副本。我还记得办事员跟我说有结婚证但得等几天时的喜悦。我深受鼓舞地发现自己直觉正确：像詹姆斯·乔伊斯一样，贝克特后来在伦敦悄悄和苏珊娜结婚，这样她就可以继承他在法国的房产。我步行穿过伦敦，走到波尔顿广场和格特鲁德街,就是"世界尽头"那个区,贝克特写《墨菲》时住的地方。我走得气喘吁吁,不得不坐在路边休息,然后朝最近的汽车站走去,体恤一下自己脚上的泡。

第二天都用来见贝克特在戏剧界合作过的人,包括演员比利·怀特洛和西奥班·奥卡西,还有舞台设计乔斯林·赫伯特。我还打电话给肯尼思·泰南,他说只接受付费采访,问我能付多少钱。我说我是记者,不付钱。他说他收费很高,所以没什么要说的,然后就挂了电话。我正要出门,他又打回来说,他认为我应当了解《噢!加尔各答!》是怎么诞生的,就挂上电话,后来再没打过。

接下来的奇遇跟一群自称"梅林帮"的作家有关。《瓦特》出版的时候,他们都隶属于巴黎的这份杂志,现在大多住在伦敦。克里斯托弗·洛格事先给我含糊的警告,让我对亚历山大·特罗基和简·卢吉有思想准备。他当时要是更直接一些就好了。那天晚上,我在日记里这样概括:"简嗨得不行,语无伦次,瘫在那里。住的地方乱七八糟。到处都躺着吸白粉的。亚历克斯流着鼻涕,两手哆嗦,试图强行卖给我几本破烂的《梅林》,要38美元,因为他需要来一针。费好大劲才脱身,叫辆出租赶快跑。"

采访名单上的下一位是贝蒂娜·乔尼克·考尔德。约翰·考尔德的这位前妻要求被采访,要给我讲讲她和贝克特之间的"热恋"。我礼貌地听着,但几乎把所有内容都归入"不可靠信源"。

我的下一站是考尔德-博亚尔斯出版公司的办公室,因为法国邮政罢工还在继续,我想看看能否把麦格里维姐妹给贝克特的信放在那里。约翰·考尔德说，我可以把信放在那儿，但不知道贝克特什么时候会来伦敦。打给他巴黎寓所的电话无人接听，他眼下大概率还在丹吉尔，那里的电话时通时不通，他经常不回复信息。我不想造成可能透露麦格里维信件存在的局面，就对考尔德说，我还是自己带着那封信，因为我可能要去巴黎，到时可以直接放到贝克特的邮箱。

这封没有寄出的信仍然困扰着我。如果找不到去巴黎的人，我真得去一趟巴黎吗？我的钱快用光了，力气也快耗尽。我觉得脱离我所说的"真正的"（相对于我的"工作"）自我太远了，现在只想回家搂猫抱狗，最想的是坐在饭桌前和丈夫孩子笑着逗着。可是，因为拿到麦格里维信件的急迫性，其他一切都必须往后放。

采访文学批评家 A. 阿尔瓦雷斯以后，急迫变成必需。我感觉这会是一场戏剧性的事件，因为我知道他妻子是受人尊敬的精神治疗医师，对贝克特的医疗史多有了解，因此我也想跟她谈谈。我之前采访贝克特的朋友吉弗里·汤普森医生时听说过她。汤普森就是那位准许贝克特在创作《墨菲》期间进入他所在精神病医院的医师。汤普森泛泛地暗示过 W.R. 拜昂对贝克特做的心理分析，但即便我直接问他贝克特是否做过分析、被谁做过分析，他也拒绝证实或否认。我知道，如果此事属实，我得写入传记。因为还拿不到诱人的麦格里维信件，我需要其他信源。

那天下午，阿尔·阿尔瓦雷斯和我进行颇为愉快的谈话，大多有关他对西尔维娅·普拉斯的兴趣。这时，他妻子安妮走进他的办公室。他给我们做了介绍,她没怎么理我,就转头对她丈夫说:"阿尔,你告诉她没有?"他说他正准备说,就给我讲了拜昂给贝克特做心理分析的事。我们三人共度了一个漫长的下午。我疯狂地做笔记,详细记下心理分析这一行有哪些人要见,哪些书要看,哪些文章要参考。他们还告诉我拜昂带贝克特去过哪些地方,尤其是去塔维斯托克诊所听荣格讲课。他们强调,这次邂逅对贝克特身为作家的发展非常重要,我应该研究一下荣格当时讲了什么。

能有阿尔和安妮·阿尔瓦雷斯提供佐证,支持我提出的贝克特做过心理分析的观点,这很好。我后来再见汤普森博士,打完招呼就直接问他,他们对我说的是不是真的,他说是,这让我大松一口气。然后,他又提供进一步的证据,给我看之前只用来吊我胃口的信。到目前为止一切顺利:我有三个可靠的信源。但这个内容太过重要,还得找到其他信源才能下笔。我可以肯定,关于其他人讲给我的这些情况,最重要的信源、最坚实的基础都将是贝克特写给麦格里维的信,所以我要尽一切可能读到它们。

19

见过阿尔瓦雷斯夫妇以后,我打电话给麦格里维的大侄女,告诉她我不会去巴黎,因为贝克特不在那;鉴于伦敦这边没人知道他具体在哪儿,这封信也无法投递。我几乎是抽泣着倾诉在时间和金钱上的难处。我说担心自己再也没办法重返欧洲,恳求她们如果我回都柏林就让我看看那些信。我讲完之后,她声音极轻地告诉我,一到都柏林就尽快去找她们。

当时是星期四,爱尔兰国营航空公司周五下午的航班还有一张票,然后要等到周日比较晚才有票。我打起精神,来到希思罗机场坐周五的航班。我汗流浃背,饿得要命。不承想,办理登机手续的地方发生激烈的口角,飞机在停机坪等了好久才起飞。不是什么好兆头。航班晚点严重,我刚到巴斯威尔酒店没几分钟,麦格里维大侄女的丈夫就来接我,驱车驶入深深的夜色,赶往他们郊外的家。

到他家,在楼梯下面一个没有暖气的过道储物间,他妻子向我展示惊人的收藏:一堆装满信件和照片的鞋盒。

我把这些东西迅速过了一遍，因为两姐妹认定我不能在这里读信，而要去妹妹家，从第二天早晨开始。她住得离都柏林更近些，到那只需要乘一小段火车，然后再步行一段比较长的路。大侄女的丈夫对此很不以为然，他开车送我回到巴斯威尔酒店。一进房间，我就开始喷射式的呕吐。日记的记录这样写道："可怕的一夜。一会儿发烧，一会儿发冷，肯定有一部分是身体原因，在伦敦太累，又感冒；但也有心理原因，主要因为看到信和信的内容。"我的直觉有事实依据，匆匆看一两封信就可以确认，从这些信中可以找到贝克特生命里的许多真相。

第二天早晨，我醒来后极度虚弱，几乎什么也干不了。"我病了，心理上也越想越难受：如果没有这些信，我可能发表多么离谱的东西啊。虚假信息的怪胎。"我陷入恐慌，担心不能在贝克特收到两个侄女的信以前把信都读完并离开都柏林，担心他不肯让我用这些信。写给他的那封信还在我手上，两个侄女（还有我，虽然急切度低一些）还在寻找能带信去巴黎的人。我担心她们找到这么一个人，随时把信拿走。

关于贝克特离开爱尔兰去巴黎定居的缘由，我之前的草稿写了两个不同版本，但都弃之不用。第一个版本我自己写的时候就觉得失真，因此很快放弃。那个版本有赖于他给三一学院的几位教授以及爱尔兰文学知识界的几位成员写的信。他试图迎合他们，说他希望在努力写小说的同时靠他们分派给他的写作任务生存。第二个版本，我从贝克特的表亲安和约翰·贝克特那里得知，他母亲不情愿地接受他永远适应不了爱尔兰的生活，因此同意让他去巴黎，并给他经济支持，直到他能作为作家站稳脚跟。他们给我看贝克特的一些信：固然是含糊其词，但暗示他和母亲达成某种理解，他"可能"很快就要动身。梅·贝克特这种宽容体贴、什么最适合她心爱的儿子就是什么的良善形象一点儿都不真实。但鉴于我没有其他信息，我就是这么写的。

随着研究的深入，阿兰·厄谢尔和乔治·雷维的信呈现出另一番景象。这些信和我对一些人的采访——这些人从贝克特当年在乔伊斯的巴黎圈子里活动时就认识他（包括玛丽亚·乔拉斯、史蒂芬·乔伊斯、乔伊斯的舅舅罗伯特·卡斯托、凯·博伊尔还有诗人兼记者沃尔特·洛曼费尔斯），勾勒出一位才华横溢、混乱矛盾的年轻人，仍然深受上流阶层英裔爱尔兰新教教养的强烈影响。这些信和采访显示，贝克特无法抛弃社会阶层的限制，不能拥抱放荡不羁的作家生活；但是，除了他以外，所有人都清楚，这是他注定要过的生活。

他在给雷维和厄谢尔的信中写道，他听天由命，就在都柏林了，因为没钱到别处去。他打算靠母亲给的那点钱过活，只要他住在她的房子里，她就会给钱。此外，他还给一些根本不喜欢学语言的爱尔兰女学生上法语课，以此维持烟酒开销。没有学生的时候，他就拿几本个人藏书去利菲河边摆摊，卖来的钱刚够去痛痛快快喝一晚上。他的处境过于尴尬，唯恐把全部真相都告诉两个朋友，因而在最后半乐观地说，父亲生前的测绘公司（现在由他哥哥弗兰克经营）的办公楼最顶层有个小房间，他已经在那里摆好一张工作台。他常常在信的结尾写上有意宽慰对方的话，说他打算如何随遇而安。但他的信更多的是愤愤不平：他不确定这两个计划能否维持生计，也不知道如果计划行不通该怎么办。

我采纳的解释是，梅·贝克特不忍心看爱子受苦，所以选择自己受苦而给他自由，允许他离开爱尔兰并给他经济支持，让他在巴黎发展。我采纳这种解释，因为这是他最坦诚的解释（尽管我觉得听起来并不完全真实）。我这么写了，因为考虑到现有证据，这似乎是最诚实的解释。但是，麦格里维的信证实了我的怀疑：圣徒母亲作出牺牲的故事是假的。要诚实讲述萨缪尔·贝克特的人生，这些信的确是最重要的发现。

我既激动又释然地发现，自己直觉正确。贝克特完全坦诚对待的人唯有托马斯·麦格里维。他在信中讲述真相，刚到巴黎就开始写，一直持续到麦格里维去世。读着这些信，我看到贝克特决定中黑暗私密的一面。我震惊于他的狂暴和恶毒、他的怨气和愤怒，尤其是对他母亲的恨。萨缪尔·贝克特不仅因为酗酒伤了身体，而且因为情绪上的抓狂患病，读大学时反复生出那些毁容的疖子和囊肿。他的行为使他尽职耐心的哥哥弗兰克极度不安，以至于表现出很多同样的心理和情感问题，担心自己的健康。弗兰克知道，母亲没办法和两个儿子活在同一个屋檐下，尽管这幢房子宽敞舒适。但是，梅·贝克特不肯听他有关3个人可以怎样分开居住的建议。萨缪尔·贝克特对麦格里维详细描述他如何在纵酒时变得极度暴力，以至于害怕会毁了他母亲或他自己。

那个下午,我坐在麦格里维的小侄女的书房,听着餐厅里幸福的一家人享受周日午餐的声音,不知道自己抖个不停是因为伤风感冒还是因为读到的每封信。我飞快地读着,疯狂地打字,但意识到一共有几十封信,每封对于理解贝克特的各种决定和选择都很关键。我只有6天时间都读完。更麻烦的是,这些天都很短,因为我获准读信的时间只有周日上午11点至下午3点,接下来的工作日上午10点至下午5点。面对一个看起来不可能完成的任务,那天下午,我作出了职业生涯里唯一一个不诚实的决定。

尽管两姐妹在我完成一天工作时检查所有盒子,无疑是为确保我没偷走什么,但我的确偷了——暂时地偷。我设法把盒子里的文件摆成某种样式,看不出少了东西;而实际上每个工作日结束我都偷出一小叠信放进包里带回酒店,晚上继续工作,直到眼睛和打字的手指累到不行。即使如此,到第三天结束的时候,我意识到自己打字太慢,就开始使用录音机。这导致那天夜里"混乱至极,录了一个小时却忘了按下录音键;重新录的时候又把比利·怀特洛的采访给抹了,直到录音机没电。回来打字。匆忙写一大堆却都看不清。烦。"难怪我的健康也是一团糟:"疱疹,着凉,肚子疼,流鼻涕。这里一切都湿乎乎的。1个月没见到太阳。"

我给自己的命令是"周三前必须完成!"但周三来了又过去,我还在抄录。我一天里用了两组电池,可是距离完工还差得远。身体越来越不舒服，几天没好好吃过一顿饭，睡得当然也不好。与此同时，从麦格里维姐妹眼皮底下偷信也让我深感不安。"麦格里维俩侄女是我很久以来认识的最正直的人。如果贝克特写信不让她们给我看信，她们会很难受，我也会。"

从最开始读信算起，我花8天时间抄完这些信，然后立即订票回纽约。因为还病着，我由家人照顾休息一个周末，然后周一打电话给卡尔·布兰特，告诉他我为什么必须重写最核心的章节，而这会使我的交稿时间更晚，尽管现在已经晚了。他静静听我讲从信和采访中了解的一切。他尤其对贝克特做过心理分析感到震惊，说在我动笔以前他必须联络我的出版人，拉里无疑会咨询公司的律师。卡尔说，这个材料太具爆炸性，他不确定我能不能用。我一听就蒙了。

当代的新闻和非虚构写作采取"百无禁忌万事皆可"的态度，而在1974年12月，人们在涉及隐私和礼仪时却守规矩得多。对于在传记里可以写什么，我已经给自己施加了严格的限制，但我也知道出版商的律师需要审查内容。我面临的障碍和给自己施加的限制不时让我产生强烈的冲动：见他的鬼去吧，我不干了，回去搞新闻或者当老师。但这次不同。这一天剩下来的时间，我一直在努力想怎么才能把自己的发现融进书里而不透露信源，尽管我在其他地方都一丝不苟地提供出处和注释，使得这项任务无法实现。

第二天下午很晚的时候，我吃了当头一棒。卡尔打来电话，告诉我出版社的知识产权律师作出的裁决。根据普通法的版权规定，我不能使用信里的任何信息，除非得到口头或书面确认。也就是说，如果这些信作为文件存在某个大学图书馆可供学者查阅，我就可以转述信的内容。但是，我不可以援引私人收藏的信，尽管信的主人可能同意我转述信的内容。我的处境甚至更为冒险，因为信的作者还活着，可以拒绝一切许可。此外，绝对不能碰贝克特的医疗记录，不可以援引，也不可以转述；因为所有和医疗有关的问题，特别是贝克特的心理分析，我都只能推测、影射或者暗示。我打断卡尔说，我不是在写一本表达观点或含沙射影的书；漏掉这么多事实真相，这本传记会大大削弱我作为叙述者的信誉，如果不是彻底毁掉这种信誉。卡尔说，不会发生这种情况，只要我掌握事实证据，在书出版以后能支持自己。不行，我回答，一切内容都必须在书里明确，不留任何质疑的余地。

这时候，他提出一种担心，影响到我接下来1个月的生活：贝克特如果愿意就可以拿到一项暂时甚至永久的禁令，因为大家都会同情一个医疗记录要被公开的人。但是，如果我可以找人发誓说贝克特的心理分析在伦敦精神病学界是众所周知的事情，那会对我的论点大有帮助。

想到律师、诉讼、禁令——一部巨大的法律机器向我逼近——我感觉无助。我所有的重要研究都是徒劳，我想写的诚实周密的作品永远不可能完成，这让我深受打击。一旦律师参与，谁知道书什么时候才能出版，甚至能不能出版？我想象自己被关在负债人监狱里的惨状。经过一个多星期的悲观失望，我决定只有一种选择，就是百分之百按照我想要的方式去写贝克特如何逃离爱尔兰去到法国，然后把稿子交给出版商，坐等下文。激情迸发下，我这么做了。卡尔和拉里一读到稿子就立刻打来电话。卡尔说，他俩"太激动了"。拉里说："写吧，就像你已经得到同意什么都可以写一样。接下来都交给我们，如果有问题的话。"

这些有力的支持让我精神大振，消极抑郁一扫而空。重新振作起来以后，我记起萨缪尔·贝克特这么多年来在不同场合反复对我说过的："我的话就是我的承诺。"我想到他承诺既不帮助我也不阻碍我，我认为这是他含蓄地允许我探究生命里可能让他尴尬、羞耻或者不快的话题。这坚定了我的决心，我认为这本书该怎么写就怎么写。现在是牢牢记住这些想法把事情做完的时候了。

我用过不少多重隐喻形容自己的处境，最合乎逻辑的都围绕要落下来的靴子。两只靴子都没落下来：贝克特如何回应两个侄女信的事情，他如何向我解释他的决定——不论是什么决定。1974年12月27日，麦格里维的一个侄女写信给我。我离开都柏林时把那封写给贝克特的信留在她那，她托人去巴黎把信投进贝克特的邮箱。贝克特的回信兜了一大圈。法国的邮政罢工还在继续，所以他把信交给一个准备来美国的人。此人到美国以后有一个多星期都忘了把信寄回爱尔兰。所以那两个侄女刚刚收到。贝克特在信里要求她们不要给任何人看信，而是销毁它们。"我猜到会这样。"这句隐语是那天我在日记里写的最后一句。

她们给贝克特回信。我虽然没有直接收到他的回复，也给他回信。我们都说明我当时面临的种种限制，解释她们为什么在收到他的回复之前就让我看了信。他给我们3个人回信时没有直接提这个，我们快两个月以后才收到他的信，是从伦敦寄出的。他感谢两个侄女给他写信，给我的短信则完全没有提麦格里维的信，只问我计划何时回巴黎，他很快就要动身去柏林和席勒剧院，希望提醒我他1975年初几个月基本都不在巴黎。我不知道什么时候能再为调研去旅行，还是老原因：得筹集旅费。但我当然不打算告诉他这件事。我从来没跟他讲过写这本书给我造成的经济压力，现在也不打算开始。

更重要的是，我的写作稳步推进，成书目标清晰可见——不是像我最初计划的那样在初春，而是在1975年下半年。1月底，我在本地报纸的占星栏目里看到："你本月将得到一笔钱，完成一个重要的项目。"我忍不住想，但愿这个预言靠谱。

20

新英格兰的冬天总是严酷的，但1975年1月—3月尤其糟糕。暴风雪太多，私事干扰太多，包括解决不好好工作的炉子，准备一个孩子去法国交流另一个孩子去西岸逗留，还有接待一个来自瑞典的交换生。但是，我把我的第一台电子打印机拿给纽黑文的传奇专家惠特洛克先生修理时，应该意识到自己的写作有多顺利：他告诉我，这台机器磨损太严重，我应该换台新的。我换了。等书写完，那一台也用坏了。

1975年头几个月，就在我不停工作的时候，出现了一个让世界知道这本传记即将问世的机会。格罗夫出版公司准备出版贝克特的作品《梅西埃与卡米耶》的英译本，我联系《纽约时报·书评周刊》的主编、评论家约翰·莱昂纳德，提出我本人是理想的书评人。让经纪人和出版商——但不是我——惊讶的是，莱昂纳德同意了。我只是单纯地认定，没人比我更了解那部小说。可是，当评论一字不动按我写的样子发表时，没作任何删改，也没受到其他批评，我还是很惊讶。要知道，莱昂纳德当政的时候，《纽约时报·书评周刊》以让撰稿人反复修改文章而著称。

这篇书评的发表惊动了纽约大学的著名法语教授汤姆·毕肖普，他意识到一部传记即将出台。他当时正在编辑法国著名文学杂志《埃尔纳手册》纪念贝克特70岁生日的特刊，就邀请我写一篇文章。学术界和其他领域于是开始流传一个消息：我很快要出版一部传记，但这样的流言多半都是断章取义或者不符合事实。

《纽约时报·书评周刊》刊登我的评论文章时写错作者介绍，说传记将在同年出版。《书摘》杂志由此宣布，"戴尔德丽·布莱尔"[1]将出版一本传记——这才是开始，以后的错误拼写还有很多。要是接下来的批评浪潮针对的是布莱尔女士而不是我就好了。

我听到的第一个杂音来自一份没什么人关注、针对各类补助拨款机构的通讯。通讯里有一篇未署名的信，称我"凭一己之力就强迫贝克特同意（让我）写他授权的传记"。我吓坏了，祈祷这篇文章永远不要被贝克特看到。

接下来，认为自己是萨缪尔·贝克特人生和著作权威的各色人等都开始发表意见。有个人对我说，我"不够存在主义"，所以写不了他的传记；但读过《纽约时报》的书评，他又改变想法，说那本书"也许还没那么糟"。另一个人告诉我，我需要"学习如何写作"，这样才可以使自己与传记"保持距离"，因为《纽约时报》上的书评"过于个人

---

[1] 作者姓贝尔。——译注

化",揭示出太多关于我自己的东西。还有一位,大学教授,在受人尊敬的大学里任职的,寄来一封严厉的信,说我应当为自己在《纽约时报》书评文章里表现出的"狂妄而羞愧",因为这篇书评本来应该由他写;如果我想在学术界获得职位,我最好"当心","知道(自己的)位置"。这些批评可笑多过伤人。但是,有几个批评,比如那位教授不那么含蓄的威胁,提醒我日后还有更大的麻烦。

一群贝克特专家,我称其为"贝克特俱乐部"(跟米老鼠俱乐部的任何联系都是本人故意为之),都是白人男性,牢牢占据有权有势的学术岗位,构成反对我的主要力量。他们代表学术领域更大的一场斗争:一方是当权派,另一方是像我和我在丹福斯女研究生奖金项目中的同事这些女性构成的所谓威胁——我们现在像男性候选人一样竞争同样的学术岗位。对"贝克特俱乐部"而言,我是一个明目张胆的例子,那个"侵入贝克特世界神圣领地"的"小丫头"。这个圈子里有一两位比较年轻的成员胆敢在私下问我,我是不是完全不懂这里头的尊卑秩序。在公开场合他们却躲着我,以便"不要得罪当权派"。

有一次,现代语言协会开会。在酒店大堂,他们当中有个人躲到一根柱子后面偷偷摸摸示意我过去。"你是个贱民,我不能被别人看见和你说话。"他神气活现地说,显然因为参与这次小小的秘密交谈而觉得自己很勇敢。他那傻里傻气的幸灾乐祸让我(意外地)说不出话来,也想不出机敏的回应。找到话说的时候,我说不明白为什么会遭到排斥,因为我之前关于贝克特的两篇文章都在学术界得到正面评价。"不错，"这个人说，"那是在学术界。贝克特的圈子可不一样。"

据说有备才能无患，所以，自从获得博士学位，我3年来第一次决定认真找一个固定的学术岗位。我希望能在某所有威望的大学找到工作，这样就不那么容易受到"贝克特俱乐部"的攻击。我的工作属于传记性质，不是理论性质，我因此觉得可以避开学术圈常见的自相残杀。我在研究生院目睹过太多这种情况，因为传记在多数文学院系仍然遭到憎恶，所以我估计潜在同事们因为担心职业污染都会躲着我，让我清清静静不受打扰。我认为自己在任何一条职业阵线上都是安全的，这由我的研究性质决定。理论家一开始就不会重视传记作品，因此也不会认为它值得批评。这只是另一个例子，说明我对学术政治零和游戏的认识错得有多离谱。

传记这个类别依赖某些常规，也就是说，它自带文本上的局限。跟主要写作对象相关的多个话题和主题都得明确下来并且得到探查，但前提是它们都能促进对某个特定人生的理解。在某些批评家看来，这使传记显得肤浅而不是详尽。我写贝克特传记的目的是提供一个工具，指出他生活和著作的一些方面，供其他学者凭借严谨的学识加以探究。别忘了，在我之前，没有人对贝克特有多少了解。在我看来，贝克特批评已经凋落了一段时间，不断地重复或者陷入死胡同。

这使我想起《等待戈多》里的那首德国轮回歌曲：狗跑进厨房，厨子给它一根骨头，循环往复，似乎无休无止。

我认为贝克特批评仿佛一直在追着自己的尾巴,是时候加点新东西了。别人主要通过生存焦虑这个镜头看贝克特,我却发现幽默和悲怆同样重要,这在很大程度上直接来自我对他家庭背景和爱尔兰文学传统的了解。我希望开辟新的途径去解释他——更重要的是去理解他。我希望,自己不仅为学术读者写,也为聪慧的普通读者写。这位作家给我们带来这么多精彩的小说和戏剧体验,他们想去理解他的创意世界。"也就是说,"我的一位教授朋友说,"你希望读你书的不止 300 人。"

最重要的是,我认为自己的作者责任应该遵从批评家德斯蒙德·麦卡锡的格言,传记作者必须是"宣誓的艺术家"。换言之,我的任务就是讲述自己能确立的"真相",此外无它;但同时要讲得引人入胜,吸引读者。学术难道不是本应如此吗?其他学者难道不应该欣赏我的努力吗?经过这么多年,我事后才悟到,维维安·默西埃说的一点儿都不假,自己当年就是一个天真的美国女孩。

与此同时,1975 年晚春,我的写作到了一个阶段,我急需休息放松,想办法恢复精力,让自己重新振奋。如果算上论文,我从 1971 年就开始写贝克特;如果只算传记,那就是 1972 年。当时,我才写到贝克特的 60 年代后期,我在笔记里写道:"老天,让我写完吧……我焦虑发作,偏头疼,后背疼。糟透了。一直绷着弦。"

我在 4 月初给贝克特写信祝他生日快乐。他回复了,表面上是感谢我,其实主要是针对我说的写作进展发表意见。我在信中还写道,我看了李·布鲁尔和马布矿厂剧团表演的舞台朗读剧。我只是提了下,但贝克特在回信中说,很多人都给他发去《新闻周刊》的评论。他总结说:"看来是相当严肃的表演。"再次提醒我他信息多灵通,关于他我说什么或写什么一定要谨慎。

一如既往,琼·雷维又一次使我卷入和贝克特的微型冲突:她告诉我,她发现贝克特写给乔治的一封短信,日期是60年代初。信里说,他原本想给剧本起名《等待雷维》而不是《等待戈多》。我没理会,因为没有依据,她也没提供证据。但她似乎写信给贝克特,说我打算把这个内容写入传记,又一次刺激他发怒,但时间很短。

解决这次龃龉,贝克特告诉我,他差不多完成与马德莱娜·雷诺合作的法国版《不是我》,然后要去摩洛哥休长假。他让我告诉他下次打算何时去巴黎,这样可以确保见到我,因为自从我们谈我的"项目"已经过去太久。

但是,大多数时候,我都写个不停,盼着越过终点。那段时间里,有一天我跟艾伦·施奈德和他妻子琼一起吃午饭,聊了很长时间,他们问我进展如何。我说快写完了,只剩结尾。我想再修改一遍,然后在夏末或秋初交稿。关于书的内容,艾伦和琼问了好多问题,这让我有另一个意外发现。那天晚上,我在家写道:"去看艾伦·施奈德。现在真觉得可以出版了。我对'萨姆'的了解看起来比他多多了。"

后来我又加了一句:"琼说我写的会是一本畅销书。但愿她说对了。"

21

再一次（我希望）也是最后一次调研之旅的费用问题由维维安·默西埃解决了：想在书里使用我的研究这个企图被挫败以后，他急于作出弥补。他的妻子、爱尔兰作家埃莉丝·狄龙告诉我，国际英语礼仪委员会正急着寻找年轻的美国人，尤其是女性，她请我加入。几周内我就获邀去参加委员会在伦敦的下次会议，津贴相当慷慨，足够支付顺便去爱尔兰和法国的费用，而且我丈夫也可以一起来。

经济需求很急迫，这是我想赶紧写完《贝克特传》的另一个原因。终稿一旦递交并得到认可，我就能拿到可怜的预付款的最后一笔，我需要这笔钱给孩子们付学费。拉里已经收到最后一版草稿。等待他回复期间，我听说有关哈泼斯杂志出版社的一些不祥消息。出版社的母公司正在与负责发行和宣传等事务的实体切分，预示还将出现更激烈的分割。我从一些也通过经纪人把书稿交给哈泼斯杂志出版社的朋友那里得知，出版社不再购买新书版权。每次我问卡尔·布兰特，他都让我放宽心继续写，说像我这种原创性的作品一定没问题。

另一种担忧预示着那个炎热的夏天还会发生更多状况。我的一位邻居是受人尊敬的精神科医生，他组织一次聚会，介绍我认识一些搞精神分析的同事，一位是贝克特的分析师 W.R. 拜昂的分析对象，两位属于荣格学派，还有一位声称在实践中"融合"弗洛伊德、荣格和莱恩等"几个重要学科"。他们当中有几位读过贝克特的大部分作品，有两位甚至写了"重要的"（他们的原话）论文，讨论贝克特小说如何在很大程度上揭示出贝克特的心理。他们一致认为，我"应当倍加小心：贝克特精神异常，属于危险人物，像你这样一本书可能导致他精神错乱"。往轻了说，这让我难以置信。鉴于我不是在写心理分析传记，我觉得不必深究他们的观点。

但是，更糟的还在后头。拉里·弗罗因德利克终于有空跟我联系，当时是 8 月初，两天后我就要去伦敦参加国际英语礼仪委员会会议。他寄来一封 10 页的信，说我的书"让读者太费脑子"，我应该开宗明义地告诉读者他（弗罗因德利克）认为的这本书的中心意思："贝克特发育受阻是症结所在，他母亲要负全责。你得强调这种病态关系的精神病意味，特别是贝克特的精神错乱。"他几乎幸灾乐祸地说到打算如何宣传这本书，要"让贝克特身败名裂，因为他会被曝光，让全世界都知道他如此差劲，没人再买他的书"。我告诉他，我不认为事情是这样的；就算是，我也希望自己的书使读者想去购买阅读他的作品，自行作出判断。想到弗罗因德利克打算把我多年来的严肃治学包装成可能出现在八卦小报上的东西，我陷入惊恐。

我的经纪人没提供什么支持，除了告诉我，放宽心，继续写，不会有问题。

就这样，冯和我去了伦敦。我白天一整天都要参加国际英语礼仪委员会的工作会议，晚上和周末用来享受生活。30年代就和贝克特成为朋友的吉米和塔妮娅·斯特恩邀请我们到家里过夜。他们住在威尔特郡蒂斯伯里的哈奇庄园。那是一幢华丽的别墅，浴室里摆着考尔德，卧室里挂着毕加索，门厅里放着一本朱娜·巴恩斯，各处都放着初版书。吉米走路困难，所以我们整个下午都坐在美丽的草坪上，一边聊天一边欣赏风景，康斯太勃尔画中那样的风景。

吉米对我和贝克特的关系现状表示担忧。我跟他讲他在莫莉·豪事件以后的爆发。他告诉我，他在最近几封信里和贝克特有过所谓"几次奇怪的对话"。我对他描述自己写了些什么，还有拉里·弗罗因德利克和那些精神科医师的反应让我多不舒服。他听完之后问了一个既古怪又使人不安的问题：如果事实证明这些精神科医师的担心哪怕只是部分合理，如果贝克特提出反对这本书出版，我会不会愿意留待他去世以后再出书？我告诉他，我打算诚实面对这种局面，就像我面对实际的写作过程一样。如果有必要延期出版，我会这么做。我告诉吉米，形势越来越艰难，如果他不得不在他和贝克特的友谊与他和我的友谊之间作出选择，我能理解他为什么选择贝克特。他向我保证，绝不会发展到那一步。我说那咱们走着瞧。他让我承诺到巴黎以后就联系贝克特，并且跟他聊聊我写了些什么。我答应了。

我还去乔纳森角和汤姆·马施勒见面，因为希望他在收到书稿时做好思想准备，同时看看他的反应会不会跟拉里·弗罗因德利克一样。汤姆对贝克特的心理健康没有那些猜测。他感兴趣的是我如何在人生框架内呈现作品，如何把几百个采访获得的信息融合起来。以这种积极态度谈论内容、结构和技术令人振奋。我记了很多笔记，很多都使书的定稿更加丰富。

我们不能不去南安普敦看看布丽奇特和布赖恩·科菲就离开英国。那次聊到凌晨3点。我讲述传记的内容和两位出版人完全不同的反应。他们围绕他们认为需要更多解释和细节的主题提出若干问题，还主动告诉我一些新想起来的故事，并且对我到巴黎后如何面对"爱生气的萨姆"提供建议。关于贝克特可能对传记的内容作何反应，他们远远不像我在英国见过的贝克特的朋友们（现在成了我的朋友们）那么担心。他们提醒我不要写得太细。布丽奇特说："你的圈子越来越大，他却把人分门别类。他每次只见一个人，而且让这些人互不往来。他可能不赞同你那种美国式的开放，不喜欢你成为他所有友谊的中心。"

到目前为止，冯和我的旅行一直围绕我的工作，我们很多年都没有好好度过假，这时候决定要做点和萨缪尔·贝克特的生活著作无关而只和我们的婚姻有关的事情。我们去了马略卡岛的福纳卢奇，在我们的朋友、西班牙雕塑师胡安·帕拉和他的美国小说家妻子多洛蕾丝家里住了几天。他们带我们去看他们的好友：诗人罗伯特·格雷夫斯和他的妻子贝丽尔。我们帮贝丽尔摘了几篮子圣约翰草的荚果，贝丽尔把这当"补品"卖。一个繁星满天的夜晚，格雷夫斯的孙辈给我们表演根据他作品改编的戏剧。我们坐在庄园里的一个石窟上观看，那是一个嵌在小山坡上的天然圆形剧场。这些戏都用英语和当地方言表演，是希腊罗马神话的大杂烩。我们笑得开心极了。

我们飞到巴黎。幸好在这次短暂停留中我不用处理和斯特恩夫妇以及科菲夫妇讨论过的那些问题。贝克特的一封信在经纪人那儿等着我，他因为当时不能在巴黎道歉。他说他离开柏林，筋疲力尽，所以直接飞到丹吉尔过一个长假。这让我松了一大口气，因为我还没准备好见他。我得先解决和拉里·弗罗因德利克的分歧并且确定他会照我写的样子出版，照我希望的方式推介。尽管贝克特坚持说出书前他不会读，并且经常开玩笑说出版以后很可能也不会读。我仍然担心他可能改变主意要求读这本书。我给他的邮箱留一封短信，告诉他我在英国见了谁，我在巴黎那几天将怎样用于核实事实。为了让他放心，我说这次行程收获很大，但没有说细节。我决定，如果日后发生什么分歧，就等事情发生的时候再担心。

欧洲之行结束的时候，9月份眼看着也快到了。我还有几周时间为孩子们开始新学年做各种准备，但只有劳工节那个周末处理自己的事情。我又一次要为休学术假的朋友代课。1975年秋季学期，我在康涅狄格州立中央大学有份工作：教三节写作课，每节都有35~40个学生，还有第四门课是短篇小说，40个学生。这些都是必修课，也就是说，极少有（如果不是一个都没有）学生愿意上课，尤其是早晨8点的课。如果想按时到校，我早晨6点就得出门。那时候还没有州内高速公路连通线，新不列颠实在太偏，大家开玩笑说"从哪儿都到不了那儿"。

我还没来得及适应新节奏，两天之内就接连发生两件事，把生活搅得一团糟。9月25日，我在学校辛苦上了一整天课，很晚才下班。回家收到卡尔·布兰特的信，是6天前从纽约寄出的。信里说，哈泼斯杂志出版社要解散了，拉里·弗罗因德利克要去皇冠出版集团。我有两个选择：要么让书跟着他走，要么由哈泼－罗出版公司吸收。我甚至不值当他打个电话通知这件事。收到信时早就过了上班时间，我第二天才能跟他通话。我坐立不安过了一夜，这种形容是最轻的。

第二天，星期五，9月26日，更令人烦恼，因为我只能在课间给他办公室打电话，他却不在。懊恼了一整天。开车回家时下起大雨，一辆失控的卡车越过分隔线，撞上我的车，我从左侧车道被猛推到右侧车道，和另一辆车相撞。我夹在两辆车中间，大雨从两侧撞碎的车窗倾泻而下。我丈夫当时在波士顿参加一个博物馆会议，我能想到的只是孩子们还在家等我带他们出去吃饭，因为家里没吃的，食物采购定在周六上午进行。

州警察把我从车里弄出来，但不让我回家，而是叫救护车把我送往最近的医院。医院在沃特伯里，距离我在伍德布里奇的家和我在纽黑文的家庭医生都好远。我不肯让急救人员把我转移到救护车上，直到警察打电话给我的朋友艾莉森·斯托克斯。她去我家照顾两个孩子并且联系我丈夫。他连夜开车赶回来。

我头部受到重击，后背也受了伤。但医生说伤情不足以留院观察，第二天早晨就让我回家，尽管我头疼欲裂、后背痉挛、看东西重影。他们告诉我，他们做不了什么，我在日记里写道："药没用。让我睡觉。我哭了好多次。"比疼痛更糟的是可怕的毁灭性的负疚感。为了追求这个该死的写书梦——现在出版的事悬而未决——我不仅把家庭经济弄得一团糟，还破坏了我最在乎的人的一切。那次会议对我丈夫非常重要，他不得不托别人读自己的论文。我的好友艾莉森，我认识的最善良、最不喜欢妄加评判的人，不得不把我的孩子们从家里救出来，给他们提供食物和住处，因为指望不上我。我认为，这一切麻烦都是我一个人造成的，因为我远远逾越女性应该甘心接受的居家角色。现在我要为此付出代价，巨大的代价。

22

　　我们半开玩笑地把我们的房子称作"爱尔兰大西部",因为似乎每位"爱尔兰诗人、剧作家或者潜在总理"都知道能在康涅狄格州伍德布里奇找到一张舒服的床,吃到一顿丰盛的饭。我们的访客不断,多数(但并非全部)都很受欢迎。他们都以各种方式帮助过我,所以我很高兴有机会回报他们的私人款待和专业恩情。但是,也有很多占便宜的,最让人生气的就是约翰·蒙塔古。

　　因为脑震荡,我整个10月和11月都没办法上课。为帮我保住工作,州立中央大学的同事们给我代课,直到任务太重难以应付。我的朋友、小说家姬特·里德接手我的课,帮我保住这个岗位。系主任没有抱怨,因为很高兴有这么一位著名作家来上课。我回去教课的时候还没康复,盼着能在感恩节假期休息一下。这时,我接到一个电话,打电话的(就像我的两个孩子语带讽刺说的)是"诗人蒙塔古"。他在西雅图,准备回都柏林,中途打算在纽约停一下,问我他——强调一下,是他——能否待一两天。我告诉他,我们离纽约很远,让他看看纽约有没有朋友能接待。他说,他觉得如果能来乡下会很好,希望住到我们这里。我告诉他感恩节以后再来,因为我们一家人已经有安排,无法改变,也无法把他包括进来(注意我说的是"他")。结束通话时,他同意行程定下来以后提前跟我打招呼。

12月的第一个星期,上了一天课以后——这一天可怕极了,包括好几次和作业被狗吃了的学生面谈(有一次真是这样,有个年轻人给我看扯得破破烂烂的作文,上面还有牙印)——我带着100多篇学期作文回家,要赶在周末前判出来。一进门,让我猝不及防的是,我丈夫就在门口迎接我,那种表情我结婚多年来从没见过。"有客人。"他铁青着脸咕哝说,抓着我的手腕把我带入客厅。

在那里,我发现的不仅有约翰·蒙塔古,还有他的妻子伊夫琳,以及他们刚会走路的女儿乌娜。她当时正忙着吱哇乱叫,把我们的一只猫吓得半死,我们的两只斗牛犬又把她吓得半死。15分钟前,我丈夫开车转入我们家的车道时,正好看见他们下了一辆出租车。

眼前的挑战是如何让4块排骨和烤土豆够7个人的晚餐,包括一个刚刚开始上饭桌吃饭的幼儿。下一个挑战是在客卧备好床上用品,在客卫备好毛巾,同时设法解决小孩怎么睡,在哪儿睡。接下来要考虑的是第二天,我必须天一亮就回到学校,把他们留在家。当诗人蒙塔古跟我们说不用操心照顾他的时候,我们本来应该警惕会有麻烦。他期待我俩中的一个早晨开车送他到火车站,因为出租车"太贵"。他在纽约跟爱尔兰朋友喝一整天酒以后,我们还得在半夜12

点左右去接他。伊夫琳和乌娜在家里待着就很开心。我当时没领会,这意味着他们计划待上一段,因为我还在操心第二天怎么办。我知道,食品柜里没什么东西,她们明天的午饭没着落,所以,那天晚上,我没有判作文,而是在厨房里忙活,好让她们白天有东西吃,直到我晚上回家做饭。

因为我们过于礼貌,没问他们打算待多久,这种情况持续了4天。我和丈夫孩子每天晚上回到家都面对新形式的混乱。伊夫琳早晨不起床,小乌娜在家里横冲直撞。几天后,伊夫琳决定在厨房里发挥一些作用。我晚上回家,发现她用够吃一星期的农产品制作巨型沙拉,浇了难以下咽的酱汁,根本没法吃,只能扔掉。在众多灾难之外又来这么一出,我忍不住不礼貌地脱口问道:他们打算在我们家待多久。

她说等约翰从纽约回来她会跟他商量,然后再告诉我。第二天早晨,他们兴致勃勃地宣布,因为他们住不起酒店也租不起房子,又没有别的朋友能像我们一样给他们提供如此舒适的招待,他们决定一直住到假期结束,直到1月6日飞回都柏林。当时是12月8日。我们都震惊了,但没时间讨论,因为都得上班上学。

那天晚上9点左右,冯在我们卧室的写字台前工作,要等到夜里12点去火车站接约翰。我瘫在床上试图判作文,这时,我们听到怯生生的敲门声。冯·斯科特和卡特妮进来宣布最后通牒。我永远忘不了他们严肃的表情。他们一致说:"不是他们走,就是我们走。我们宁愿去匹兹堡奶奶家住,也不愿意再跟他们多待一天。"这样的宣言令人震惊,因为他们奶奶的爱常常隐藏在严格的纪律背后,每次去看她并不总是我们都希望的愉快放松。

第二天早晨,我们4个人在早餐桌上面对约翰(伊夫琳还没起,乌娜在房子里游荡)。我们告诉他,他们可以再待一天,但然后就得走,因为我们得为假期做准备。他什么也没说,冯像往常一样开车送他去火车站。那天晚上,我们从学校和单位回到家,蒙塔古一家已经走了,客房和客厅弄得一团糟,还留下400美元的电话账单,包括打到爱尔兰的国际长途。他们还自行拿走一本《地平线》杂志,因为上面有约翰的一首诗,破坏本来完整的全套原版收藏。他们没留便条,既不告诉我们去哪儿了,也没感谢我们对他们这8天的招待。

我们第二天得知,他们打电话叫布鲁克林的一位朋友开车来接他们。他们先是去了吉尔福德,到苏珊·豪和她丈夫雕塑家戴维·冯·施莱格尔家,说他们不得不离开贝尔夫妇,因为戴尔德丽无耻地要把约翰弄到她床上去——而且是当着她孩子和丈夫的面!戴维当时因为流感卧床,他从他们A字形房子的阳台朝着下面喊,这太荒唐,让他们马上走。

苏珊警告我,蒙塔古一回去,这就将在都柏林成为谈资。但是,他们的可耻行径外加其他各种事情让我筋疲力尽,能摆脱他们我就谢天谢地了。我不在乎他们说什么。他们离开纽约以前,有朋友打电话警告我,伊夫琳开始见人就说"我们多粗鲁,我们生活得多糟糕,我们多无知,他们受到多大的虐待"。

过了快一年,我最后一次为调研去爱尔兰时听说,我

199

所谓勾引蒙塔古未遂的确成了都柏林的谈资。我在整个80年代还继续听说这件事。传记出版以后，我每年应邀到都柏林大学学院詹姆斯·乔伊斯暑期学校讲课的时候都是如此。多年以后，一些男人（的确都是男人）会用狐疑的表情看着我，问我怎么可能想去勾引诗人蒙塔古，"一个你这样的好女孩云云"。那时候，我的女权主义怒火已经猛烈燃烧，知道怎么对付他们。我既不为自己辩护，也不和他们争吵，只向他们射出我最犀利的目光。可以满意地说，多数人立刻怕了，就像泄气的皮球一样。看到他们退缩溜走，感觉很痛快。

我们还有一位糟糕透顶的爱尔兰客人，演员帕特里克（帕特）·马吉。贝克特非常喜欢帕特，尤其是他的声音，他说他给自己的戏剧构想男性声音的时候脑子里出现的就是他的声音。我们在"谈话"时说到男演员，贝克特都冷静克制，不偏不倚；可是，一说起帕特，他就来了兴致，甚至会面色红润。

所以，事情是这样的。我们贝尔一家四口，在一个平静的周日午后，客厅各处散落着报纸，丰盛的早午餐还剩了一些在桌上没收。这时，电话铃响了。"我是帕特·马吉。"电话那头那像沙砾一样低沉沙哑的声音说。他在纽黑文，要在舒伯特剧院演出。萨缪尔·贝克特让他给戴尔德丽·贝尔打电话，说她可以陪他。帕特让我马上去接他来我家。

这是周日，康涅狄格州仍然有禁止在安息日从事商业活动的"蓝法"。我们没有招待客人的准备，酒店和食品店都关着门。我命令两个孩子收拾屋子，让我丈夫打电话邀请几个朋友来，前提是他们得带上吃的喝的。来了12位好友，带来丰盛的晚餐和好多瓶酒。我和帕特回到家，他扫一眼现场的人就奔着酒去了。他倒了一大杯威士忌，拎起酒瓶，走向长沙发。"起来！"他命令坐着的两个人，然后独自占据整个沙发。

每个人都试图跟他进行礼貌的交谈，可他要么突然打断人家，要么就是在人家搭讪他的时候语出刻薄。那个漫长的下午，直到很晚，他都鹤立鸡群地坐着，喝着剩下的威士忌，用他无比浑厚的嗓音表达强烈的感情。"开心的时候时间过得真快啊。"一位朋友讥讽地说，一边试图悄悄离开，以免引起帕特注意。可他还是吼着让她回来，因为他"需要一个女人"。

剧院给帕特安排了一家酒店，我送他回去的时候已经很晚了。他拒绝下车，除非我同意和他一起过夜，"只是陪陪我"。我说服他，让他确信这不可能发生。这时他摇着头说："戴尔德丽啊，你的蓝袜子一直提到胳膊肘[1]。"

"谢谢你，帕特，"我回答说，"这是你说过的最让我开心的话啦。"在写贝克特传记的那些年里，这正是我想给别人留下的印象。

第二天早餐，我发现儿子凝视着我。"怎么啦？"我问。他深深叹一口气问："妈妈，你是从哪儿找来的这些人啊？"

的确，从哪儿呢？

---

[1] 意思是深度女学究。——译注

23

"1976年1月12日。我的世界今天下午崩塌了：卡尔·布兰特打电话说，哈泼－罗出版公司决定不出我的书了。"出版社解体以后，我同意继续留在母公司，传奇的编辑西蒙·迈克尔·贝西原本也同意在1975年10月从法兰克福书展回来以后马上开始编辑我的书。他后来说有其他任务，腾不出手，所以分包给其他几位编辑，但他们都不想干。有位编辑说："我没那么喜欢贝克特，受不了编辑这么长一本有关他的书。"另一位编辑说："他分量不够，不值得这么细致的研究。"于是，哈泼－罗出版社就躲在出版社用于这种情况的合同委婉语背后，说我写了"一部无法出版的书稿"。这意味着我可以自由地寻找别的出版商，但如果另一家出版商接受了，我就得偿还哈泼斯杂志出版社给我的预付款。

如果另一家公司认为他们说"无法出版"的书"可以出版"；那么，向他们偿还预付款似乎不合理。但是，就像卡尔说的，这套体系就是这样运作的。作为一个受过良好教育、一直尊敬权威的年轻女性，我当时还不具备清晰表达抗议的女权主义意识，所以只说了句"好的先生"就溜走了。卡尔说他会把手稿拿给其他出版商看，一次只给一家。但是，每当我问他为什么这样做，为什么不同时投给多家，为什么花这么长时间，他的回答明显都是草草了事。他拒绝给我反馈，也不告诉我谁在读我的稿子，或者他们对稿子评价如何。我火冒三丈，但还是得不到答案，因为他极少接我电话，也不回信。我觉得他对我就像对一个不听话的小女生。但我当时认识的出版过作品的女作家很少，找不到人分享经验。我觉得太丢人太尴尬，没去问南希·米尔福德他是不是这样对待她。就这样，我对谁都没说，自己越来越沮丧。

撞车事故引起的视物重影后来好了，但还是头疼。家庭医生把能开的药都给我开了一遍，从安定到天知道当时流行的什么药。1975年底，我写道："我陷入深度抑郁，因为糟糕的财务状况、可怕的工作、一拖再拖的书和振作不起来的感觉。我感到个人生活的危机不断加深。我终于发现，我不想再样样都干了。我不想当神奇妈妈：做饭，烘焙，装饰房间，完成任务，应付难题。当然，我想当好妻子好母亲，但我也想当学者和作家。其他一切都是可怕的拖累。我想要可心的个人生活和职业生活：我怀疑这不可能实现。有哪个女人两样都拥有吗？我很迷茫。最好的办法可能是什么都不做，静等自己弄清楚该做什么。我需要让自己进入一种保持模式。话说，这用来作小说的名字可能不错：保持模式！"我当时不明白，但现在回过头看，

203

我意识到，尽管陷入抑郁，置于保持模式我就能知道什么时候在何处上岸。这意味着我决心摆脱这团乱麻。现在，我意识到，这就是女权主义的早期觉醒。

做自由撰稿人和兼职教师几乎无法维持我的开支。卡尔打来的那个灾难性的电话两天后，一条可能的救生绳从我面前漂过，我深陷迷茫，差点没注意到。我本科的母校宾夕法尼亚大学英语系邀请我参加一个副教授职位的面试。说我当时力不从心、不知所措、精神涣散都算轻的。他们要是问我传记的进展我该怎么说？面试很顺利。系主任说，如果院长同意拨款，这个教授当代比较文学（主要是英国和法国文学）的工作就是我的。但是，几周过去，没有进一步的联系。经纪人那边也没有消息，所以我还是既没有工作，也没有出版人。又过了1个月，我鼓起勇气打电话给他。卡尔的秘书告诉我，事情还是老样子，没有进展；因为就在前一天，他已经准备好要去亚利桑那州度几周长假，才把我的手稿寄出去——第一次寄出去！我当时就爆了，写道："我不信这个狗东西把我当回事儿。等着吧，有他好瞧的。"这不是卡尔那年唯一一次没能联系被高度认可的编辑。我从朋友那里得知，有些编辑有兴趣看我写的书稿。他随时都有借口，说某某出版社的某某编辑不适合我。我儿子很快就要高中毕业，准备在秋天入读大学。我们本来打算用来推进他受教育的钱大都花在我的研究和旅行上，我一直担心怎么支付他的学费。我知道宾大给教职员工的子女免学费，但这条线也只能期待。

我当时的状态一定很差，因为所有的朋友都开始问——礼貌地谨慎地拐弯抹角地问——我有没有考虑过做心理分析。我跟我丈夫说了这件事，他说他也担心我，因为我有时候头疼，大哭，偶尔还会暴怒。他觉得做做心理分析可能挺好。我俩都打听了一下，建议中的人选有几个，都是男性，都是很快就开始挖掘童年创伤并且又给我开药（我拒绝服用）——如果对方还算礼貌，没有对我爽约。

我的朋友艾莉森·斯托克斯认识一位精神分析师，在韦斯特波特，她和其他很多朋友都对此人评价很高。"她是女的，对女性的各种问题都很有同情心，"艾莉森告诉我。她还说："但我还是得警告你。"她压低声音向我透露，仿佛这是什么恶心的事情，是一个只能私底下说的秘密："她是荣格学派。"这对我不是问题，因为尽管我对弗洛伊德那套原则了解得并不充分；但像我的很多女性朋友一样，我在读研的时候就已经摒弃他，因为他写女性的方式。我对荣格了解得也很少，但基于这一点点了解，我也更赞同荣格，因为他写女性的方式，特别是他关于阿尼玛[1]和阿尼姆斯[2]的理论。这位心理医生名叫帕特里夏·邓顿，第一次跟她见面，我注意到屋里没有那个众所周知的长沙发，就开玩笑说："你的沙发在哪儿啊？我要是不躺下来讲我的童年，那咱们干什么呢？"她会心一笑，请我在两张面对面摆放的藤椅中找一张坐下，说："不用问，你来我这儿是想聊一聊现在发生的事情，咱们要不就从这些事情开始吧？"

---

[1] 男性的女性意向。——译注
[2] 女性的男性意向。——译注

有生以来,我第一次知道"打开闸门"这种用滥的表达是什么感觉。因为我在讲述的时候,仿佛积蓄多年的脏水开始从大坝下面排出。那种通过讲述获得的释放和轻松无比奇妙,终生难忘。我在那天夜里的体验也一直没办法适当归类,直到我20年后开始写荣格:那是一个"大梦"。我梦见在自己家里,一个浑身污泥、获得解放的女性形象试图打破玻璃门。问题在于:那个女人是我。

我在那个时期开始参与若干女权主义组织。在康涅狄格,我们有所谓的"加强意识聚会",我是其中一员。这是一些女性构成的小团体,大家聚在一起讨论我们直到多年以后才能命名的情况,比如为什么我们的信用卡只能用丈夫的名字,或者为什么首先工作那么难找,其次隔壁桌的男人薪水比我高。最令人苦恼的是,我们怎么才能让遇到的几乎每个男人都把手放好。我记得自己怒不可遏地讲述参加当地大学求职面谈的经历:系主任说他多半会雇个男人而不是我,因为我有丈夫"保护",不需要那份收入。我在纽约参加大规模游行和集会。在那些活动上,女权主义偶像动员我们回家采取政治行动,而我只是观众中的小人物。我更担心的是如何采取个人行动,用当年的流行语来说就是:把政治的变成个人的。

我的女权主义觉醒有一个奇怪的方面,至今仍然让我困惑。几个新交的女权主义朋友都骄傲地自称"尼尼",阿娜伊斯·宁的信徒。"来跟我们一起吧。"她们有几次力劝我和她们一起去尼恩在格林尼治村的公寓,她常常邀请小团体去探究她最近出版的《日记》。我现在仍然不知道是为什么，但出于某种原因，我总是找借口不去。我从没见过她本人。几十年后，我在写阿娜伊斯·宁传记的时候常常想起这件事，也觉得遗憾。研读她写的几十万页有关她自己的故事，或者她那浩如烟海的通信，我一次次看到，阿娜伊斯·宁必须要把世界上发生的每起公共事件经由自己的情感过滤，并把自己放在事件的中心，哪怕跟自己毫无关系。关于贝克特，我找到的所有材料都是她书面坚称自己作为第一个美国人认出写出《等待戈多》这种剧本的天才，并且发挥巨大作用使他在有影响力的美国人当中声名鹊起。我在90年代开始写她的时候几乎每天都想这个问题。但是，当1976年渐渐向1977年推进时，我的心思却在别处。

我很久没见贝克特了，但我们定期通信。我写信通报我的进展，他的回复通常有关他最近的职业活动。我说起见到他的朋友，他回信时或许会评论几句，但从不直接问我传记何时写完，我当然也不打算主动提供信息，尤其是鉴于这一年很快就要过去而我还没找到出版商。除了家人和少数信任的朋友，我没告诉任何人，因为我太担心贝克特如果发现会做何反应。

10月份，艾伦·施奈德去柏林看贝克特在席勒剧院导演《脚步声》和《那一回》，并在首演之夜和贝克特一起飞伦敦看他导演一部电视剧。艾伦告诉我，贝克特详细问他我的书写得怎么样，但没有问任何有关我个人的事情。艾伦说，贝克特不出酒店，也不见任何人。他说贝克特意志消沉,跟他说苏珊病了,每个人都要死了,他自己也一直心事重重地想着死这件事。艾伦说,唯一让他高兴或激动的似乎就是我预计这本书将在1977年出版。我庆幸我们是在电话里说这件事,艾伦看不到我的表情。我压力很大,贝克特似乎感到高兴这个消息让我开心不起来,因为我还没找到出版商。至少那时候我已经拿到宾大的工作,副教授的岗位正式确定,有望获得终身教职。但工作环境充满压力,新同事反复询问书的情况。我不知道自己怎么能做到笑着说一切顺利,因为这都不是真的。

就这样,我又回去找卡尔·布兰特,要求提供进展信息。他告诉我,他7月份已经把书交给一位"人见人爱"的女编辑,她肯定会仔细阅读。我想,她一定是在仔细阅读,因为现在已经快到11月了。4个月肯定足够知道她想不想要这本书。10月底,他打电话到我在宾大的办公室说,她邀请我们去纽约一家高级餐馆吃午饭。让我有些气愤的是,他指示我按时到场,行事体面。但是,没关系,因为进展在望。

那次见面真是一场灾难!"她对我上下打量,更感兴趣我的衣着而不是我的书。我的外套是一种很罕见的粗花呢,在哪儿买的?丝巾是爱马仕的吗?然后是她的声音,居高临下,颐指气使:她不知道我是不是能成功的好作者,但她有个助理,耶鲁的博士,会很乐意捉刀。"我怒火中烧,但一个字没说,只是坐在那儿盯着面前的盘子。在我爆发之前,卡尔介入了。他感谢她,说我们回去好好考虑,然后推着我仓促离开。我知道他看出我的情绪,因为他的第三杯马提尼放在桌上没动。他还想在他的办公室跟我再聊聊，我拒绝了："把稿子拿回来吧，我再也不想见到她。"

应该表扬卡尔，这是很长时间以来我认为他第一次表现可嘉，对我说了这一番话："孩子啊，这是你跟我的事情。咱们俩是一起的。你写了一本好书，要找一家好出版社。"我当时直接转身走了，留他站在那里。我没办法跟他说话，担心自己可能说出什么难听的，关于他一直是怎么对我的。显然，我还是那个本分的女孩，不愿意冒犯明白事理的男人。

如果不能转运，我不知自己能否继续承受这样的拒绝。幸好，两周后，也就是11月10日，卡尔兴高采烈地打来电话。他把稿子给哈考特—布雷斯—约万诺维奇出版公司的年轻编辑汤姆·斯图尔特看了，他很愿意出版。卡尔说："这本书会让你出名，但不会让你发财。"他告诉我，对方的出价比我从哈泼斯杂志出版社得到的微薄报酬还要少很多，"我们得设法说服哈泼-罗出版公司你已经够惨了，不应该再还这笔钱，但希望不大"。的确如此，我确实不得不还钱给哈泼-罗出版公司。但到那个时候我已经不在乎了。我有一位充满热情的编辑，一个绝佳的新出版社，还有1977年出版的可能性。现在还能有什么问题？

24

1977年2月28日上午10点45分,我写下《萨缪尔·贝克特传》的结尾,这本书的动笔时间是1971年11月17日。我歇斯底里、又哭又笑地打完最后几行字。总算写完了,多么诡异!现在到了紧张的部分:等待。

跟汤姆·斯图尔特合作百分之百愉快。出版社的各个部门,从编辑到文秘再到销售,也都给我积极的反馈,让我受宠若惊。他们不惜成本要做一本完美的书。艺术总监哈里斯·莱文聘请著名平面设计师米尔顿·格拉泽为书封画贝克特肖像。他们还认定,拍照地必须选在"亨利·米勒最喜欢的巴黎妓院的一面墙"。就真去了巴黎!杰里·鲍尔受聘给我拍照,我激动不已,因为他也给贝克特拍过照。让我不那么高兴的是,他说我挺上相,但还可以再减10磅体重。应该高兴的是,他抹去我所有的皱纹。不过,我似乎可以放松下来,享受自己的首次大众出版体验:讨论书封,拍作者像,坐等图书俱乐部和书评作者发出的预读书申请;一切都让人无比兴奋。

但是，有一个角落传来的反馈不那么乐观：出版社的律师认定，该审查书稿了。他们说，书里用到的贝克特信件和未出版手稿中的每句引语都必须有他的书面许可。这下我慌了。

我记得贝克特和我最初如何就这个项目的基本规则达成一致，惊叹他给我写作的自由，这种情况太特殊。我后来结交不少传记作者，还跟一些人成了好友。我们有时候聚会，称作"抱怨牢骚会"。我默默听他们讲那些可怕的故事：他们的写作对象或者写作对象的遗产继承人或执行人制造限制和障碍，一心阻挠出版——如果不是彻底叫停。我把这些情况当面或通过书信告诉哈泼-罗出版公司的律师，求他们别让我去找贝克特，那样可能使他收回合作。我对他们说，贝克特可能认为我的要求有损人格，仿佛在质疑他的人品；要求他把口头同意变成书面同意也可能让他生气。有一次我脱口而出说："他可能让咱们去见鬼，那怎么办？我还得再花几年重新写这本书，把所有生动的东西都去掉？"律师们毫不动摇，让我给他写信。

我认为当时是做这件事的最差时机，因为我刚收到贝克特回复的短信。我之前写信告诉他自己换了出版公司，估计1977年底以前能出书。他的回复不置可否，只是"那好啊，祝好运"一类的话，然后突然反常地讲到很多个人情况。他说他这个冬天过得很艰难。他想在于西安静地过完1月和2月，但他的小房子第三次被入室盗窃，现在他不太想去了。就像前两次一样，窃贼拿走他的打字机、棋盘和厨具，却无视书、文件和手稿，让这些东西在厅里散落一地。他以他特有的幽默,无疑是幸灾乐祸,祝贺窃贼明智地选中不值得拿走的东西。

他对科恩·利文撒尔和玛丽昂·利更愿意讲自己的事,我在他们再次来纽约和我们共进午餐时发现这一点。他们说,贝克特告诉他们,他觉得自己受到侵犯,有一种失落感,尤其是因为他特别喜欢的棋盘被偷。他还告诉艾伦·施奈德和巴尼·罗塞特,他陷入极度抑郁,不知道能否再参加和自己作品有关的任何活动,更不用说试图创造新作品了。

掌握这些令人烦恼的信息以后,我开始写信解释当前的情形,解释说不是我而是律师要求他在我想使用的每句引语旁签上姓名缩写。我告诉他,我仍然尊重他最初的话,但美国的法律环境完全不受我的控制。我为制造不必要的烦劳道歉,然后开始打那些引语,一共23页,单行距。

我在2月初寄出这封信,一周后就收到回复。他的回信如此温暖礼貌,我热泪盈眶地反复读了几遍。他在每句引语后面都签了名,除了一处,那是他12岁在普拉托皇家学校就读时写的诗。他说,那首诗"更能体现你作为学者的勤勉,而不是我作为作家的发展"。我在漫长的职业生涯里认识很多可敬的人物,没有一位的人品比得上萨缪尔·贝克特。他的话的确就是他的承诺。

转眼就到盛夏。尽管一切进展顺利,秋天出书还是太紧张,于是有关方面作出把出版推迟到1978年春的商业决定。为宣传造势,他们准备了新闻稿,给了我一大摞,让我带到现代语言协会12月在纽约举行的会议。

我盼望参加贝克特讨论会,因为两位英国学者批评家约翰·皮林和约翰·弗莱彻都要提交论文,我之前从他们的研究中获益良多。此外,很多美国的贝克特专家也将出席。最重要的是,英国雷丁大学教授詹姆斯·诺尔森将做主旨发言。诺尔森争取到贝克特的合作,建立包含手稿和相关文件的重要档案,并且与约翰·皮林共同创建影响深远的《贝克特研究杂志》(学术缩写为JOBS)。40年后,当我准备在这里写下当时发生了什么,那场经历仍然过于痛苦,重温起来过于艰难,所以我就用当时在日记里的记录吧。

"我见到道格拉斯·麦克米伦、伊诺克·布拉特、波特·阿博特、卡尔文·伊斯雷尔、戴维·海曼还有至少其他6个谄媚的卑鄙小人,他们基本都在窃笑或者盯着我看。(J.D.)唐·奥哈拉在那里搔首弄姿,因为他要求并且得到给《纽约时报》写书评的机会,从而拿到样书的长条校样。其他人都想看样书,但我估计他不打算给他们看。麦克米伦对我说,他'很清楚'我是一个'碧池',以及我如何'搞乱整个贝克特产业'。其他几个人插嘴说,不对,我还没那么'碧池',我的书大概也没什么价值,所以不要在我身上浪费时间。还有些人唾沫横飞地告诉我,他们会写书评——负面的。卡尔文·伊斯雷尔说,他在写关于贝克特的'巨著',可'萨姆'从来没对他讲过任何私人的事;所以,他色眯眯地笑着问,我做了什么才让他对我敞开心扉。他的话引起哄笑,还有各种挤眉弄眼和胳膊肘互碰。于是他自然又重复几遍,引起更多傻笑和起哄。然后,他又告诉这群人,他最后一次去巴黎,跟贝克特一起喝醉了,'萨姆'告诉他后悔认识我。问题在于：我知道'萨姆'在那个特定时间不在巴黎，而在从柏林到伦敦的路上！"

这一切发生的时候，詹姆斯·诺尔森好像脚底生根似的立在桌子的另外一头，跟约翰·考尔德窃窃私语。我可以看出，他稍稍侧身，角度刚好可以观察到我周围发生的一切。他显然不打算跟我说话，除非我去找他——我知道自己应该过去表示敬意——就离开这充满敌意的一伙人朝他走去。我热情地和考尔德打招呼，因为我在伦敦采访他的时候他不吝时间，但他只咕哝一句，可能是跟我打招呼，然后就像躲避瘟神似的逃开。

这下只剩我一个人面对詹姆斯·诺尔森，房间里顿时鸦雀无声。我感觉到，每个人都注视着我们，努力想听清我们说什么。我开始自我介绍，这时他已经在往旁边移动，想要躲开；但我挡在正对面，让他躲不开。他说，真的不能让别人看见他跟我说话，所以我最好离开。我在原地站了很长时间，堵住他的去路，瞪着他。我想过告诉他，他的表现有多幼稚，其他人也是一样。但是，我没有开口，而是转身走人。

我离开房间的时候，弗雷德·鲁宾逊教授正躲在过道里。我经过的时候，他小声说："你就是那个手伸到饼干筒里把所有糖果都偷走的小女孩呀。"我只是摇摇头继续往前走。我能想到的只有但丁《神曲·地狱篇》的第七章，罪人们陷在冥河的沼泽里，深受气愤和嫉妒的折磨，在暴怒和懊丧中啃咬着彼此和自己。

当时有两个宾大的同事跟我一起去开会，都是女教授，所在的研究领域都由男人主宰，也都遭受过类似的敌意和辱骂。她们义愤填膺，怒不可遏，要求我说说打算怎么办，想让我回去跟那些男人对峙。可是，我却恰恰相反：冷静，超然，疏离。我还记得那种感觉，就是与刚刚发生的一切隔得很远，对这场攻击感到惊讶。即便如此，这么多年以后，我仍然无法解释自己当年怎么做到听任这些侮辱冒犯和冷嘲热讽从身上碾过，也无法解释自己为什么这样做。一个原因可能是我对自己写的东西充满信心，确信只要是思维正常的人都会客观评判。但是，另一个原因无疑也是意识使然，这种意识来自跟女权主义朋友的多次交谈，倾听她们的谈话并且参加女权主义领袖领导的集会。我始终信任自己作为记者的直觉，成为学者也不打算改变。一切因素共同作用，教会我相信自己和自己的判断。我猜这就是我为什么能无视"贝克特俱乐部"。

第一批书在1978年5月初印刷完毕。我给自己留一本，也寄给贝克特一本。像往常一样，他很快回信，先是感谢我，然后写道："书看起来很漂亮。"他说他从不看有关自己的任何文字，所以我说服自己，他没有发怒或受到冒犯，这本身就是一种成功。他没问我未来的旅行计划，这让我如释重负，因为我近期不打算再去巴黎。

书在6月出版，但重头评论都没有及时发表，更糟的是，它们为接下来"贝克特俱乐部"每篇书评的无情敌意铺平道路。J.D. 奥哈拉犯了错误，在护封背后写了一段推介文字。《纽约时报·书评周刊》的新主编哈维·夏皮罗于是把本来打算让他写的书评转给英国批评家约翰·斯特罗克。斯特罗克交稿太晚,夏皮罗让伦敦的一位记者付钱给一个空乘把稿子带到纽约,另一位记者接了稿子再送到编辑部。这篇书评发表的日期不可能更糟:7月4日。这位我不认识、也没见过我本人的斯特罗克说我"乐观自信",具有"令人羡慕的韧性",花"6个活跃亢奋的年头""追逐"贝克特。休·肯纳也加入,在《星期六评论》周刊发表一篇粗鲁无礼、缺乏重点、荒唐可笑的冗长抨击。鲁比·科恩写信赞扬理查德·埃尔曼在《纽约时报·书评周刊》上的攻击文章,进而赞扬攻击这本书的所有"贝克特俱乐部"成员。埃尔曼反过来又攻击她,指出所有她不应该算在我头上的错误。他在评论里写道,我搞了"文学史上的独家新闻,就像伯恩斯坦和伍德沃德[1]在政治史上一样"。他说,我"在射击场上"发现一个"大靶子,或者说一个雄性的靶子,名叫贝克特,然后瞄准,把他击倒",他还(错误地)坚称,我"写了一封又一封信",说服贝克特跟我合作。他的含沙射影显然和斯特罗克一样,为写专题而采访我的很多记者也这么说我。这个话题表达最好的大概要算《哈姆登纪事》周刊已故的玛丽·布尔,她直接向我提出的问题也是波特兰、缅因和俄勒冈的每个评论员和采访员随时会问的问题:"你跟贝克特睡了多少次才得到这个独家内幕?"仿佛一个女人不可能有大脑,只能有阴道[2]。

---

1 揭露水门事件的《华盛顿邮报》记者。——译注
2 我遗憾地说,2017年,作家简·赫尔曼的一个朋友让他"要求"我回答我跟贝克特睡了多少次才让他合作。我只能叹口气自问:难道一切都还是老样子?——作者注

就连我女儿学校的校长也在传记出版时加入这支大军，在午餐时间当着她所有朋友的面对她挥舞着埃尔曼的评论文章说："天呐，你妈这回可出名了！"你可以想象这个16岁的姑娘晚上哭着回家时有多沮丧。在我的平等对待女性的男人名单上，卡尔·布兰特排名并不靠前，但他给了我唯一的安慰。他说："理解不了这么多针对一个女人的男性愤怒从何而来。这些人真是疯了。"

来自很多方面的反应让我意外，也常使我心情黯淡。我因此确信，这第一本传记也将是我的唯一一本传记。宾大和我同系的一位教授告诉我，我"写这本书过于挑衅，野心过大。我难道不觉得自己逾越女人的界限吗？"我们系的另一位成员在大学校友杂志上发表评论谴责这本书——这可是自家校友的出版物，所有同学都看的——评论说："我不喜欢贝克特，也不认为他值得这么一本大部头。"在教职员和委员会会议上，所有人都盯着我看，但极少有教授直接和我说话，不像那个学生在走廊里拦住我问："你是不是哪个名人啊？""不是！"我吼了一嗓子，脚步不停，继续往前。在所有这一切当中，最让人失望的是，我们系获得终身教职的几位女性被人听到她们再三说："她不是学者，只是传记作者。"另一个系的两位同事觉得我们系的人对我太不像话，请我吃午饭，还开一瓶好酒庆祝。那是一个愉快的场合，但他们极其认真地对我说："要想在学术界吃得开，你的座右铭就得是：'低调出版，否则出局。'可不能再写贝克特这样的书了。"

我忍不住笑了。怎么能把这些话当真呢？令人遗憾的是，我当了真，这个过程可不轻松。而且，我真是吓着了。有一次，我不得不给学校保安部门打电话，请他们把一个跟踪狂弄出办公室。此人要求我公开发文谴责贝克特，因为"他不是基督徒，不信上帝"。奇妙的是，一本价格不低卖得不错但算不上畅销书的作品，各式人等竟然都觉得有责任提出看法。

"粉丝来信"（这是一个矛盾措辞）量很大。美利坚大学的一位教授来信说，他强烈反对我侵入贝克特的隐私，但他已经"读了两遍，可能忍不住还要再读一遍"，然后他会把"我的一系列强硬态度列个单子"。我在日记上问："强硬态度？什么鬼？"[1]

但是，也有很多评论者理解这本书，明白它为什么重要。在英国，安东尼·伯吉斯、马修·霍加特和克里斯托弗·里克斯给出好评，同时谴责埃尔曼及其一班人。小说家威廉·肯尼迪发表在《华盛顿邮报》的评论使我深受感动。我甚至也尊敬本杰明·德莫特在《大西洋月刊》发表的文章，文章说喜欢我的书但不喜欢我的写作风格。杰出的学者、斯坦福教授阿尔伯特·格拉德对我说，这是我们这代人最重要的传记之一，并将成为后世学者的出发点。克利夫顿·法迪曼在《月度图书俱乐部通讯》撰文说，我的书是"一场拯救行动，把贝克特从狂热的信徒和跟风者

---

[1] 这位教授估计是想表达越界、犯规，应该用 infringement 或 transgression 之类的词语，但不知是学问不够还是脑子短路，用了 intransigencies，意思是强硬态度。——译注

那里救出来"。也许吧，但不全是。

另一种赞扬来自土耳其小说家和诺贝尔奖得主奥尔罕·帕慕克。几年后，我在纽约见到他的时候，他告诉我，他在巴黎买了一本我的书。因为这在土耳其是禁书，他费好大劲儿把书偷带回国，还把书传给文学圈的所有朋友，他们都读得特别认真，以至于封皮都掉了，一些书页也破了。等到大家都完成秘密的阅读，书已经散架。他告诉我，在他的国家，这是最受尊敬的贝克特研究，并且谢谢我写这本书。我深受感动，不得不说失陪一会儿，去洗手间让自己平静下来。

但是，"贝克特俱乐部"毫不让步，计划搞一场大型研讨会把贝克特从贝尔那儿拯救出来。那群普通嫌犯——这是我对忙不迭"猛批贝尔"（卡尔文·斯伊雷尔的话）的那群人的叫法——确保我清楚这个消息，也清楚自己没得到邀请。除了那个紧密的小团体，极少有真正的学者参加这个活动。我觉得研讨会结束还没过 10 分钟，第一个电话就来了，有"朋友"想告诉我相关情况："这个该死的会全都围绕'那部传记'（在研讨会上销售的唯一一本不是贝克特写的书）。每个听众似乎都想知道，'小圈子内部'如何评价它。巴尼（罗塞特）为书辩护，其他人冷笑。我告诉自己，应该考虑下信源。"

是的，我应该像以前那样耸耸肩不去理会，该干吗干吗。可是，我觉得自己的情绪发生轻度崩溃。我放下一切，包括宣传的机会、写稿的邀约（我需要这笔钱）、参加有趣派对的邀请，最重要的是离开家人、朋友和自己的家。我住到我弟弟在圣迭戈的房子，沿着德尔马海滩来回踱步，跟海豹们说话，哭泣。

我在荣格所说的"创造性抑郁症"状态下度过两周。在这期间，我听任自己体会到的变化的情绪自由发展。然后，在一个阴冷的早晨，我遇见一头保护着两个孩子的海豹妈妈。让我惊讶的是，我用底气十足的声音大喊，我得回家继续我的生活。海豹妈妈对我哼了一声算是回答，然后摇摇摆摆地带着两只小海豹远去。我还在不停地说着，告诉她孩子们要结束夏令营回家了，家人需要我，希望我回去，我丈夫每天都在电话里这样说。而我更需要他们。

我满怀羞愧，觉得自己在自私地逃避，觉得需要作出弥补。但是……我对自己难道不也有责任吗？如果我思维不正常，我还能对别人有用吗？原始的情感战胜理智——我爱丈夫和孩子。事情也很简单，我想见到他们。我把这本书献给冯，"他分担它"；也献给卡特妮和冯·斯科特，"他们和它一起长大"。我还应该加一句，"献给我最爱的3个人，他们无比坚强，经过这本书仍然活了下来"。

那天早晨，阳光比平常早一些冲破雾霭，我的海豹朋友们回到海里逐浪，我坐在它们的礁石上自言自语。我告诉自己，我已经尽我所能写出最好的书，没什么值得羞愧或抱歉。我要昂首挺胸，不让那群恶毒的平庸之辈来教训我。我回到弟弟的房子，改了预订，坐当天最后一班飞机，回家去直面困难。这时，事态变得既糟糕又离谱。

25

1978年9月开学以后，我每周二早晨乘美铁从纽黑文到费城，周四晚上再原路返回，这种安排已经持续第三个年头。最初几个月的日记杂乱无章，想到哪儿就写到哪儿，主要有关我应当承担却无法履行的职业责任。我对书评和杂志编辑们说自己日程太满接不了新工作，这是不折不扣的假话。我的弟弟和妹妹开玩笑说，作为3个孩子中的老大，我幸运（不幸）地有着过度的责任感。但是，在这段迷茫期，我却毫不关心，根本不在乎自己抛弃一项又一项责任。我和哈考特-布雷斯-约万诺维奇出版公司的合同明确规定，他们有权拒绝出版我的下一本书，经纪人敦促我"趁热打铁"。我拒绝了，坚持说我不会写第二本传记。

一年混过去了。我想不出有什么想写的。至于传记，我说决不会让自己或家人再遭一遍罪！事实上，我发现，除了采购清单，我什么也写不出来。我经常在没有认真阅读文本或好好准备的情况下就去上课。在宾大的日子仿佛走过场，那些源源不断的讥讽、中伤和恶意像耳边风一样吹过。我回康涅狄格过长周末,享受在家的时光,跟斗牛犬和波斯猫玩,做饭,吃东西,基本上就是闲着。

我们1980年9月搬到费城,当时我丈夫接受宾大博物馆的一份工作。这次搬家我不开心,因为不得不放弃伍德布里奇的心爱房子。我的不开心还伴随着背部痉挛,那学期不得不请病假卧床。医生告诉我,这种让我动弹不得的痉挛一半是因为脊柱侧弯,一半是情绪造成的,而《贝克特传》引来的敌意很可能加剧病情。

与此同时,卡尔·布兰特经常打电话让我和编辑见面,讨论下一本书写谁。可能的选择有康拉德·艾肯和安妮·塞克斯顿,但他们的吸引力都不足以让我迅速摆脱颓唐。我以为,自己真的和传记这个文学类别绝缘了。直到1980年6月的一天,我在波士顿陪丈夫,他准备参加一个博物馆会议。我迫切需要度假,躲开那些流言蜚语。我想,会议开始前,我可以一个人在安娜角、罗克波特和马布尔黑德安静待几天。

卡尔对我的自由时间有别的计划。我不知道利特尔-布朗公司的编辑迪克·麦克多诺一直在跟他联系,想跟我签一个传记合同,写什么人都可以,只要我感兴趣。卡尔说,我会喜欢迪克的,就算不给他写书,至少可以吃一顿豪华午餐。

迪克是《贝克特传》的仰慕者,并且在波士顿当时最好的餐馆之一罗伯特之家充分施展魅力。那是一个美妙的6月午后,我们坐在露台用餐。美食美酒佐以机智的谈话产生神奇的效果。那么长时间以来,我第一次感到放松和开心，被笑话逗乐，跟他打趣，津津有味地听着出版界的八卦。那个下午在朦胧的愉悦中缓缓过去，直到迪克不可避免地提出下一本书这个话题。为了争取一个不情愿的作者，他把编辑赞美对方能力的恭维话都说尽了。他说可以跟我签约，我想写谁都行，但他的第一个候选人是尤多拉·韦尔蒂。至于排在后头的人选，他相信我能"对付任何爱尔兰人，甚至弗吉尼亚·沃尔夫"。我以为他在开玩笑，后来才意识到他是认真的，那个下午变得有些紧张，因为我反复对他说，我决不会再写传记。最后，我觉得他气恼地作罢，接受我的决定。或者这只是我的感觉，直到那个改变一切的时刻。

"好吧。"他同意。我记得他说了一句话，大意是："但是，咱们想一下，只是为了好玩，如果要写某个人的传记，你会选谁？随便什么人都可以，包括在世的和不在世的，但你要解释为什么选这个人。"

于是，我俩分别抛出一些名字，多数都极不合适，以当时超市小报上的常客为主。过了大概15或者20分钟，我停下来说，我不知道写谁，但我的确有个想法。"如果再写一本传记，那一定得是在生活的各个方面都取得成功的女性。她一定要有坚实的职业生活，赢得尊敬和崇拜的那种。更重要的是，她一定要有幸福满意的个人生活。我想不出哪个女性拥有这两样，我大概再不会写传记了。"

说完这番话，我自己都觉得惊讶，就猛灌一大口葡萄酒——之前原本在小心翼翼地啜饮。我不知这些话从何而来。回到酒店以后，我确定这是那个文化时刻的体现。

《麦考尔》杂志1957年的"在一起"运动是美化家庭生活的赞歌，用一幅多子女家庭的画面传达掩藏的信息：女性应该认命，应该满意自己的身份，也就是快乐的家庭主妇。这条信息很多人都不予理睬，并在1963年让位给贝蒂·弗里丹的《女性的奥秘》。在这本书里，擅长家务尤其是受过良好教育的女性开始问："这就是生活的全部吗？"像我那个小圈子的多数女权主义朋友一样，我大学时代就读过西蒙娜·德·波伏娃的《第二性》，但没太注意这本书，直到读了弗里丹的书。然后我又读了一遍波伏娃，这回更仔细，也明显有更多的生活经验。我记得，她对女性生活的广博研究令我惊叹。但是，像我的多数女权主义朋友一样，我更被弗里丹笔下美国版的女性不满所触动。弗里丹的书为我最了解的那些女性带来生活的变革。

到20世纪80年代，当代女权主义运动全面提升，有关女性生活的方方面面，包括她们的目标、理想、性认同和性取向，都在变动之中。就我而言，这包括努力维持婚姻，养育两个十几岁的孩子，稳步推进学术生涯，哦对，还有弄清楚怎么写无比重要的第二本书——我需要这本书拿下终身教职。我对女权主义朋友说，我们大家都在作出的选择使"保持模式"过了时，不再适合作小说的名字。另外两个词对那个时刻的呈现要恰当得多："分裂"和"坚持"，因为它们更好地描述大家看起来都在做的事情。

我跟迪克说，相比某个具体人物的传记，我更感兴趣的是考察当代女性的生活，收集当代女性正在做出的多种不同选择的范例，很可能是设法构建或提供一种模式，讨论她们应当如何生活。我当时一定是说了很长时间。

他说，这很好，而且我也有当年做记者的公认业绩，毫无疑问我能够写这么一本书。但是，在贝克特之后，"你不想通过一位女性的例子来考察这个问题吗？一位真正做到一切拥有一切的女性？你不想通过一位女性楷模的生活来表达自己关注的问题吗？"迪克坚持说，这样的女性是存在的——"我们只是得找一个完美的例子。"他开始抛出很多名字，从圣女贞德到玛格丽特·米德和安·兰德，我都否决了。

直到今天，我们还在为谁先说出西蒙娜·德·波伏娃的名字这件事开玩笑。但是，对于那个神奇时刻，我只记得听到她名字时脑海中灵光一现："我发现了！""当然！她可能是唯一一个在各个方面都取得成功的现代女性。"那时候，就像其他读过波伏娃四卷自传的女性一样，我相信她和让-保罗·萨特的关系就像她宣布的一样完美。像其他这么多把《第二性》当作重要成长之书的女性一样，我把她看作完人和偶像。这完全讲得通：我知道，那些我一直在思索的概念，所有完美生活和完美关系的可能性，都不可能用于另一本传记，比如《安妮·萨克斯顿传》。西蒙娜·德·波伏娃如此自然地符合所有条件，我竟然没早点想到。

我对这个项目兴奋异常，我的经纪人却不以为然。在法国为我做代理的玛丽·克林也一样。我问为什么，卡尔说："没人对一个走下坡路的法国女权主义者感兴趣。"玛丽则言简意赅："她眼下在法国不受欢迎。"我集合能想到的每条论据，请他们两人开始谈合同，然后再决定是否可行。我的恳求越来越热烈，但遭遇种种反对的理由，有关我为什么不应该"浪费时间"。最后，他们都不情愿地同意设法销售这个点子，我估计只是为让我别再打电话。卡尔的基本观点是："她已经是过去时了。没人再关心她。"玛丽的态度更令人震惊："没有让-保罗·萨特，她是谁啊？他现在不在了（他1980年4月15日去世），她什么都不是。"我惊得说不出话，但我已经朝着另一部传记走了这么远，还不打算放弃。

1个月过去了，没有进一步的联络。6月底，我写道："布兰特还没消息，他们一定是在谈。如果是这样，我猜这个项目或许能行。"项目还在，并且一点点向前推进，但要到几个月后才有定论。结果我做梦也想象不到。

26

我激情洋溢地回到费城。快一年了,我们一直都在出租屋里凑合,房贷利率涨到15%至18%,我们买不起房安顿下来。每间屋子看上去都是囤积者的天堂,摆满盒子,我们指望着一搬到固定住所就打开。尽管环境令人沮丧,想到西蒙娜·德·波伏娃,我就充满干劲,这种状态快两年从未有过。我着手整理堆在桌上的各种东西:给学术杂志的文章,给报纸的评论,早就该回的信,在贝克特戏剧开幕时演讲和发言的邀请。这些清理工作在短短几周完成,到1980年6月底,我的经纪人还是没消息。我以为很快会有出版商提出跟我签合同,但什么也没有。

夏天来了,又闷又热,还带来各种家庭危机。先是卡特妮患上严重的传染性单核细胞增多症,在床上躺了1个月,又传染给她爸爸。他出现很多令人不安的症状。我们7月的大部分时间都奔波于各类医疗专家的办公室,他们确定这不是"传单",而是一种可能威胁生命的奇怪病毒。我不是开车送两个病人去看医生,就是在家照顾他们,穿梭于厨房和他们的卧室,试图哄他们吃东西。8月,我们没有空调的房子闷得透不过气,我对自己说,经纪人的沉默可能是好事,因为我反正也没办法做任何研究。

8月中旬,卡尔·布兰特终于回复。此前他拒绝接我电话,我愤怒地接连发信,慷慨激昂地要求知道到底有没有进展。他提到利特尔-布朗公司裁了员,警告说现在不是为"一个走下坡路的法国女人"申请经费的时候。如果利特尔-布朗不愿签合同,他大概不会联系其他出版商,因为估计没有哪家出版社想出这本传记。我告诉他,我不在乎。我反正要写,我会找到其他办法。这下他爆发了,痛斥我竟然还想写:"这得花上你4到6年的生命,也许能让你得到终身教职——但估计是不能;而且就算取得某种成功,那也只是'批评界的',换句话说,读者大概有300个。你在欧洲不会有销量,甚至在法国也没有。你还在还第一本书的预付款,写这本书会让你破产。"他又提起安妮·塞克斯顿的名字,声称那本传记会畅销,她女儿琳达·格雷·塞克斯顿还提出想见我,我不写这本书有多愚蠢[1]。

我如今责备自己当年听任这个人数落我,贬低我的计划。我花几周才从这一通斥责中恢复过来,但我的确恢复了,并且写道:"我决定无论怎样都要写《波伏娃传》。这次是为自己。我需要写这本书。我太想写了,这就去申请

---

[1] 她后来明智地选择我的朋友戴安·米德尔布鲁克,她写了一本精彩的传记。——作者注

补助和基金，开始行动。"当时已经是下半年，多数申请期限都已经过了，但我计划马上在两条战线开始工作：我一边阅读或重读波伏娃写的一切，一边填表申请我认为自己或许有资格拿到的各种补助。但是，真实的生活总有办法搞砸我最周密的计划。

利率降到我们能承受的水平，我们终于可以买个房子安顿下来了。与此同时，我在接受终身教授评审，需要连续几周集中精力准备要求的各种辅助材料。在这些分心的事情之外，我还教着三门报名人数超限的课，并且被学校作为战利品拿出来展示，被热情地指示去为信托人、富有的捐赠人以及管理部门想要打动或动员的人表演。与此同时，系里的当权派暗笑着告诉我，我的书出得"好过了头"，评不了终身教授。有个家伙对我说，沃尔特·克尔说这是有关贝克特的最好的书，但又幸灾乐祸地说，他之所以告诉我，是因为克尔把我的姓和名都拼错了。

这对我不是什么开心的日子。我学会每晚只睡四五个小时，因为有太多事情，要照顾还在恢复中的病人，要搬家，等他们晚上休息才能做自己的工作。我又去做荣格治疗：我只有写《贝克特传》的时候才做过这种治疗，因为当时极度绝望，不知道能否完成。我的梦境又变得极其混乱，所以我开始做记录。它们大多是我所说的"无法振作"的梦，最经常出现的场景是我还在哥大读研究生时坐纽约地铁。我从座位上跳起来，跑出车门，在96街从特快换乘本地线路，公文包突然开了，文件散落一地。我没办法在车门关闭前都捡起来，地铁迅速驶往哈莱姆方向，我被困在车里。这时我常常惊醒，吓出一身大汗。凌晨四点重新经历每天的压力，我写道："这种情况不能再继续下去。压力太大。"我问自己，怎么才能摆脱困境，尤其鉴于："这全都是你自己造成的！"我的女权主义觉醒还没扎下足够深的根，使我不再觉得该为一切承担责任。

到了9月，我们搬完家，所有盒子都已打开，病人们恢复健康和正常活动。也许是时候了，应该让西蒙娜·德·波伏娃知道，我想写她的传记。

像当年对贝克特一样，我给波伏娃写了一封信，随信寄去一本法国版的《贝克特传》，说我觉得这很重要，她应该在决定成为我的下一个写作对象以前知道我有关上一个写作对象都写了什么。她的回复像贝克特一样迅速，说已经读过我的书，对于"一个美国人"如此生动再现"法国作家"印象深刻。在当时的法国文学界和文化圈，"美国人"是一种蔑称，而法国人很高兴说贝克特是法国人。最重要的是，她说她欢迎我，因为我想写"一切，不仅有关我的女权主义或者萨特"。她最后邀请我尽快来巴黎，"这样咱们就可以开始了"。

当我把这个消息告诉卡尔·布兰特，他通过秘书给我口信说，他们正在准备一份合同。合同将给我提供预付款，勉强够一次往返机票，还有在一家便宜的旅馆住一两周。我觉得受到侮辱，问我是不是该自己带着花生酱和果酱以确保有的吃。他然后透露我所说的"暴击条款"：在写这本书的过程中，任何时候，甚至还没有人读过一个字的时候，出版商可以决定不出版，我得偿还预付款。我不能相信他竟然以为我会签这个东西。所以我没签。

与此同时，我和家人庆祝那个好消息：西蒙娜·德·波伏娃等着欢迎我呢。小孩子说话常常很皮，我的两个孩子也亲昵地逗我，特别是我的法语。他们开玩笑说："你现在随时要去贝利兹语言中心报名了吧。"事实没那么滑稽。我确实想过去语言中心学法语，但因为时间不够而作罢。我从高中就开始学法语，大学里一直上进阶文学课，读研时轻松通过语言能力考试。我可以读法文的小说和诗歌而不必在脑海中译成英文。但这么多年我都没真正学会正确地说法语。我可以用法语跟所有人聊天，从服务员、办公室职员到学者和作家，但只会用最简单的名词、动词和句子结构。法国人经常纠正我糟糕的语法，对此我心存感激。

写贝克特的时候，我的法语口语从来都不是问题，因为他圈子里的每个人，无论国籍或者母语是什么，掌握的英语都够用，我的法语也够用，我们彼此能懂。我不担心怎么和波伏娃的圈子交流，因为我以为自己的"法英语"够用；但我错了，和她关系密切的人绝大部分只说法语。

我原以为，通过写贝克特学到的有关传记这种类型的一切经验都可以直接拿过来用于写西蒙娜·德·波伏娃。这只是我对传记的诸多臆断——不，是所有臆断——中的第一个，我重返巴黎后不得不全部抛弃。

27

进入1981年,我在假期和新学期之间有10天空闲,然后就要面对繁重的教学任务,应付学生人数超额的课程。我需要那10天为接下来的"大举进攻"做好准备,但这也是我唯一可以去巴黎的时间。在旧年的最后几天,我没有准备教学大纲,而是给雅各街沿线我以前住过的酒店打电话。越打越抓狂,没人能帮我确认房间,但所有人都告诉我尽管如此还是来吧,因为肯定会有办法。这是一个不祥的开端,但我决定就这么办。

那趟航班是一场噩梦,先是因为天气恶劣延误,然后遭遇气流,航空公司又弄丢我的行李。我睡眼惺忪,疲倦不堪,让出租车把我放在雅各布街的一头,打算一路找过去,直到发现有空房的旅馆。幸运的是,第二家旅馆就接收了我。我当时头发乱糟糟,身上脏兮兮,也没换衣服,形象惨不忍睹,以至于虽然早就过了早餐时间,前台还是同情地把咖啡和面包送到我的房间,"表示慰问"。至少这个开局不错。

我洗个澡就赶紧跑到最近的"不二价超市"买些不贵的衣服，然后试着打电话给波伏娃。这才知道，法国各地的电话系统最近都调整了，每个号码都增加了位数，她给我的电话失效了。我率先想到的是打电话给她的出版商，但后来意识到，加利马尔永远不会把她的号码告诉陌生人。于是，我转而打电话给玛丽·克林，请她出面，因为波伏娃知道我1月3日到巴黎，等着我那天打电话安排第一次见面。那一天快过去了，我还没联络到她。

玛丽因为流感在家休息。她的工作人员不幸也没查到波伏娃的新电话。就像当年对贝克特一样，我又求助于小蓝条。我发了一封给波伏娃，告诉她我住的旅馆和我的直线电话，然后再一次开始等待。第二天中午，还是没有她的消息。于是，我用语法欠佳的法语写一封信，跑到地铁站，赶到她的公寓楼。

到了以后，我不知怎么办，因为需要密码才能开门，而在入口甚至看不到邮箱。就算进去了，我也不知道把信放在哪儿她才能收到。幸运的是，当我站在门口不知如何是好的时候，走过来一位老人。他问我在做什么，我就把这个悲伤的故事和盘托出，并且一直紧紧抓着那封信，还不停地挥舞。他听着，直到我上气不接下气，并且耗尽有限的法语词汇，不知道哪句他能明白。这位老先生二话不说，伸手接过那封信，向我保证"女士"会收到它。现在，他说，请我让开入口，因为他要进去，意思很明确：我不能跟在后面进去。我没办法，只能靠边站，扶住门，点头示意请他进去。

233

两天过去了，我漫无目的地在巴黎的严寒中游荡。雪不大，但不断的雨夹雪使街道湿滑，我身上也湿漉漉的，所以我不时进出书店和咖啡馆，试图消磨时间，也让自己暖和暖和。我这次旅行之前，波伏娃向我保证她整个假期都会在巴黎听凭调遣；尽管如此，我仍然担心可能有情况使她改变计划。基于和贝克特相处的经历，我设想出各种情况。也许她生病了，要去温暖的地方疗养；或者她对这本书改变了主意。自然，后者在我脑海中一遍又一遍出现。

我的焦虑指数成倍增加。到了1月8日，我终于在邮箱里发现西蒙娜·德·波伏娃的一封信。她因为给了我旧电话号码道歉——她没意识到自己给的号码是旧的——并请我打她的新号码，约时间见面。我松了长长一口气，瘫坐了好一会儿，才镇定下来拨电话。

我在电话里说法语，她也是。我不清楚会面对什么，但第一次听到她的声音还是很吃惊。她表达清晰，但音调很高，语气粗鲁，表明她不会忍受愚蠢的交谈，急于约好时间结束通话："明天6点，在我的公寓。"当我结结巴巴试图寒暄几句结束通话，她却再次令我惊讶，转入意外的话题。她说很高兴有我这样一个享有盛誉、"非常了解法国性格"的学者要给她写传记，然后开始对《贝克特传》大加赞扬。我想不通，她一定是多么仔细地读了那本书，才能提出那么多具体的点。她告诉我，她已经让克洛德·加利马尔买下"她的"书——这本我还只字未写的书。这一切让我高兴，但也把我吓坏了。

然后，她可能说了句"好！明天见"就突然挂断，正如她说话时一样唐突。我坐在床边，肯定坐了很久，试图消化刚刚发生的一切。当我拿出约会簿记下我们第一次约会的时间和地点时，我意识到那将是1月9日，她的生日。我已经焦虑得不成样子，这又构成另一个层级的压力。在那个重要的日子约我见面，她也许弄错了。她一定门庭若市，尤其是朋友们在她家集合带她去鸡尾酒会、去吃饭的时候。我不知道是应该回电话问问自己是否听错日期，还是什么都不问直接去她家。如果她因为我稀里糊涂搞错了打发我走，我可以用时差作借口，说自己当时没听清楚，约下次见面。不用说，那晚我没睡好。

第二天一早，我又给自己制造了一个难题，琢磨要不要给她买一件礼物，买的话买什么。还有，我6点就醒了，怎么打发从早晨6点到晚上6点这段时间？我经人介绍认识几位法国女权主义者，都是我美国同事的朋友，不是在法国大学教书就是在出版界工作。我可以打电话给其中一位，这样就有人陪我了。但我太过紧张，怀疑自己能否进行连贯的对话，所以决定还是自己待着。我是卢浮宫那天开门时排在最前面的人之一，并且待到下午很晚，从一个展厅游荡到另一个展厅，有时停下来喝点咖啡，什么也吃不下。我目光空洞地注视着礼品店里的商品，最后觉得没有一样合适，包括明信片。

下午5点，我空着手来到当费尔-罗什罗地铁站。有次我因为迟到三四分钟被贝克特严厉批评，那时我们刚开始见面。所以，我每次去见波伏娃都模仿他在《墨菲》里塑造的角色，把准时的美德发扬到极致。街角有家咖啡馆，但我担心离得太近会遇见贝克特，我的确在那儿遇见过他。他散步之后喜欢在那儿消磨时光，喝咖啡，跟几个永远高兴来一盘的本地男人下棋。

我等待波伏娃电话的那几天，贝克特经常出现在我的脑海。我一收到她的第一封信说她愿意我给她写传记，就写信告诉贝克特我决定写这本书，可能不时会去巴黎。他没回信。我确定行期之后又写一封信，跟他说如果他想见面我可以，这封信他也没回。当时，我还没从"贝克特俱乐部"的猛攻里回过味儿来，所以感到如释重负，因为不会见他，也不用为自己辩护或者为书里的内容做任何解释。

后来，我见到科恩·利文撒尔和玛丽昂·利，他们解释了贝克特的沉默，第一时间就告诉我，我犯了大错，"抛弃了贝克特，因为他期待任何写过他的作者都保持忠诚"。所以，除了针对我的其他各种污辱冒犯之外，现在又加上一条：贝克特把我看作叛徒，因为我不打算职业余生都用来写他。

但是，在1月那个寒冷的日子，当我站在那里注视当费尔－罗什罗广场上的巨型贝尔福狮像，我意识到，如果把它作为起点，只需一点想象，你就可以说，萨缪尔·贝克特和西蒙娜·德·波伏娃住在同一条街的两端：她在弗鲁瓦德沃街与舍尔歇街的交叉口；他则正好在相反方向的圣雅克大街。因为他和我在那个咖啡馆见过几次面，我匆匆经过时内疚地向那边瞥了一眼，几乎不敢往窗户里看，害怕会看到他。让我释然的是，窗户附近他常坐的地方只有几张空桌子。

就在咖啡馆另一侧，我看见一个花摊，店员准备关门。剩下的只有蔫了的黄色郁金香和一大捧悦目的黄色金合欢。我全都买下来，这样就不空手了，然后朝舍尔歇街11号走去。

西蒙娜·德·波伏娃为我打开门禁。我沿着一楼的长走廊走到头，然后右拐到短一些的走廊，来到她的门口，也是在右侧。多年以后，我开始写阿娜伊斯·宁传记并且和她的弟弟、作曲家华金·宁·库尔梅尔成为朋友。我们有次闲聊时谈起他们一家早年在巴黎的生活。"我们住舍尔歇街。"他说，描述起他们最初在巴黎住的公寓。我说："真有意思，因为西蒙娜·德·波伏娃也住那条街。""没错。"他说，他和他母亲住"一层11号，沿着长走廊一直走，然后拐到右边的短走廊，我们住在左边靠里那一户，阿娜伊斯和雨果住右侧靠外那一户"。我还记得自己当时打了个寒战：波伏娃那套美丽的开间公寓原来是阿娜伊斯·宁在巴黎的第一个家。

门开了，因为我个子高，直直看过去，对面只有空气。那是动画片里的感觉：一段空白之后，我放低视线，一个极矮小的女人仰头看着我。我记得自己当时想，萨特得有多矮，因为在我见过的他俩同框的所有照片里，她永远都比他高。我把那些花塞到她怀里，嘟囔了一句类似生日快乐的话，她则不屑地摆摆手，让我进屋。她走在我前面，把花丢在一张小圆桌上的一双人手雕像上。我后来得知，那是萨特的手。突然，她仿佛认为把花放在那里不合适，道歉说离开一下，去厨房找了个花瓶。我注意到她走路有些费力，身体慢慢地摇来摆去。

我还注意到，她穿着显得破旧的红色浴袍，里面是睡裙。奇怪啊，我想，生日之夜穿成这样。这件袍子后来变得熟悉，接下来5年我们很多次谈话她都穿着它。她还戴一块包头巾，我后来不厚道地称之为"那块无所不在的破布"，因为我从没见过她不戴它的样子。她的眼睛是犀利的蓝色，但眼白处的灰黄色调使它们有些发暗。她的皮肤光洁无瑕，只是染上同样的灰黄，但没有皱纹。我认识她以后，那种黄色逐年加深，使人担心，这是肝硬化的症状，这种病后来成为她的死因之一。

她把花留在厨房，踢里踏拉地回到客厅，我还原地站着。第一次见面，我不知所措，顾不上仔细观察家具和装饰，只看到她当作沙发的两张躺椅，沿两面墙垂直摆放，对面是三张极小的矮凳，中间放着一张咖啡桌。她回到客厅，扬扬胳膊，示意我坐到最近的矮凳上，自己则在一张躺椅上明显的凹陷处落座，那是她身体留下的痕迹。显然，她的大多数时间都在那里度过，我们每次见面她也都坐那儿。

我结结巴巴地开始，首先感谢她在生日这天抽时间见我。她的诧异表情使我明白，自己没留下正面的第一印象。"为什么不呢？"她说。"生日难道不是平常的一天吗，有什么特别的？"我不知怎么回答，但她没等太久，而是问："咱们开始工作吧？"

我原以为，这次见面只是认识一下，时间会很短，所以什么也没带，没带笔记本，没带录音机，也没准备问题。

唯一的准备就是练习如何用法语告诉她，我必须赶在12日回家，开始春季学期，最快也要等到暑假才能开始正式的采访，前提是我的日程安排有足够时间在学期中间阅读调研。我磕磕巴巴地说，不希望占用她的时间，这个晚上肯定是要庆祝的，所以我什么工作材料都没带。她哼了一声说没有庆祝活动，她的朋友西尔薇晚些时候会带吃的过来跟她一起晚餐，但在这之前我们或许应该开始。

我在包里找可以做记录的东西，只找到日程本，于是我假装它是笔记本。我得到某种缓刑，可以不用提问，因为她开门见山告诉我，我们要怎样进行："我会讲给你听，告诉你我生命中重要的是什么，你需要知道的都会告诉你。你可以记下来，但必须带着录音机，我也会准备录音机。如果你需要，我们可以讨论我讲的内容。你要写的书就是这样。你要发表的书就是这样。"

我记得很清楚，我把头埋在手里大声说："噢，天呐。"我的心沉下去，感觉自己还没开始，这本书就已经完蛋了。"怎么了？"她问。"有什么问题？"我陷入慌乱，无法用法语思考，就问她我能否用英语回答。她说当然可以，因为她阅读和理解英语的能力远远好过她的口语。

"我和萨缪尔·贝克特不是这么合作的。"我告诉她，然后解释他如何让我自由地研究、采访，按照我认为必要的方式写书。我告诉她我们如何达成一致，他在出版之前不会读这本书。我甚至还告诉她，他说既不会帮助我，也不会妨碍我，他的家人和朋友都把这解读为他同意百分之百合作。我告诉她，在这非同寻常的条件下工作之后，

· 239 ·

我不认为自己还能用其他方式工作。我恳请她不吝提供帮助，但也容许我对她的人生和著作独立构建全面客观的叙述。

她静静地坐在那里，低垂着眼睛，时钟似乎停止转动。终于，她抬起眼睛和我四目相对说："好吧，如果你和他是这么合作的，那恐怕和我也得这么合作。毕竟，我的书必须比得上你给他写的书。"

我敢肯定，我之前憋着的那口气呼出来一定会冲破她的窗户。我体会到说不出来的轻松。这种轻松后来得到贝克特和波伏娃的证实：我分别请他们证实关于他们关系的一个故事。贝克特在作家生涯还很艰难的时候曾把一篇小说的第一部分寄给萨特创办的《现代杂志》。人人都知道，维持杂志运转这个累活儿是波伏娃干的，编辑部的决定大多也是她做的。她接受贝克特的投稿，稿子发表后在杂志的小规模读者群中得到高度评价。几周后，贝克特又寄来第二部分，但波伏娃拒绝了，并且告诉他，还有那么多重要的政治问题等着处理，杂志不能再为这种鸡毛蒜皮的东西浪费版面。贝克特一直没原谅她，并且公开表示对她的怨恨。他给她写了一封尖刻的信，他去世后出版的书信集收入了这封信的副本。她把原始的信扔了，不屑于再多想他。

从那天开始，他们就彼此憎恶。我正好把自己放在他们的龃龉之中，但这回情况对我有利。我写她的时候将拥有写他时一样的自由。那天，当我们说再见的时候，我认为自己是最幸运的作家。

28

我在开学前一天回到费城,工作安排需要我每天在学校两头跑。邮箱里的信满得溢出来,有我任职的各种委员会的通知、我要提供建议的研究生论文,还有想开展独立研究的本科生发来的各种方案书。仅仅和贝克特有关的评论或文章约稿就足够占据我的全部时间。因为我随时都可能收到那无比重要的第二本书的出版合同——这是评审终身教职的必要条件——我还申请提前一年参评,这引起轩然大波,不少人义愤填膺地指责我狂妄放肆。或者,就像一位比较同情我的资深同事以嘲弄的表情啧啧地模仿他们时说的:"脸皮可真厚!"

让我意外的是,英语系以多数赞成的投票结果推荐我参评,尽管我并非他们想要的那类女性。我不是传统"学者",更糟的还是公众人物。我的一两位正教授盟友告诉我,正式推荐信里把"学者"二字打了引号,因为同事们不能肯定我算什么。他们还告诉我,系里有两位资深成员"在我的档案里放进对我不利甚至极其不利的信",我应该为此担心。他们不肯告诉我信是谁写的,但是基于背后捅刀无效以后谁最卖力地掩饰巴结,不难猜出是谁。

至于我"过于大众化",这种印象大概源于降临到我头上的诸多荣誉,最重要的就是美国国家图书奖,我在那年4月获得这项职业生涯中最重要的荣誉。这种高调承认确实显得我好像不走传统的学术道路——无论那条路应该怎样——但我的女性身份无疑对某些功成名就的先生构成问题。他们对女性开始翻过障碍进入男生俱乐部愤愤不平。但是,我很受鼓舞地得知,不只我一人在开辟一条非传统途径以获得终身教职。在我之前,一位女性已经通过斗争在宾大获得终身教职,而哈佛、普林斯顿、罗格斯、可能还有其他很多大学的女性也都在进行高调的斗争。

几个星期里,一切似乎都好:我用"好"简略表示日子安稳,没有事故,我可以为传记做案头工作。这一切在某天上午宣告结束。当时我正喝着咖啡,大学系主任打来电话。尽管系里作出强有力的推荐,他所在的委员会(评审终身教职的下一步)给否了。英语系那位正教授,我档案里那两封信当中破坏性更大的一封就是他写的,在文学界享有某种名声的,亲自在系主任的委员会面前论证"她不是学者,只是传记作者"。他对几位成员有足够的影响力,他们则说服其他委员把我否决。如果这次表决成立,那意味着1982年春天以后我就失业了。当时我还没拿到书的合同。

这次出人意料的打击之后,我知道谁是真朋友。我不认识的其他系的教授向我表示同情,提供建议。有些人鼓励我跟这项决定抗争,有些人(大部分人)让我开始寻找新工作并提出帮我。系主任让我保持低调,让他代替我争取。他话不多,为人稳重,是真正的学者。当前的这个委员会在秋季学期将由新成员取代,他会把我的材料提交给新的委员会。他让我"按你的计划,做你的事,让系主任替你努力"。我听了他的话。

家里的情况同样混乱,尽管两个孩子都上了大学,我日常的唯一责任就是丈夫。从一结婚,我们就尽可能平等分担家务和家庭责任。这让我惊讶,因为在我的娘家,从小到大,只要我母亲在喊一嗓子能听到的范围以内,我父亲自己连杯水都不会去拿。冯在爱达荷州的农场长大,有四个兄弟姐妹,家里从来就没有什么"男人的活儿"或"女人的活儿"。只要有活儿,人人都得出力。所以,我们俩大多数时间都是这样。但也有一些时候,其中一个人觉得力不从心,我们在宾州生活的那些年就出现过若干次类似情况。1981年冬,我们每周来一次的清洁工退休了,几个月都找不到新工人。当时,我们的工作都特别忙,没时间找接替的工人,也没时间亲自做。家里灰尘越积越多,报纸越堆越高,脏衣服也放着没人洗,情况变得紧张起来。

冯是博物馆行政负责人,这个工作需要大量的社交。我之前一直愿意参加各种活动,但现在因为对自己的事业太过投入而常常不能参加,也不能准备家常的饭菜或正式的晚宴在家待客。《贝克特传》在贝克特影响圈以外的更大世界取得成功,其他机构开始邀请我去演讲或者担任长期的客座讲师。一些大学甚至暗示，可能有我这个领域的教学岗位，请我作为可能的人选去参观校园。考虑到参评终身教职岌岌可危，我试图尽可能多地接受这些邀请。每个月我都有几次要收拾行李，冯得开车去机场和火车站接送我，这意味着除了白天的工作和晚上的活动以外，他还得一个人照顾那么大一个家和四只宠物。他觉得我对他不管不顾，这种感觉有充分的理由。我虽然也因为自己没有时间深深内疚，但也感到某种程度的怨恨。

我不再是"玩票的家庭主妇"——以前在青年联盟和家教联谊会的朋友们这么称呼我，尽管我当时做着报社记者的全职工作，负责养家，我丈夫还在读研究生。我还记得，我为推进学者－作家的事业放弃志愿服务时，周围有很多摇头和不赞成的咂咂声。尽管更大的社会变革已经开始，那仍然是男人的世界。我有一份我那个小圈子里的多数男性都羡慕的全职工作，却享受不到他们获得的职业支持。我的英国小说研究课有215名学生，英国小说研讨班有24名学生，但没有助教帮我打分阅卷。我也没有半工半读的学生，就是那种无比重要的勤杂工，负责完成很多我没时间处理的教学辅助工作。我不禁觉得，多数家庭里的双重标准也适用于职场：女人被告知，我们可以拥有一切，但前提是我们同意去做一切。

这段时间对冯和我都不容易。经过太多次激烈交锋后，我们最终同意那句老话：我俩都需要一个好妻子。鉴于找不到这样一个好妻子，我们就只能尊重对方对职业生涯的投入，想办法解决问题。

与此同时，波伏娃传记陷入停滞。我的计划是学期一结束就准备去巴黎，最迟在6月1日之前，并且租一套足够大的公寓，住得下冯和孩子们以及如果有时间可能来访的其他家庭成员。但是，这学期太紧张，我根本没时间为自己设想的密集采访做准备，采访对象包括波伏娃和她的亲朋好友。

学期结束，就在我对自己混乱的生活深感困惑的时候，我被邀请去俄亥俄州立大学的贝克特会议主持一个专家小组。我接受了，希望这意味着不屈不挠的恶意攻击终于结束。在会上，澳大利亚格里菲斯大学的一位教授问我有没有兴趣到他们的现代传记研究所当访问学者。我对他的询问一笑置之，因为我得到邀请参加这次会议的唯一原因似乎就是可以亲自聆听从含沙射影到毫不掩饰的各种批评。我等不及回家去把注意力放在西蒙娜·德·波伏娃身上。那项工作我已经暂停太久。

一项大有可为的采访定在5月10日，去萨格港采访西蒙娜·德·波伏娃生命里最重要的男人之一纳尔逊·阿尔格伦。阿尔格伦和我打过几次电话，确定日期，每次他都长篇大论怒气冲冲地告诉我他多么渴望从他的角度讲述他们的浪漫关系。我觉得和他见面非常关键，可以在很大程度上帮我组织有关问题，了解波伏娃生命中除萨特以外的男人。5月9日，我醒来以后发现有几条电话留言，通知我纳尔逊·阿尔格伦已经过世，看起来是心脏病发作。我既震惊又生自己的气。之前的5个月，我因为学术责任的持续压力延后跟他见面，现在一切都太晚了。

在我挤不出时间见阿尔格伦那几个月，我和他的经纪人、传奇的坎迪达·多纳迪奥保持着联系，我们在他去世两天后又通了一次话。她说需要两周时间处理好自己的事情，并且提议我马上给阿尔格伦的律师打电话，这样等我晚些时候再给她电话，她或许就能得到他们的许可，向我展示他留下的"金矿"，尤其是他和波伏娃相爱期间的350封信。但是，她警告说，他去世时没留遗嘱，也就是说，律师必须找到他最近的继承人，而这些继承人可能成为无法跨越的绊脚石。

利特尔·布朗公司的迪克·麦克多诺以及阿尔格伦的编辑和朋友罗伯特·吉娜向我描绘了类似的甚至更多彩的画面：他们告诉我，萨格港的房子里大概一切东西都在。没有亲戚来认领阿尔格伦的遗体，所以坎迪达认领了遗体，并且处理所有相关事务。阿尔格伦去世前一天愤怒地接受一次采访，说了有关波伏娃的各种难听话，最后还说，他打算卖掉那些信大赚一笔。

我在日记里写道："这很可能是我永远也见不到的金矿。想想看，我竟然让终身教职这件破事影响我，没看到这些信！"我对自己因为学术政治没能见到阿尔格伦怒不可遏，没法冷静思考，更不用说给他的律师写信了。同事和朋友开玩笑说，"有些人为了避免跟戴尔德丽·贝尔说话什么都愿意做"，这让我更加郁闷。我一直后悔没能为波伏娃传记拿到阿尔格伦的个人证词，但这成为一个刺激我改变的时刻：从那以后，我再不会让任何事情阻止我去见重要的信源。

5月过去，6月来临，我还没拿到书的合同，但拿到一项奖学金，在1981—1982学年可以不用教课。拿到拉德克利夫学院的玛丽·英格拉姆·邦廷奖学金让我喜忧参半。这的确是重大的荣誉，我永远心怀感激；但它也要求我在哈佛常住。冯和我几乎无法在同一屋檐下协调彼此的职业生活和个人生活，我如果通勤那么远我们怎么处理彼此的关系？

说到距离，6月中旬，从澳大利亚打来的一个电话又是一个意想不到。当时是晚饭时间，两个孩子、他们的一些朋友以及我的两个同事碰巧都在我们家吃饭，每个人都想对新闻发表意见。我在贝克特会议上认识的教授对于请我去布里斯班的格里菲斯大学当访问学者这件事很认真。他们正式邀请我到现代传记研究所（可惜现在已经不复存在）任职，时间从7月中旬到9月份，和我10月份开始的邦廷奖学金项目完美衔接。那是一个欢闹的夜晚，饭桌前的每个人都坚持说我一定要接受邀请。每个人，除了冯和我。我们都对这第二场分离可能导致多大的动荡心神不宁，但都努力当好主人，同时避免对视，听任我们如何应付这个局面的问题此起彼伏，没有答案。

不停地争论几天之后，我们决定，我接受澳大利亚的邀请，不去巴黎调研。孩子们每年的大学学费快交不起了，澳大利亚给的报酬很高，而我还没拿到正式的出书合同。此外，丈夫和孩子们可以去"南边"看我，这和故地重游相比是可喜的变化：那时候，他们去巴黎已经像去纽约一样稀松平常。此外，我也会接受邦廷奖学金，但设法每个周末都回家。

离家之前有那么多事情要做，但我其实很高兴暂时退回快乐的家庭主妇模式，哪怕这意味着把波伏娃的研究放到一边。我安排一个可靠的清洁工每周来打扫房间，没日没夜地把冰柜塞满，把所有要干的杂务做成一个大事纪要，包括付账的日期，全家人的生日和纪念日——这些之前一直由我安排，但现在不得不交给冯。自己那些必要的工作都没法做，我感到一股隐隐的怨气。但我觉得家里这些事情都是我的责任，都得处理好。我还是那种想法，尽管我知道"让民主安全地存在于世界不是我的责任"[1]，这是我给贝克特写传记时咨询过的一位心理分析师的话。但是，不知为什么，我却摆脱不掉这个念头，总觉得应该继续努力。

---

1 原文"make the world safe for democracy"，出自美国总统伍德罗·威尔逊在1917年发表的演说。——译注

29

有一项和波伏娃有关的急迫任务：通知她因为澳大利亚那边的邀请和邦廷奖学金资助的研究，我要到1982年初才能去巴黎，那时候我可以拿出邦廷研学两个学期中间空出来的两个月去巴黎。我认真构思后写了一封信，列出我为什么要接受这些荣誉并且推迟会面。我还加入一篇稍加润色、为传记做准备的背景调查，以及我打算在巴黎采访的一长串人名。从一开始我就意识到，波伏娃喜欢日程安排和事先计划，所以我养成什么都让她知情的习惯。我觉得告诉她我希望采访谁和查询哪些档案这些都没有问题，但有一件事我从不事先告诉她，那就是她手里的哪些档案或者信件是我需要的。和贝克特的合作教会我不要冒险去制造可能的困难，除非绝对必要。

我担心了几个星期，在6月份寄出这封信。阿尔格伦去世后我马上打电话给她，想问她需要我做什么，但没能联系上，她一直全无音信。我给在巴黎的几个人打电话，他们通常都跟她保持着联络，但她没告诉他们要去哪儿，也没人能解释她为什么没消息。后来,波伏娃告诉我,媒体当时对她穷追不舍,她躲进朋友西尔薇·勒邦的公寓[1]。

在和波伏娃关系密切的人当中,我主动联系的一位是埃伦·赖特,她的丈夫、小说家理查德·赖特有时为波伏娃做代理和联络人,与英文出版公司接洽。埃伦告诉我一个令人震惊的消息,传言说波伏娃很可能患上癌症。埃伦经常有一些非正统的看法,她说自己很担心,因为她认为人们求癌得癌,在她看来波伏娃就有这种心态:"先是失去萨特,现在阿尔格伦也没了,谁知道这对她会有什么影响。"这次对话过后没多久我就了解到,像之前的玛丽亚·乔拉斯一样,埃伦有时是不可靠的信源。

就像玛丽亚对贝克特一样,埃伦对波伏娃的实际情况有自己的说法,但这种说法缺乏确凿的事实依据。波伏娃不存在她说的那种心态。我认识她的那么多年,尽管她身体恶化迹象明显,她却认为自己完全健康——更准确地说是不可战胜。她确实会关注自身的健康问题,但只限于可以通过整体疗法尤其是动觉疗法处理的问题。需要药物或其他传统医学治疗的问题她一概无视。

到5月底,我终于通过电话联系上波伏娃。她告诉我,"大概是萨特的女儿在传播谣言",说"她病了"。她说自己其实非常健康,甚至计划去一趟纽约,"大概是在7月10

---

[1] 勒邦后来成为波伏娃的养女,称为勒邦·德·波伏娃。——作者注

日前后，和她的女友西尔薇一块儿"[1]。她当时希望能跟我待一段时间。但是，犹豫来犹豫去，她花两年时间才确定旅行计划，来到纽约。在这两年，我了解到她的另一个特点，她的美国朋友约翰·杰拉西表达得最好："她可能说变就变。"

我请他解释，他向我讲述一种奇异的反差：一方面，她瞬间就会形成某种观点，而且固执己见明知自己不准确不正确仍然坚持；另一方面，她会心血来潮，突然间决定要做什么或者要去哪里，谁也不告诉就消失，让那些亲密的朋友极其担忧。此外，杰拉西还说："她也是重度拖延症患者，她一拖再拖或者跟你说她为什么能做或者不能做某件事的时候你一定要小心。不是说她在说假话，但她的确会找很多借口，当她最后终于找到时间去某个地方做某件事情，她很不喜欢被要求解释那些谎言或借口。问这类事情的时候，你对她最好要小心。"

当我准备出远门的时候，这可不是我想听到的事情。除了没有终身教职（将来可能也没有工作）、没有出书合同、家里一团糟以外，这个关于西蒙娜·德·波伏娃的洞见不是令人鼓舞的信息。尽管如此，我不能老是琢磨它，就借助自己最喜欢的一种说法：事到临头再操心。

我飞到布里斯班，度过物有所值的3个月，结交了

---

[1] 波伏娃指的是萨特晚年收的养女阿莱特·阿尔坎-萨特，"女友"则是她对西尔薇的叫法。——作者注

一些澳大利亚学者和作家并且和他们成为终生朋友。澳大利亚各地女权主义的存在感都很强，女性问题的相关研究方兴未艾。因此我谈论波伏娃的时候并不比谈论贝克特和《贝克特传》少。9月底，我离开澳大利亚来到波士顿，还没从那些交谈的兴奋中平静下来，意外地发现未来学年将和我共事的女性中间也洋溢着同样的兴奋之情。从很早的时候，我们有几个人围坐在会议室的大桌子前享用自带的午餐时就发现，尽管大家来自完全不同的学科，比如历史、文学、政治学、经济学和民俗学，但都用非常相似的技术和方法处理研究课题。我们的研究都围绕女性相关问题，唯一的区别在于各个学科都有独特的学术语汇。

等到学期12月结束的时候，经过3个月的密集阅读和讨论，我已经对西蒙娜·德·波伏娃的写作、她在法国文化生活中的地位、她对社会作出的思想贡献以及她的友谊、旅行甚至恋情都有很多深入了解。我积累起一大堆档案卡，都是想问她的问题。现在需要的只是去巴黎找她要答案。我怀着难以抑制的激动出发了，准备和她共度两个月。

30

1982年1月，我来到巴黎，发现情况跟前一年完全一样。西蒙娜·德·波伏娃还是半句废话也没有，用硬邦邦的声音吩咐我在1月9日她生日那天再来，但这回是下午4点（这成了我们以后每次会面的常用时间）。她说期待见到我，就挂了电话。尽管她生硬的直率总有点令人不安，我倒觉得相较于我当年每次试图安排和萨缪尔·贝克特的会面前都要跟他玩心理游戏，这更让我感到安慰。

我和女儿还有女儿的几个同学一起飞到巴黎，他们之后要回意大利博洛尼亚大学读完大三。卡特妮要在巴黎和我待一周，但我们到的时候都得了重感冒，除了去离家最近、有鸡汤和橙汁的商店，都不怎么下床。我这次租了一套新公寓，房主没有告诉我房子在室内庭院一个风井的最底部，不见阳光。暖气基本不灵，天气也拒绝合作。我急需把时装靴换成结实稳当的户外靴，好在巴黎走街串巷。这些街道非常危险，全是冰雪，既没清扫也没铺沙子。

这些话题没有出现在我和西蒙娜·德·波伏娃的对话

中，因为闲聊不是她的强项。过了几年我才对她说起自己的情况，因为她那时候才问起这些。最初的若干次采访，她感兴趣的只是我要写的书。尽管我们早先达成一致，她不把意见强加给我；但我保留着清晰的印象，觉得她希望我按照她的指示去写。

我忍不住在脑海里闪回和萨缪尔·贝克特最初的几次会面，对比我和西蒙娜·德·波伏娃的最初会面。贝克特一开始没把我当真，但意识到他同意合作的书属于什么类型以后，既然作出承诺，他就顺其自然，让这本书问世。如果说波伏娃试图控制我写什么，那可能有些夸张；但我的确认为她试图影响我。鉴于每次会面她讨论的主题都变化多端，倾注的热情也很高，我过了一段时间才弄清她的策略。

她生日那天，雪下个不停，冷得要命。这种让出行痛苦不堪的天气正在全国肆虐：法国到处发大水，塞纳河水就要漫过码头。我事先进行的准备工作有一部分是对日记倾诉一切，从想法到担忧。这次我写道："我很紧张，焦虑。她今天74岁，我不知道到了以后会面对什么。"我面对的是"一位极其可爱的女性，热情友好。因为我伤风、喉炎，她问我讲英语是不是容易一些，说我可以直接说英语，她用法语回答"。

波伏娃一屁股坐在长沙发上的固定位置，我还站着，穿着大衣，不确定该怎么做。我脱下大衣，决定坐在三张矮凳中的一张，面对着她，把大衣放在另一张矮凳上，因为她没有提出把大衣接过去或挂起来。接下来的每次见面，我都会完成这套动作，让自己安顿下来。她唯一关心的就是面前的工作。

我注意到，我们之间的咖啡桌上已经放着她的录音机，旁边有三四支仔细摆放的钢笔和一本小小的便笺。我一边紧张地说着闲话，一边从包里掏出类似的装备，放在她那些装备旁边。我还不由自主掏出那摞写着问题的卡片，我的"单人智力游戏"卡片，大概是想让她看看，我也有"工作"材料。贝克特当年从来没见过我做的卡片，也根本不知道我每次面谈之前如何千辛万苦地把这些问题记在脑子里并且想好按什么顺序提问。但是，波伏娃不同，看到我展示的第一摞卡片，她的眼睛居然亮了。这向她证明，我对这本书非常重视，确实花了一年时间调研、精读并且作出各种推测。这最初的一摞卡片，足足两三英寸厚，只包括我觉得第一次会面可能涉及的简单问题。我公寓里还有几摞，都准备好了，等着将来会面时用。

就这样，我们开始了。我觉得，先问童年最初记忆的问题可以自然引出下文，没想到她先开口感谢我。"世界各地的女人来到这里，都想写我，但她们想写的都跟《第二性》有关。"她用一只拳头反复击打着另一只手的掌心说："我写的远远不只有《第二性》，还有哲学、政治学、小说、自传……"她似乎在每一个类别之后都停下来喘口气，然后说："你是唯一一个想把所有内容都写进去的人。别人只想写女权主义。"这让我出乎意料，但我当时来不及仔细思考她这番慷慨的评价，回去之后才明白其中真意。20世纪

· 255 ·

70、80年代，她被塞进女权主义偶像这个神龛——好是好，但她不想永远待在那儿。她意识到自己对文化和社会作出的各种不同贡献并为此倍感骄傲，希望后世承认她取得的所有成就。

我感谢她的评价，然后开始问有关她童年的第一个问题。她对前面一两个问题敷衍了事，我看得出她另有想法。等我又开始提问，她打断我说："你看，我知道你有安排，要在巴黎这边找很多人谈话。你要见的都有谁？"我不再提问，拿出记事本，上面有约好面谈的名单。她似乎感到钦佩，不断地点头，发出类似啧啧的声音。我要在巴黎足足待上两个月，直到2月底，不见她的每一天我都约好采访和会面。她和我至少每周见两次，如果有必要还留出见第三次甚至第四次的可能。

我告诉她，我打算从跟她关系最近的人开始采访，也就是她和萨特决定称为"家人"的那些人，包括雅克-洛朗·博斯特和他妻子奥尔加；她从前的情人和好友克洛德·朗兹曼；她的萨特派朋友让·普永和让-贝特朗·彭塔力斯；她儿时的朋友热拉尔迪娜·"热热"·帕尔多；还有她的朋友、刚成为她养女的西尔薇·勒邦·德·波伏娃。同样重要的还有她妹妹埃莱娜·德·波伏娃·德·鲁莱。

她特别高兴我安排采访纳塔莉·萨罗特和玛格丽特·杜拉斯，因为她很骄傲能跟她们相提并论。当我告诉她我跟玛丽·麦卡锡谈过，她也有类似的反应，因为她一直想听听美国作家如何看待她的作品。我给她看我列出的名单，有作家、出版人、教授和女权主义活动家，请她加上可能漏掉的人。她对所有这些名字都很兴奋，最兴奋的是我要见伊薇特·鲁迪：妇女权益部部长，法国政府内阁成员。

我还给她看前一年采访过的人员名单，主要是美国人，但也有在美国或加拿大参加会议的法国学者和作家。让她高兴的是，名单上的一些学者专门研究萨特，因为她觉得他们当中有很多人对她并不重视。"他们无视我的存在，不想承认萨特和我对彼此有多重要。"

波伏娃一旦看到我围绕她的生活和著作做了那么深入的研究、为写这两部分内容做了那么多准备，就放松下来说，我们这天已经做了不少事情，应该停下来喝一杯休息休息，然后我再回去。这第一次会面确定了某种模式，以后几乎没变，一直持续了5年。"你喝威士忌吗？"她问，我还没来得及回答，她就站起来，拖着脚朝冰箱走去。她的冰箱不是藏在厨房，而是一览无余在客厅靠墙摆放。她打开冰箱门的时候，我看到里面一尘不染，崭新闪亮，空空荡荡，只有一大瓶尊尼获加红方——后来有时是一瓶伏特加。有一次，冰箱的架子上还摆着点心拼盘，包着塑料，但一年倒有大半年保持原样，也没被拿走。我想，那可能不是真的食物，而是某种艺术品。偶尔会有一片干了的东西，她忘记吃了，或者早过了全盛期的水果。但这个冰箱里大多数时候只有酒。她告诉我，她不放食物，因为要么西尔薇给她带饭过来，要么她出去跟朋友吃。在她的晚年，当她不再经常出去吃午饭，西尔薇也会给她带第二天的饭。

她忙着收拾酒瓶和酒杯的时候，我有机会环顾座位四

· 257 ·

周。长沙发上蒙着厚厚的金色缎子盖布,靠枕是紫水晶、祖母绿和蓝宝石的色彩,面对沙发放着的三把小椅子也是这样的颜色。长沙发在我第一次去的时候很整洁,但后来她习惯了我的来访,就不费心掩盖她常坐的地方被弄乱的样子,那个背景因此略显滑稽。波伏娃像她母亲一样,表现出节俭中产女性的务实做法。她在自己最喜欢蜷缩着看书的地方蒙上一块艳丽的美国印第安毯子,以保护金色的沙发罩。这在她努力达到的优雅装饰效果之中尤其刺眼,因为那块毯子上放着电话和一摞摞书、手稿、成堆没有回复的邮件、团成团的纸手帕、一件舒服的旧毛衣,还有作家工作空间里的其他零零碎碎。

我们结束这次工作访谈时外面已经黑了,她起身打开迭戈·贾科梅蒂为她制作的落地灯。落地灯旁边有个架子,上面摆着她收集的他哥哥阿尔贝托做的小金属像,灯光使这些小雕像投射出神奇的阴影。她摇摇摆摆回到咖啡桌前,拿着酒瓶和两只玻璃杯,还有一个破旧不堪的锡制量杯。墨西哥大玻璃杯给她用,普通的小玻璃杯给我用。她往我的杯子里很小心地倒一小量杯威士忌,放在旁边,然后给自己的大玻璃杯倒得满满的。她对我说:"西尔薇往威士忌里加水,因为她觉得我喝得太多。她以为我没发现,其实我发现了。"我第一次去,酒稀释得并不明显,但后来几乎变成略有一点颜色的水,难以下咽。我喝这一杯的时候,波伏娃迅速灌下去几杯,仿佛这是她能喝够的唯一方式。

我认识她的时候,她已经是个老太太。她在我面前感到放松,所以常常穿着我们第一次见面时穿的邋遢的红袍子。有时候我带人来拜访，或者陪她出去吃饭参加活动，她就会努力留下好印象。她的常见打扮包括整洁的棕色裤子、米色衬衫、有图案的毛背心，当然还有那条无处不在的头巾。她穿着那件红袍子的时候，我努力在脑海中摆脱日记里描述的形象："圆乎乎，矮墩墩，气鼓鼓，脏兮兮"，而是想象曾经的她，那个美丽、热情、充满活力的年轻女子。那才是我要写的女性，我要以最浓的笔墨去描绘的女性，一位才华横溢活出最精彩生命的女性。

每次工作通常持续两小时，如果不是更久。工作结束时的威士忌成为我们的仪式。我们采访结束后的对话从不录音，也不做笔记，因为这是社交时刻。我们享受闲谈，在充满火药味儿的谈话之后释放压力。这并没阻止我一结束就马上跑到最喜欢的蒙巴纳斯大街多姆咖啡馆拼命做笔记。坐在窗口的一张小桌前，我可以看人，喝一杯白葡萄酒，写下或记下自己的印象。

在这些采访之后的交谈中，波伏娃常常主动透露一些让我惊讶的信息，就像我们初次会面一样。当她猛烈抨击最近有关她的几本书，说我的书会跟这些书多么不同，我感觉她是在试图争取我。显然她什么都读，而且不同于萨缪尔·贝克特——贝克特声称不了解别人对他的评论，实际上却透露出对这些评论相当熟悉——波伏娃则毫不犹豫地表达观点。她喜欢卡罗尔·阿舍尔1981年的书，但失望的是，阿舍尔"写了太多有关她自己的事情却忘了写我"。至于阿克塞尔·马森，"我觉得应该为他写的那些谎言起诉他，但西尔薇让我别去费事，那会给他太多关注。"贝尼·莱维（又名皮埃尔·维克托）引发她最强烈的愤怒："我恨他！我恨他！"莱维在萨特痛苦的晚年时写过他。

她常常迅速转换话题，有时候快得我都跟不上。剖析完所有写她的书，她问应该怎么称呼我。是"贝尔女士"吗？还是可以叫我的名字：她的发音听起来就像"戴丽德"，但那个卷舌音发得极长，而且很重，就是那个我永远发不好的法语喉音。我对她说，怎么称呼最容易就怎么称呼，她决定用"戴丽德"（反正我听起来就是这样）。我从来没问应该怎么称呼她，因为对我来说，她始终都是"女士"或者"波伏娃女士"。

自从我们初次见面，是她自然而然转向我和萨缪尔·贝克特之间从未经历的某种私人的亲密。在写贝克特的年月，我对我们之间的拘礼感到懊恼，有时甚至因为他和一些相对的陌生人有更私人的接触愤愤不平。这些人只为工作的某个方面联系他，重要性和固有的私人性远远不及我的工作。可是，一旦波伏娃开始邀请"戴丽德"和她一起去参加新书出版会和画廊开幕式之类的活动，或者跟她和她的一些朋友聚餐，我总是往后退。如果我觉得观察这个活动对写书有用，比如是策划某项活动或行动的女权主义会议，我就跟她一起去。如果只是单纯的社交，我就设法编个借口不去，比如说自己已经有约。

《贝克特传》出版以后，我意识到，萨缪尔·贝克特和我保持距离是帮了我。这确保我们之间完全是职业关系，使我写他的时候可以完全保持客观。从一开始我就意识到，我非常喜欢西蒙娜·德·波伏娃，我也意识到这可能成为一种危险的感情。对我来说，保持某种职业距离会好得多，但她使我很难做到这一点。

"啊，戴丽德。"她会开口道。我心下直往后躲："啊哦，开始了……"事实的确如此，因为她总是有"一个很不错的年轻朋友"，想来美国，需要一份工作，她可以肯定我的大学需要一位以法语为母语的教职员。她提议的六七位候选人都不具备任何资质，但这对她不是问题，她也拒绝接受我既无职权雇佣他们，也没有影响力去说服别人给我帮这个忙。

有个人她一心想送去费城，但本人根本不想去，这就是小说家克洛德·库尔谢。他刚刚凭借《回到马拉韦伊》获得 RTL 电台读书大奖，并在蒙巴纳斯买下一幢典型的世纪之交风格的房子，那里仅剩一条街还有这种房子。波伏娃和克洛德的关系极为密切。在波伏娃的朋友里，他也是唯一和我关系比较密切的，对我准确理解波伏娃在法国文化和社会中的地位给予很大帮助。

在她的门徒中，只有一位我成功帮助找到教书的工作，并在这个过程中还给他找了个妻子。塞尔日·朱利安纳·卡菲写过一本有关波伏娃的书，思想敏锐，笔法流畅。当宾大沃顿商学院的国际商业课需要一位法语老师时，他正好住在纽约。我把他介绍给我的同事、人类学家佩姬·桑迪，并且很高兴他们结了婚。

难熬的1月一天天混沌而过。我实在太忙，注意不到雪下得多频繁，天气多冷。我每天一大早起床，离开阴暗的公寓去做采访。不采访的时候，就在国家图书馆或者其他档案馆查询需要的材料。我每周和波伏娃一起工作两三次。我的问题主要围绕她的童年、少年和青年时代，因此没有出现任何危险信号，访谈都很愉快。我告诉她，我打算2月初见她的妹妹，并且联系她的两个表亲，也是她童年的伙伴——马格德莱娜·芒蒂·德·毕肖普和让娜·德·波伏娃·多里亚克。她们还住在梅里尼亚克和拉格里耶尔，那是他们家族在法国西南部的房产，波伏娃夏天去住过。她很高兴，说她"对'我们的'进展感到满意"。我不能确定自己对所谓"我们的"进展作何感想。

我没有那么满意，因为"真实生活"的一些方面不断来侵扰。卡尔·布兰特联系我说，利特尔·布朗公司又遭遇一轮大规模裁员，这回迪克·麦克多诺也在其中。卡尔还在敦促我签下利特尔·布朗那份侮辱人的合同，但现在迪克走了，我不知道这是否还是一个选项。我从宾大得到比较好的消息。系主任确实努了力，新委员会那年秋天批准我的终身教职。这对我来说是苦乐参半。知道1982年秋天回去以后有工作使我感到宽慰，即便只是因为看来我不大可能拿到写书的合同维持日常开支和研究。

我很感激能躲开学术政治，也珍惜在巴黎的每一天，因为每天都为我的书带来令人兴奋的新东西。信息在多个不同层面汇聚，让我充满干劲儿。比如，有关20世纪初右翼保守派报纸的文章在很大程度上解释波伏娃的父亲对女儿的教育持什么态度。波伏娃回忆录里的片段，再加上她童年朋友"热热"·帕尔多的回忆，帮助解释她为什么在十几岁作出一些叛逆的决定。那个冬天，一切进展顺利，我尤其享受有充足的时间去过滤想法，整理信息，设想结论。我的信条变成"这是我今天的想法，明天肯定会变"，多数时候的确如此。

那次调研之旅，我交了几个终生的朋友，他们在午餐和晚餐提供必要的社交，那些欢乐友好的交谈常常带给我一些思考和研究方式，否则我不会了解这些。在这里，我也得益于为美英出版物工作的记者和法国的长期居民，他们成为深度背景的重要信源，而且常常发挥关键作用，帮助我应付密不透风的官僚机构。一些大胆直言的杰出女权主义者成为我的好友，包括美国文学教授玛丽-克莱尔·帕基耶和女权主义出版人弗朗索瓦丝·帕基耶（两人没有关系）。法裔美国研究生玛丽·卢·德科索成为我特别需要的研究助理。研究法国女性历史、在档案馆工作的美国学者卡伦·奥芬成为我绝佳的咨询对象，我在作出决定前经常和她讨论那些变来变去的想法。平平静静按部就班的一天结束后跟她们见面喝酒吃饭真是享受，我乐在其中，直到一个出其不意的电话。

当时，我刚在档案馆看了一整天的微缩胶卷，顶着雨夹雪跋涉回家，身上湿乎乎，头发乱蓬蓬，急着脱下湿鞋以免长出更多水泡。开门的时候，我听到电话响。来电的是宾大另一个系的教授，当时在巴黎休假。他说，学校的荣誉学位委员会委任他向西蒙娜·德·波伏娃颁发一个学位。他指手画脚地告诉我，他"得到授权"命令我提供她的联系方式。然后我就得靠边儿，由他负责跟她会面完成这件事情。

在档案馆待了一天,我的大脑已经变成筛子,他的傲慢使我陷入困惑。幸好我只有那天晚上和坐立不安的一夜用来心烦。第二天一大早,门房送来一封信,正式而礼貌,来自我们大学的校长,说这位教授会联络我,可否通过我的影响力帮他说服波伏娃接受这个学位。没人通知我学校要颁发这个荣誉学位,也没人把我纳入跟她接洽的安排。我的学问"只是一个传记作者"的学问,但我的写作对象却有足够价值,应该得到荣誉;尽管我——这个项目的创造者——要靠边儿站。这里的讽刺使人耿耿于怀。尽管如此,这是向一位值得敬佩的杰出女性致敬,所以我当然会帮助学校,尽管我对他们的厚颜无耻愤愤不平,就像我当时记下的:"大男孩直接接手,把小女孩推到一边。"

收到校长来信的那天,我还遭受另一个打击。这次没那么让人心烦,但同样是一种干扰。西蒙娜·德·波伏娃打电话告诉我,她临时决定离开巴黎两周,从2月1日到2月15日。她感觉可能患了轻微的流感,西尔薇劝她去比亚里茨她喜欢的一个温泉疗养。接下来几个小时,我气得冒烟,直到我告诉自己,没关系,别在意我这两周每周都安排3天跟她见面,我有足够的档案工作可做。但是,在她动身以前,我必须跟她讲学位的事情。

她像往常一样正要唐突地结束通话,但我想办法打断说,我有事情跟她商量,请求当天去见她,尽管事先没约。她让我两点去,但别待太久,因为她午餐后需要休息,4点钟要见她的几位女权主义朋友。

我一见她就直入主题,说我们大学有位教授想得到引见,要给她颁发荣誉学位。希望她允许我把她的电话和地址转告给他,以防他万一想写信而不是打电话。她用不屑的语气说,第二天下午4点可以见这个人,问我想不想在场。我倒是希望在场,但她已经安排我4点半在曼恩大街她的公寓见西尔薇,我宁愿赴那个约。她说,我应当警告那位教授,之前也有很多机构要授予她这类荣誉,她全部拒绝,因为这些仪式都得本人到场。"我现在年纪大了,经受不住这种长途旅行了。"让我觉得讽刺的是,她在那一时期还说过要飞到纽约,坐汽车或火车沿东岸旅行。我没透露这个感想,只说我会告诉他约见的事情,其他一切由她处理。

正如她猜测的,那位教授告诉她,需要她亲临现场接受这项荣誉,她"很有风度"地拒绝邀请(他后来告诉我的),说她没办法再去旅行。我看得出,他对她的拒绝感到不快,尤其是他一怒之下脱口而出说:"可是,她还跟我说一年以后要去纽约呢,那时候她不是更老了吗?"想到她竟然告诉他这件事,我的下巴都要惊掉了。不过,他解释说,她问起他的口音,他说自己是纽约人,她就随口说,她计划去一趟纽约。我这才知道,她这几年来断断续续计划的旅行又排上日程。因为她之前有两三次都改了主意,我知道不能当真,所以没对那位教授说什么。

我在巴黎的两个月很快到了尾声,自己给自己安排日程的快乐时光也快结束了。又要回去面对写书的各种干扰,想起来就头痛。我得回到哈佛大学,学术休假将持续到5

月,但我怀疑自己能否找到思索和写作需要的平静。那天夜里,我一边筹划着在波伏娃去比亚里茨那段时间可以安排多少采访,一边列出一个单子,都是别人期待我在职业生涯中做到的事情。单子很长,最后我几乎绝望,不知道自己怎么才能写出这本书,从哪儿弄钱,更不说去哪儿找时间了。

但是,算上眼下这周,我在巴黎还有三周时间,我决定充分利用。

31

波伏娃不在的那两周,我每天都做采访。认识她的亲友熟人后,我发现,她的法国朋友和贝克特的法国朋友区别明显。首先,她的亲友不喜欢上午见面,受不了美国流行的那种早餐会。她有几个在美国生活过的作家朋友甚至对这项提议不寒而栗,重温他们在纽约或洛杉矶如何被这种早餐会折磨。偶尔有人会跟我在上午见面喝咖啡,但都在 11 点以后。这倒是很适合我,给我时间为那一天的采访准备问题。

我发现贝克特的朋友还有一个不同:他们往往说一口流利的英语,因为参与更大的文化世界。很多人曾在英美生活、工作或学习,因此用更宽广的视角认识法国——以及他们自身——在知识和文化领域的位置。波伏娃走过很多地方,她的著作也分析其他文化,但她在家乡巴黎的圈子却极为狭窄。她的文化背景是法国哲学、政治和文学,跟她密切交往的人也体现出这一点。几乎没人会说外语。这些人如果出门旅行,那主要是去度假,地点也总是他们同类人喜欢聚集的地方。没人觉得有太大必要离开巴黎，哪怕是为工作。在离巴黎较远的大学教书的教授把主要居所放在巴黎，通勤上下班。我聊过的每一个人都见多识广，但和我写《贝克特传》时认识的法国人相比，这群人的世界观和思考方法相对没有那么多样。这无疑是他们有意识的选择，就是宁愿把兴趣和精力放在自己的原生社会。和他们接触一段以后，我对法国历史和文化获得一些洞见，有助于理解西蒙娜·德·波伏娃为什么作出那么多引发争论、遭到非法文读者质疑的决定。

我觉得，我的采访可以从了解波伏娃和男性的关系开始。鉴于萨特和阿尔格伦都已去世，以拍摄《浩劫》一片闻名于世的克洛德·朗兹曼成了我最先联系的男性之一。他当年是记者，比波伏娃小17岁，写了一篇有关萨特的文章后认识波伏娃。他们在1952—1959年作为情人共同生活。双方一直是挚友，直到她生命结束。

朗兹曼和波伏娃的其他多数密友都不一样，说他更愿意到我的公寓而不是在餐馆或酒店大堂见面，时间选在某个周六的上午，这样他一整天都有空，可以长谈。我同意了，尽管我住在竖井的底部，不见天日，令人沮丧，哪怕是最体谅的朋友我都不愿意他们来。见面那天雨雪交加，冷得要命，暖气微乎其微，我担心自己要穿着大衣戴着帽子迎接他。可是，等他来了，并且几乎破门而入，我很快就忘了冷。他身材高大，气势不凡，因为《浩劫》一片的成功而红光满面，一进门就开始自己的议事日程。

他体现出贝克特的法国友人和我在日记里说的波伏娃

的法国朋友的另一个不同。采访贝克特的朋友，通常先说几句客套话，再自然而然地提问。先是泛泛的问题，比如你们什么时候认识的、刚认识的时候他是怎样的等等，都是勾起愉快回忆或积极反应的问题。谈话从容展开，我在这个过程中注意新出现的信息点，不经意间转向另一个话题，也就是我希望获得更多细节、更大深度的东西。可是，面对波伏娃的"法国朋友"，我却极少能做到这一点。

比如朗兹曼，我试图从天气入手——在任何国家任何文化都是安全的话题，我这么觉着——并且提出倒杯咖啡让他暖和暖和。他不客气地拒绝我闲聊的企图，说他坐地铁来的，已经喝过咖啡，而且没脱大衣就开始讲这位他认识多年的女性。他说着，我听着。他知道想告诉我什么，我也让他滔滔不绝地说下去，因为他讲的都很相关，也很重要。我偶尔打断他，问一个相关的问题，他有时停下来直接回答，但多数时候都继续说他的，直到这段话自然结束。那时他才回答我的问题。波伏娃在世的时候，我跟他每次见面他都是这样，甚至在她去世以后我请他核实稿子的时候也是如此。他态度生硬，似乎对我那些刨根究底的（常常是反复提出的）问题感到恼火。他不好相处，固执己见，但也极具洞察力，非常诚实。我可以争论辩驳他的某些观点，但他为自己观点的最后辩护常常得以证实，所以我信任他。

朗兹曼的采访议事日程说明写贝克特传记和波伏娃传记的另一个不同。在贝克特的世界，没有那么多人需要我做后续采访。除了跟他关系最密切的人以外，一次采访通常就足以确定某个人在他生命中扮演什么角色。在波伏娃的世界，我聊过的几乎每个人，无论多核心或多边缘，都需要多次见面。每个人都有特定的议事日程——用法国知识界的适当词语大概应该说是某种理论或命题——而只有他们满意地认为自己已经表达这种理论或命题，他们才肯让我提出自己的问题。

再举一些例子。我第一次见奥尔加和雅克-洛朗·博斯特，他们只想谈波伏娃在萨特去世后的生活。但他们在她整个成年阶段一直是她的密友，所以我需要从他们那里了解的远不止这些。我感觉，同时见他俩使他们难以说出各自想告诉我的情况。我猜对了。事情很自然地解决：奥尔加患了流感，博斯特约我在皇家桥的酒吧见面。坐在他和萨特、波伏娃一起度过了那么多个夜晚的地方，他打开话匣子，回忆起一个又一个故事，一个又一个人。单独见博斯特的时候常常是在傍晚，边喝边聊，收获极大。奥尔加则要保留得多，或许因为她曾经是萨特的情人，也是波伏娃一部小说的对象。我总是在他们的公寓见她。第三次见面后，我意识到，要求她重温和萨特以及波伏娃的亲密关系让她极度不适。我于是不再和她单独会面，而且后来只再见过她一次，有她丈夫陪着，喝了点东西，时间很短。

普永和彭塔力斯都读了我写的《贝克特传》的法文版并且写过评论文章，也曾分别撰文详细解析贝克特的心理。他们不肯谈波伏娃，直到我让他们先谈贝克特；而谈波伏娃的时候，他们的角度是她的人生和著作如何区别于贝克特。波伏娃的很多朋友都读过《贝克特传》，我觉得他们认为我会通过比较二者的人生与著作来写波伏娃。抱有这些看法的人不肯谈波伏娃，直到他们列出两位作家从写作风格到个性的所有不同。他们都一心要把我的第二本书看作他们认为的第一本书的"主题"的延续，而对这个主题他们不吝"指正"。我只能面带礼貌的微笑听他们说，直到抓住第一个机会打断他们，让他们回到谈论西蒙娜·德·波伏娃的正轨。

我很清楚贝克特和波伏娃之间的敌意，所以非常谨慎，在跟她对话或跟他通信时从来不提另一个人的名字。我让他们主动提起另一个人或者提出问题（通常有关我和他们的合作），然后小心作答。让我觉得奇怪的是，这么多年以后，他对她的敌意和她对他这种怨恨的冷漠丝毫未变。

那年冬天我很幸运，因为西蒙娜·德·波伏娃生命中所有的主要角色都在巴黎并且可以接受采访。排在名单最前的是她妹妹埃莱娜和现在成为她正式养女的西尔薇。

我觉得西尔薇在认识我之前就对我有猜疑，在我与波伏娃后来合作的过程中也始终保持谨慎和距离。1月初，我和波伏娃第二次见面，我们在采访后享用掺水的威士忌时，听到有人把钥匙插到公寓门锁里。波伏娃面露喜色，脸颊发红，从沙发上坐起来，急切地向前俯身说："应该是西尔薇，她想见见你。"这话让我非常意外。

进来的女人深色头发，个头中等，身材苗条，大概50多岁，没看我就径直走到波伏娃面前。她们互致问候，交换了好几个吻，议论了下坏天气和交通拥堵。然后波伏娃转过来把"戴丽德"介绍给她的朋友西尔薇。对于这种直呼名字的亲近，我觉得我看到西尔薇脸上掠过一片阴云。于是，已经起身表示尊敬的我伸出手去，称她"女士"。

她认真打量我，但没作出反应，而只跟波伏娃说话。我安静坐着，面带微笑，没有企图加入。很快，西尔薇把我包括进来，解释说她只是顺便过来看看波伏娃晚餐想吃什么，现在去买。她准备走的时候，我说很高兴认识她，问她是否愿意单独接受采访。她似乎感到意外，明显陷入慌乱，直到波伏娃打圆场说："西尔薇当然愿意见你。我们今天吃晚饭的时候再确定下日期。"

几天后，我来到西尔薇在曼恩大街的公寓。她还是一副警惕的样子，可以肯定，她只是被迫才见我。波伏娃已经提醒我要对西尔薇"温柔"，尽可能多地让她了解我要写的这本书。我感觉，波伏娃希望我向西尔薇保证，我无意取代她在她感情世界中的位置，也不打算尝试取代，我就按她说的做。见面的前一半时间，我向她介绍自己，包括我的丈夫和读大学的孩子，我作大学教授的职业生涯。这引起共鸣，因为她也是老师。学生对学习的冷漠态度让我俩都深有感触，这提供一个很好的过渡，可以转入我希望在传记中涉及的某些话题，尤其是波伏娃当中学老师的岁月。

接下来的几个小时进展顺利，但我俩都没能让她放下警惕。我不希望问让她觉得引发争论或者是负面的问题，因为我感觉她并不完全信任我。事实上，接下来几次见面，我始终有一种感觉，她就是不喜欢我。我没有执着于这种想法，也没有试图改变她的态度，因为我并不打算新交一个好友或者形成某种私人关系。我想要的只是一个成功的工程，一本可以让我们俩都引以为傲的书。

我醉心于新书的工作，老书却不断来侵扰。除了波伏娃的朋友们总是问贝克特的问题以外，一些媒体听说我在巴黎还提出采访我或者请我参加一些广播节目，都是谈贝克特的。我谢绝了大部分邀请，因为这类的信息发布对法文版销售没什么帮助；而且，我也安排不出时间在这些很早的早间节目或者午夜后访谈中露面。我倒是在电话里和贝克特圈子里交的不少朋友都聊了，但都努力说服他们，我时间太少，新书要做的工作太多，没办法和他们见面。回想起来，我觉得自己当时之所以这么做是太害怕有什么不利影响。这是一个全新的完全独立的工程，我需要跟过去一刀两断，重新开始。

至于贝克特，我还是像以往一样通知他我在巴黎，告诉他地址电话，以示礼貌。他在我待到一半的时候用惯常的方式回复我：寄来一张名片，放在正常大小的信封里。他写道，几部新剧的翻译任务让他负担很重，他打算在于西尽量多待一段，直到完成这些工作。这次，他仍然是我的幽灵，不在面前，却总在背景中掠过。他对我的活动竟然掌握得那么清楚，发现这一点总让人不安：这回，他知道我结束巴黎之行以后要去卡塞尔的贝克特研讨会发言，并且祝我好运。

我并不期盼参加这个活动，但还是接受德国大学的邀请，因为我说服自己，必须昂首面对非议。

32

我坐晚间火车来到斯特拉斯堡,在一个供暖正常的酒店过夜。和巴黎那个冰冷的公寓相比,这间屋子实在太热,我打开窗户才能睡着。第二天上午10点,西蒙娜·德·波伏娃的妹妹来接我去她家,我们准备谈一天。埃莱娜·德·波伏娃走进酒店大堂的瞬间,我就认出她,因为她像姐姐一样,骨架清秀,肤色白皙,脸部皮肤细腻美丽。她们在外形上的唯一不同就是发色:西蒙娜是深棕色头发,埃莱娜是天然的金发。

埃莱娜一定也认出了我。当时,我正在前台试图让接待员帮我更改订错的去卡塞尔的夜车票。她毫不迟疑地接手,一个电话就理清了乱局。她证实我此前了解的一点,西蒙娜的密友,也就是她所说的"家人",还有她单独或集体见面的女权主义女性告诉我,两姐妹看起来可能相似,但行为截然不同。西蒙娜完全没有能力处理任何琐事,被要求处理琐事的时候会感到无聊或失去耐心。她在萨特生前经管他生活的方方面面,在他死后则把自己的一切事务都转交给西尔薇。那群女权主义者常常对她不肯参与任何后勤问题的讨论或者做决定感到绝望。埃莱娜恰恰相反：对她来说，问题一定要解决。

我们开车去她住的地方，在酒乡之路的戈克斯维莱村，是一幢翻新过的17世纪农庄。她指给我看每个历史景点，一边跟我聊天。主要是我说，说的主要关于我自己。和她姐姐不同，她对人感兴趣，尤其是"年轻人"（她这么说我）。她读过我的《贝克特传》，她丈夫、退休外交官利昂内尔·德·鲁莱也读了。她告诉我，他俩都盼着午饭时聊聊这本书。但是，在这之前，她会带我参观她的房子，我们会喝咖啡，并且聊聊她的姐姐。

我没想到，她沿着狭窄的乡村小径直接开进院子。我之前还以为她应该住在类似乡村农场那样的地方。院子里有一个仓房样的建筑，堆满仿佛存了几百年的农场杂物。旁边是她的夏季工作室，一个封闭但没有取暖的空间，天气暖和的时候她在里面画大幅油画。主楼的房间在不同楼层纵横交错，显示这个房子几百年来多次被随意加建。不过，这是一个舒适温馨的空间，生活显然是满意的。利昂内尔在建筑的一头有一间卧室和书房，埃莱娜在另一头有自己的卧室。这间卧室也用作她冬天的工作室，她在那里做一些规模小些的项目。她的床边有一张结实的桌子，桌上赫然摆着一块又大又平的石头，她用这块石头进行最近开始迷上的工作：费时费力的铜版画。

我们热火朝天地坐着聊了一上午，利昂内尔不得不从房子另一头大喊，提醒我们饭点快过了，他饿了。埃莱娜厨艺超群，美丽的桌子上摆满丰盛的饭菜，用的都是古董瓷器和家传的银制餐具。晚些时候，她又沏了下午茶，是正山小种，用薄到透明的瓷杯盛着，充满仪式感。这个女人触碰的每样东西都优美雅致，和舍尔歇街的生活形成鲜明对照。我们开玩笑说西蒙娜做任何家务都毫无希望。埃莱娜还模仿她姐姐不屑摆手的轻蔑表情，模仿她如何激烈地坚持说自己有更重要的事情要做。

我们聊了很久，直到下午变成晚上，我聊到她在巴黎学艺术、在葡萄牙和意大利作外交官夫人的日子。聊起她的少女时代，我说，她的记忆生动多彩，和西蒙娜的阴郁回忆截然不同。我告诉埃莱娜，西蒙娜总是说她们家暗无天日，因为不见阳光，她母亲又不准开灯。她放声大笑，说她们住的地方光线充足，在著名的圆亭咖啡馆的三层，大大的窗户打开就是露台，下面就是蒙巴纳斯大街两旁的树木。

西蒙娜记住的是正式场合，穿丑陋黑斜纹布裙的女士围坐在餐桌前，对坐立不安的孩子们表情严厉：他们应该安静坐好，以示对长辈的尊敬。埃莱娜记住的是周日下午的快乐时光。中午一顿大餐以后，她们的祖父常常要求听音乐，于是有人弹钢琴，有人唱歌，全家的宝贝、受宠的小埃莱娜会跳舞，伴奏曲常常出自奥芬巴赫的《美丽的埃莱娜》，这部歌剧当时在巴黎大受欢迎。"你跳舞的时候西蒙娜做什么？"我问。"噢，她可能在那儿生闷气，因为她想去别的什么地方去看书。"想起这个，埃莱娜笑得直发颤。从她们少女时代在梅里尼亚克家族庄园度过的夏天，到西蒙娜和让－保罗·萨特的关系，我从西蒙娜和埃莱娜两个人那里听到的矛盾之处越来越多。

这些差异使我作为传记作者陷入困境：怎么才能确定两姐妹中谁更有根据？怎么去呈现"真正的真相"？怎么在写作中说服读者，让他们相信这是客观真相而不是我出于主观意愿依赖某个证人而非另一位证人？我不知道为什么这么愿意把埃莱娜当作可靠的客观证人，而把西蒙娜作为不可靠的叙述者、觉得她想把个人的真相揉捏成她希望世界相信的故事。当时，我才开始采访西蒙娜没多久，这个客观叙述的问题一直萦绕在我的脑海，我总是放心不下，写了又改，直到稿子付印不能再改为止。

这里，我写贝克特用的一种方法延续到我写波伏娃。只要有多个信源并且这些信源能就同样事件、事故或情况提供叙述，我就把所有内容纳入一个非正式的汇编。有时像清单，有时像图表，有时是我那种华丽夸张的文字：我把所有内容写成一篇，从中找出重要、准确、诚实、客观的内容——涉及这么多特性——以抵达"真正"的现实。做这些事情的同时，我意识到，自己可能沉湎于传记作者容易犯的错误，给某一套事实特殊优待。我愿意认为，我写贝克特的时候表现出谨慎的客观，把这么多跟他关系密切的亲戚的证词融入他的生命故事。但是，第一次见埃莱娜加上跟西蒙娜最开始的几次见面，使我不禁怀疑，自己是否可能游走在危险的边缘，要更看重两姐妹中其中一位的讲述，如果不是出于偏爱的话。我是不是开始倾向于接受自己想写的故事，而不是真正发生的故事？

那个寒冷的雨夜，埃莱娜开车送我去斯特拉斯堡车站，我在路上和她讨论这个情况。她力劝我把她姐姐的记忆放在优先位置，因为就像她反复说的："我姐姐是我认识的最诚实的人。她决不会扭曲事实让她讲的东西有利于自己。"接下来，她又修正自己的话："她会告诉你她知道的真相，或者她认为的真相，不是她想要的真相。"她用一些力度强调了"不是"二字。我日后发现，我直接问西蒙娜的几乎所有的问题，埃莱娜都是对的。

卡塞尔会议让我更担心什么才算"真正的真相"。我听说过有关历史如何由最后一个活人写就的老笑话。一个事件证明，这最后一个人能够如何延续一个谎言，后世应当小心审视。组织者知道贝克特在德国黑森州住过很长时间，他姓辛克莱的表亲就住在那个州，这次会议也在那里举行，因此他们找了可能还记得贝克特或他表亲的人。他们尤其感兴趣的是有关佩姬的信息：很不幸，这位表亲年纪轻轻就死于肺结核，很多学者认为《克拉普最后的录音带》中塑造的那位女性，其灵感就源自佩姬。

佩姬去世时还有一个妹妹，当时8岁，她的好友是一个德国小女孩，当年也8岁。会议的召集者很激动能找到这个老太太，邀请她分享在辛克莱家见到贝克特的记忆。她常常在镇上到处吹嘘说自己还记得贝克特的很多事情。她的到场被宣扬成某种特殊的讲演。她开始讲的时候，与会者全都挺直身子，屏气凝神。

她出身普通，没受过多少教育。她对辛克莱家的记忆逐渐展开，一个小孩子明显不可能观察到她描述的那种成年人的行为。当观众敦促她回答只有年龄大得多的观察者才可能回答的问题，她面红耳赤，慌了手脚，声音也变得很大。然后开始编造。她试图给观众留下好印象，他们想要什么故事她就现场编什么故事，因为她显然不大记得青年贝克特，甚至完全不记得。她一心取悦的样子令人难过。

最后，一位召集者打断她的尖声独白，感谢她到场，带她下台。经过观众席，她试图和人们目光接触，但多数人都拒绝看她。她显然觉得尴尬丢脸，我也为她难过。但是，这再次证明，传记作者必须权衡每一个记忆，然后才能把任何内容交付后世。如果不信任讲述者，就不能信任对方所讲。

33

会议一结束,我就坐火车到附近的法兰克福,然后飞巴黎,最后几周的工作时间一刻也不想浪费。我已经给西蒙娜·德·波伏娃录了足足14小时的音,给埃莱娜录了6小时,其他人录了多少小时还没计算。我准备再和波伏娃谈几次,和奥尔加、博斯特见一轮,这些内容我在回家的飞机上恐怕都听不完。

我回到巴黎后的第一个早晨,埃伦·赖特跟我喝咖啡时出其不意地说,出版商突然都急着见我,想跟我谈合同。她认为,他们之所以对一本有关波伏娃的书感兴趣,是因为贝尼·莱维有关萨特的新书。"报纸杂志有很多报道,关于莱维打破'两年的沉默'。他们都站在他一边,反对'老女人帮'(波伏娃自封的'家人'),但尤其是反对波伏娃。我不知道自己为什么对此感到意外。这时候,我应该已经知道,人们就是不喜欢她。"但是,如果这让法国出版商想买我的书,我没意见。见到波伏娃的时候,我觉得可以提出此前一直推迟的艰难问题了。毫无疑问,接下来会是有趣的一周。

西蒙娜急切地想知道我去见埃莱娜的情况,所以一开始我先复述埃莱娜的回忆。西蒙娜活跃起来,笑着忆起少女时代的种种冒险,尤其是某年夏天,他们还在读书的时候,萨特跑到梅里尼亚克。因为父亲不赞成他们交往,她把他藏在隔壁拉格里耶尔庄园的鸽子棚。波伏娃生动地模仿表姐妹马格德莱娜把食物藏在围裙里偷偷送给萨特,还兴致勃勃地讲起如何在夜里溜出来跟他幽会,我觉得这是一个好时机,可以提出她之前一直不情愿谈论的话题。

为把谈话转到那个方向,我告诉她《贝克特传》的出版人、法亚尔出版公司的克洛德·迪朗提出跟我签约的好消息。她很高兴自己的传记也将在这位受人尊敬的出版人名下出版。这让我顺势转入下一个话题,说我刚读了当时占据文学新闻头条的书,贝尼·莱维有关萨特的书,我们能否谈谈这本书?她的情绪瞬间改变。谈起萨特的晚年,她脸色发红,声音也嘶哑了。在这之前,每次我提到莱维,她都谴责他是善于操纵的骗子,但不肯细说,除了萨特"皈依犹太教完全是贝尼编造出来的"。这一回,她提供更多细节。"没错,萨特有犹太血统。这当然是他存在的一个方面。但他也是法国人,法国身份对他是首要的。他是作家,政治人物,他母亲的好儿子,很多女人的情人。他是所有这些身份,这些身份也都是他的一部分。不存在皈依犹太教这回事:犹太身份没有成为他最重要的部分,而只是他的很多部分之一。让萨特抛弃他终身捍卫的一切,这是可怕的谎言。"

她不愿意细说莱维如何成为萨特晚年生命里最重要的两个人物之一，如何把别人都边缘化或者排除在外，尤其是她。前几次采访，每当我想从她那里挤出更多细节，我都感觉，她的犹豫跟她认为的个人失败有关：她因为在所爱的男人无助的时候抛弃他感到羞愧。现在，我问她是否因为这种爱、因为不忍目睹他的衰老失能而自愿地把照顾他的工作交给别人，她证实我的想法，脱口道，萨特的日常生活已经变得肮脏丑陋令人悲哀，让两个不介意待在他身边的年轻人完成照顾他的艰巨工作容易一些。多年的烟酒使萨特血管硬化，大脑退化。他经常失禁，弄脏自己。他也不注意个人卫生，衣服总是脏的，有口臭，体味难闻。但他仍然要求给他找年轻性感的床伴。的确也来了很多这样的姑娘，为炫耀曾经和这位伟大的哲学家同床共枕。波伏娃特别说到一个这样的姑娘，是签证有问题的外国人，高兴地来了多次。

一旦阿莱特·埃尔坎进入萨特的生活，波伏娃就让她占据中心舞台，自己只是继续完成安抚他两个老情人米歇尔·维安（鲍里斯·维安的遗孀）和万达·科萨卡凯维奇（奥尔加·博斯特的妹妹）的工作。波伏娃从来都不是一个呵护者；但是，当阿莱特禁止这两个女人见萨特（她们的主要经济来源），她们因此惶然无助时，她觉得自己别无选择。米歇尔处于痴呆初期；万达持续终生的精神问题那时更为严重，朋友们都担心她可能严重伤害自己。是波伏娃确保萨特每月给她们的抚养费源源不断，是她在她们表现得失控时赶去安慰。

就像波伏娃的妹妹说的，波伏娃关于萨特晚年的书《告别的仪式》也清楚地表明：波伏娃不逃避丑陋的真相，也不试图弱化或美化萨特生命最后那几年的丑陋。她也不试图粉饰自己放弃对他的责任如何促成这种丑陋。等到她对我开口的时候，她对阿莱特·埃尔坎-萨特已经没有好话。这个年轻的阿尔及利亚犹太姑娘先是他的情人，后来成为他的养女。她反复痛斥阿莱特如何哄骗萨特的所有"家人"，使他们相信她作为他的"情人"出现。一旦他们允许她接手他的日常饮食和个人卫生，让她管理他的房子和文学事务就顺理成章。直到萨特宣布收养阿莱特并把她立为自己的唯一继承人，他们才意识到都被"骗了"。

可是，那时已经太晚了。波伏娃保存颜面，在公开场合表现为阿莱特的坚定支持者，假装表示完全支持萨特的决定，甚至同意在法国法律要求的程序期间给阿莱特作保人，因为只有家庭成员才有权继承财产（萨特的财产数额巨大），没有血缘关系的亲属必须合法收养才能继承。波伏娃私下对这件事极其震惊，对外却说她从"他们（萨特和阿莱特）的友谊"一开始就赞成收养。只有对我和其他几个人，包括西尔薇、埃莱娜和朗兹曼，她才怒斥这场在她背后发生的背叛。

设法让波伏娃告诉我她为什么如此鄙视贝尼和阿莱特以后，我觉得是时候了，可以敦促她回答那个一直是我们分歧源头的重要问题：她的性取向。我想从她和男性的恋情转向她和女性的恋情，但我知道要小心行事。

我每次在脑海里处理这个主题都会用到网球的比喻。一开始总是简单地挑高球，把大力抽杀留在后头，而且我总是希望有机会在她最没有准备的时候来一记吊小球。最简单的拦击办法是请她谈谈她当年和萨特还是学生准备开始共同生活时达成的"约定"。按照这项约定，他们在彼此的爱情中都头等重要，"不可缺少"，但他们也可以自由地享受"临时"恋情。就她而言（至少在我们对话的开始），在与萨特的关系里，与萨特有关的一切自始至终都恰好符合她的希望，完美无缺。然而，他们"家庭"中的其他每个人都对我讲了他们觉得波伏娃如何艰难应付萨特贪婪的性欲。这些故事描绘的可不是一个心甘情愿接受另一方不断出轨的伴侣，而是一个伤心欲绝、饱受折磨的女人，常常用酒把自己灌到神志不清，哭到筋疲力尽。

我们坐在各自常坐的地方聊着这一切。波伏娃坐在她的长沙发上，我坐在离她最近的宝贝小椅子上，我们之间摆着咖啡桌。最初几次会面之后，她很快就不再使用自己的录音机，也不再摆上她的"工作"装备。她的钢笔一直盖着笔帽放在小碟里，她也从不使用旁边的小记事本。但是，我仍然在小文件卡上准备问题，并把它们放在我自己的录音机旁边。我拿着速记本，在谈话的时候随手记录，记下来的内容五花八门，包括我偶尔需要去查的法语单词或短语。她的词汇如此丰富多样，以至于我有时不确定理解得对不对，需要向她求证。有时候，我让她的朋友们听一些录音，给我提供准确的解读和翻译。

我把她更为放松的态度看作信任增强的迹象，但她仍然需要把我看成工作中的专业人士，我的小档案卡有时也会带来麻烦。在大多数采访中，我们一边谈着，一摞卡片很快也分成两摞，一边是问过也答过的问题，另一边是还没问的问题。有时候，当我看到某个问题引向一个她可能不想触碰的敏感领域，我会试图把那张卡片塞到没问的那摞卡片的最底下，等到更有利的时机再问。她非常敏锐，观察力极强。"那是什么？"她会问。"没什么，不重要，"我尽量装出漫不经心的样子说，"咱们可以留到以后再说。"她不屈不挠，"现在就问。"她会坚持，我则尝试提出各种不会引她发怒的假问题。我编出来的东西常常无聊至极，以至于我知道她知道我是在瞎编！

但她偶尔的确会勃然大怒，比如，当我逼她谈谈她和萨特在战争期间做了什么（或者没有做什么）的时候。有一次采访，毫不夸张地说，她从她坐的老地方跳起来，站得比我见过的任何情况下都直，大喊："采访结束了！你必须立刻离开！"我对她的突然爆发感到震惊，不知该怎么办，但既然她站着，我也站起来。我肯定是犹豫了太长时间，因为她不停地大叫："走吧！走吧！"我尽可能快地把东西都收好，大衣穿了一半，围巾挂在脖子上直绊脚，朝门口走去。我的动作显然不够快，因为她在我后腰猛推了一把，"砰"的一声关上门。

"现在怎么办？！"这是我接下来几天不断思考的事情，尽管我没有采取任何举动联系她，主要是因为想不出怎么做才合适。3天后，我直接在我们约好下次采访的时间出现在她家。我们恢复对话，好像一切都没发生过。那时，我了解到,在我所谓的"透明卷帘门"轰然倒塌之前,我只能给她这么大的压力。

我可以问问题 A,她会回答,知道我很可能会接着问问题 B,那也 OK,尽管她可能感觉到问题 C 是列表中的下一个。她不会回答问题 C,因为那会带我去我想去的地方,也就是问题 D,而她绝对不想回答。"透明卷帘门"拉下来,我可以清楚地看到对面,她也一样,但我们听不见彼此,也不能有其他任何接触,这恰恰是她想要的效果。

但这挡不住我。有时候我知道,想要问题 D 的答案,我就得主动出击。我会面带微笑但声音无比严肃地对她说,是时候了,我确实需要问题 D 的答案,不然这个特定主题就写不下去。这时候,她就圆乎乎矮墩墩气鼓鼓脏兮兮地在那儿坐挺长时间,最后重重叹口气,告诉我我需要知道的情况,确保我写下来的内容是这个主题的准确描述。波伏娃和女性的关系就是这样一个主题,但就西尔薇·勒·邦而言,我甚至不需要提出问题 D。波伏娃替我做了。

我第一次见西尔薇的时候问了波伏娃几个泛泛的问题,有关她为什么收养她。波伏娃坚持说,这是"唯一明智的选择,因为'娃娃'(埃莱娜儿时的绰号)和我都老了,利昂内尔有病"。她说,如果她先离世,她"相信"西尔薇会按照有利于她俩的方式实施她的遗愿。我百分之百愿意接受她的解释,尽管我从埃莱娜那里了解到她姐姐的行为给她多深的伤害。令人遗憾的是,她对西尔薇的担心是对的。波伏娃去世以后,西尔薇干下可鄙的勾当。但这都发生在我的传记出版以后。人们问我西蒙娜和西尔薇之间到底是怎么回事，我总是采用波伏娃的说法回答："德·波伏娃女士信任的朋友会确保她的家人和朋友得到保护，她的财产得到适当的管理。"但是，关于她们是情人的提法不断地出现。

巴黎是个很小的地方，文学界这个小圈子常常尤其险恶。关于我的谣言有时候传到波伏娃那里，通常涉及我要怎么写她，尽管这些谣言完全不同于有关贝克特和我的谣言（说我利用性获得他的许可给他写传记），我发现涉及波伏娃的谣言造成的困扰还要大得多。他们告诉她的常常不仅是简单的曲解，而是彻头彻尾的谎言。有好多次我不得不向她解释，她听到的有关我的故事都是假的，她每次都相信我，并且加深对我的信任。那些年，我格外小心，但就算这样，也不足以阻止那些谣言，这样的谣言在我们之间制造过短暂的混乱。

我以为自己成功保持局面的平稳，直到两个在美国生活工作的法国女人决定她们也要写波伏娃传记并且蓄意破坏我的传记。克洛德·弗朗西斯和费尔南德·贡捷两位教授在学术休假时来到巴黎，要和波伏娃见面并做采访。波伏娃问我她应该怎么做。我说，合作与否由她自己决定，想对她们吐露多少也由她决定。我们下次见面的时候，她说已经见过她们，并且不屑地说她们不构成竞争，因为问的问题全都围绕她的女权主义。她说还会再见她们几次，但我不必担心。不过，她们确实想见见我，她把我的电话告诉了她们。

她们打电话请我吃饭,出于礼貌,我去了。从见面那一刻,我就不信任这两个人。那顿饭吃得很郁闷,在一个阴森森的小饭馆,她们全程讨论的只有一件事:"波伏娃在西尔薇身上新发现的同性之爱。"我尽快找理由脱身,当即决定不再跟这两个女人有任何联络。

下次见面,我看得出波伏娃情绪极糟。我面前是一个怒火中烧、充满怨恨的女人,坐在沙发上她的小窝里。她涨红着脸,言语简短唐突甚至粗鲁。之前有过几次,我刚开始提问她就发脾气,但她通常都会意识到,让她心烦的事情都和我无关——她的女权主义朋友提出的要求过多,她不想见多年以后突然出现的某个资产阶级学校的老同学,西尔薇想让她做某件她不想做的事情等等——于是她会恢复合作态度。这回,她的坏情绪不仅没消,反而越来越严重。她很少因为开心而春光满面,但一生气或心烦就会脸色发黑。我当时正在想,从来没见过她的脸色这么红一块白一块的,这时她突然爆发了:"你想要写西尔薇和我是同性恋!你想要告诉全世界!"她说"同性恋"这个字的时候,几乎在嚷嚷。

我之前还没想好怎么问她和西尔薇的关系到底是什么性质,觉着这个话题最好留到研究和采访结束时再说。我的逻辑是,为什么要在没有必要的时候制造麻烦,为什么不先挑高球等到时机成熟再来一记绝杀?这股怒火显然由别人煽动,我按照逻辑推理得结论:这来自弗朗西斯和贡捷。我问波伏娃,她证实我的怀疑,说这两个女人"警告"她,我谈的都是她的"同性性爱",我的书也打算写这个。

我对她说，我认为她这时候已经对我有充分了解，知道情况并非如此。她说是的，当然，她一分钟都没相信她们的话，我相信她这么说的时候是春光满面的。我认为她希望我放弃这个话题，但我没有。我镇静地说，很高兴这个话题提出来，现在她应该谈谈这种关系，这样我才好知道怎么下笔。

"我们不是同性恋！"她几乎又一次嚷着说出那个词，"我们没有做——"这时她没有用语言，而是用手，手心向上，坚决有力朝下体一挥。

"不好意思，"我说，"但您得告诉我。"——我也用手往下一挥——"是什么意思。"

"当然可以，我们接吻，拥抱，触碰彼此的乳房，但我们，"——又是向下一挥——"这下面什么也没做！所以你不能说我们是同性恋！"

那么，我想，我该怎么称呼她们？她决意否认和女性的接触，尽管存在那么多相反证据。可是，作为传记作者，我无法忽视她生命的这个部分。几个月后，我回到纽约解决了这个问题。当时，我召集来自不同领域、不同性取向的女权主义学者帮我找到写她性身份的最好办法。我采纳公认的观点，当时在写埃莉诺·罗斯福传记的布兰奇·维森·库克表达得最好："如果她自己不认同同性恋这个身份，你就不能说她是同性恋。"因此，我写了措辞谨慎的尾注，极其学术，尽量接近我总结的复杂的性身份，然后就此打住。

还有一些时候，常常是正式采访结束后，一个顺口问的问题带来惊人发现。有一个这样的时刻给我留下特别鲜明的记忆，永远难忘。当时，我们结束紧张的长谈，我成功说服她升起"透明卷帘门"让我过去。我们俩都筋疲力尽，按老规矩喝着威士忌。我们坐着，她大口灌下去，又给自己倒上，我则一小口一小口尽量慢慢地抿着喝。这时，我注意到她左手中指上的粗大银环。这个东西我以前见过很多次，但从没想过请她讲一讲，现在我只是设法进行礼貌的交谈，直到觉得自己可以告退。"真是一只有趣的戒指。"我说，并且告诉她我常常觉得这只戒指很美。

"阿尔格伦送的。我戴在这个手指，因为本来应该是我的结婚戒指，我要戴着它进坟墓。"

我还来不及消化这个令人震惊的主动招供，她就打开话匣子，讲起他们恋情的全过程，她如何爱上他，他又如何在他们到墨西哥度假时向她求婚，她如何第一次认真考虑离开法国——更准确说是离开萨特，搬到芝加哥成为美式家庭主妇。她在不停地说，我却发了愁。这对传记都是关键信息，但记录在案的工作访谈已经结束，我不敢拿出录音机或记录本，害怕干扰她的回忆，使她停下不说了。我当然不能打断她，问她讲的这些能否公开写入传记，所以就让她继续说。在我记忆中，没有哪个话题像阿尔格伦这样使她如此感动，如此兴奋。我眼前仿佛是一个年轻姑娘，深深地、浪漫地、心醉神迷地陷入爱情。她谈起萨特、朗兹曼或者她所说的"一时的迷恋对象"（和她有过一夜情或偶发恋情的男人）时，没有一次表现出这样的情感，而是带着一种超脱冷漠,以至于我脑海中常有一个画面:在性行为的过程中,她从头到尾都穿着白大褂,像对待显微镜下的样本一样审视对方。只有说起阿尔格伦,她才变得少女,风情,快乐到发光,也伤心到刻骨——一切都体现在这一次讲述中。

这次谈话之后,她情绪高昂,我也非常感动,但更强烈的感受是惶恐,不知如何写她刚刚透露给我的故事。当她向我讲述生命里这个重要的时刻,我们是在私下聊天。如果传记里使用这个内容,那算不算道德越界?我决定晚些时候再思考这个问题,并且询问她本人。我必须趁着印象还清晰赶紧都记下来,所以沿着她住的街道拐上蒙巴纳斯大街,去到多姆咖啡馆,坐在我最喜欢的窗边座位。我点了常点的白葡萄酒,掏出记录本,把她说的一切都记录下来。

某个时刻,我停下来喘口气,抬头望向窗外。这时我看到萨缪尔·贝克特,晃晃悠悠穿过马路,似乎马上就要朝窗户里看并且看见我坐在那儿。怎么办?真是不平凡的一天,事情还没完。

34

波伏娃告诉我阿尔格伦送戒指的那天晚上,是我完成贝克特传记以后第一次见到他。为消化这次目击,我不得不在日记里记录:"今天发生的一切太震惊了。波伏娃对我讲了阿尔格伦的事情,我在多姆试图消化这些信息,不知为什么,我开始琢磨:如果贝克特现在经过这里会发生什么?我该怎么办?就在这时——他出现了!我差点晕过去。我坐在那儿,动弹不得,觉得自己肯定要眼前发黑失去知觉,引起混乱。我的心怦怦直跳,看着他在门口停下。我屏住呼吸,但他没进来,也没看见我,而是沿着街道继续向前走。我石化了,动弹不得。"

我想,在某个深层次上,我知道自己过度紧张,没办法和他对话。我担心他可能掉转方向再返回来,就挣扎着起身离开多姆咖啡馆。我望着他远去的方向,以便确认是否警报解除可以安全撤退,结果看到他高高的身影晃悠进了圆顶咖啡馆。片刻间,我不太认真地想象,可以跟在他后头进去,假装只是碰巧。但算了吧,那是浪费钱,我太紧张了，不管是和他一起，还是自己单独坐一个桌子，都吃不下那些昂贵的食物。

波伏娃袒露的惊人信息和接下来与贝克特的擦肩而过让我情绪激动，头脑纷乱。我一直步行到圣叙尔比斯教堂，然后坐地铁从常走的车站下车。我瘫倒在公寓，但那一夜的大部分时间都睡得断断续续，经常醒过来伏在记录本上草草写下刚刚想起来的东西或者日后想要探究的新想法，有关自己那天为什么如此行事。回想起来，躲着贝克特似乎有些可笑，我自己也觉得尴尬。多年以后，想到这件事我还会脸红。

第二天，我到晚上才有约，我也需要那段时间一个人待着，给自己减压，弄明白为什么不想和萨缪尔·贝克特说话。是因为完全沉浸在围绕波伏娃的写作和思考中了吗？这和写贝克特的方式完全不同。这可能是一个原因，一旦开始写波伏娃，我动笔之后就选择不再读任何传记。我产生一种可能是非理性的恐惧，担心会不经意沾染别人作品的文体特点，甚至抄袭别人。这种习惯我保持至今。我不想跟贝克特说话可能也是出于这方面的考虑，担心跟他交谈会影响我如何跟波伏娃交谈，接下来又使我写他的书影响到我写她的书。这是一种真实存在的可能，但我觉得，我避开他最大概率是因为"影响的焦虑"，因为《贝克特传》在法国引起轩然大波，加入"贝克特俱乐部"已经成为法国知识精英热爱的消遣。

不去见波伏娃的时候，我设法用采访填满，因此事先通过写信尽可能多安排采访。我到巴黎的消息在舆论界传开，各色人物都来争取我的时间。要么想让我为波伏娃的书采访他们，要么就像记者作家皮埃尔·阿苏利纳那样，想采访我本人。但采访主题不是波伏娃，而是贝克特和4年前出的那本书。

阿苏利纳请我吃午饭，我上气不接下气地迟到了，因为我听错街名，意识到自己弄错以后飞奔穿过第六区。我还没坐稳，他就开始"关于贝克特的逼供。他突然跟我说，美国的'贝克特俱乐部'成员全都恨我，并且说服法国的成员也恨我。他说，恨之强烈他前所未见。现在法国人也相信他们的话，开始喷发同样的恨。（阿维格多尔·）阿里卡说，如果阿苏利纳跟我说话，他就永远不再跟他说话。（热罗姆·）兰东也是一样，他否认认识我，说我写的全是谎言。我这时打断他，让他去见见介绍我认识兰东的玛丽·克林，问问克林如果没有兰东许可我怎么能接触到那些档案和照片。阿苏利纳幸灾乐祸地继续在那里胡扯，又讲了更多此类疯狂的谣言，恶心至极"。

我对此应该有充分准备。就在那天早晨，我接到玛丽·克林的电话，说瑞士第欧根尼出版社准备撤销德文版《贝克特传》的出版合同，因为"'出版社担心在法国的负面反应影响德文版销售，尤其是有关你和他的那些性暗示。'玛丽警告说，看来我面对的敌人很强大，一心要拆这本书的台。"

阿苏利纳继续说那些恨我的人如何如何，我则设法解释"贝克特俱乐部"成员的嫉妒，连珠炮似的说了一大通："我写了他们没人敢写的书，他们想阻挠这本书取得成功，想干扰我的事业，却始终徒劳。现在他们忍受不了自己的无能。我开始猛烈抨击女性在职场特别是在学术界的地位问题。他说，这很美国——女权主义者失去控制，男人怒不可遏，当然法国的情况比较复杂。我想，我们最后告别时成了朋友，因为他送我一本他的书，慷慨地签了名，并且邀请我给《读书》杂志写一篇有关贝克特的文章。"

我确实给阿苏利纳主编的这份杂志写了一篇文章，文章和他对我的采访一起发表。我估计他不得不迎合他的基础读者，因为他显然忍不住无端抨击《贝克特传》和我个人。我对他什么也没说，而是在日记里发泄愤怒："彼埃尔寄来他的文章，里面有'向圣人萨姆致敬'之类的套话。我礼貌地回复说谢谢，尽管他的文章挖苦我和我的工作。可能因为他们太蠢，太迷贝克特，或者太害怕冒犯他，似乎没有人问，为什么他围着这么一层病态的面纱，这对他的性格、对他周遭那些人的性格说明了什么。为什么有这许多人阳奉阴违背后捅刀子？为什么不明着来？我是所有人癔症的对象，因为我写了那本传记，并且拒绝在他旁边蹑手蹑脚，成为那群人里的一个。应该问问，为什么这些所谓成熟成功的男人需要拿我当替罪羊。应该问问，为什么在所有那些关于贝克特的书里，我的书是他们总会提到也总会引用（当然大多数都是负面）的那一本，我认为这更说明问题。对我来说，重要的在于，我写出一部诚实的杰作，在'贝克特俱乐部'这些成员灰飞烟灭之后仍会长存。"

问题是，阿苏利纳在这次见面之前根本不认识我，却知道关于我的所有谣言，所以贝克特听到的可能还更多。我真高兴能身处西蒙娜·德·波伏娃的世界，而无意回到他那个世界。这个世界直来直去；那个世界人们因为害怕被他排斥而如履薄冰。就像我说的："波伏娃的世界健康得多，有活力得多。跟不害怕'怪杰'的人在一起真开心。他们敬她爱她，但毫不迟疑地反驳她。他们对她（也对我）直话直说，不管是什么。"

跟西蒙娜·德·波伏娃合作的那些年，我避不开贝克特的世界。写文章、参加会议和研讨会的邀请就没断过（尤其是来自德国的邀请，那是唯一一个始终聚焦于诚实评价他的经典作品以及我的相关写作的地方）。我讨厌这些事情分散精力，使我不能按部就班地写波伏娃。但我又觉得，不接受这些邀请等于胆怯。就像路易丝·布尔乔亚一样，我咬紧牙关，束紧腰带，去冲锋陷阵。西蒙娜·德·波伏娃的榜样影响着我，我和法国女权主义者不断扩大的友谊也一样。就算还没准备好见贝克特，我也准备好实施某些重大的改变。第一个就是炒掉我的经纪人。

卡尔·布兰特对我始终就像对一只菜鸟。他提出为我做代理的时候我的确对出版一窍不通，但自从签下《萨缪尔·贝克特传》的合同以后，我这些年学了不少东西。我经常提出想写点什么，从杂志文章到日后的新书，每次他都告诉我为什么这些点子没有价值。我经常在新书发布会或其他招待会上遇到出版界的人，有好几位编辑都表示，很遗憾我没接受他们的约稿，如果知道题材，我应该会喜欢写。我问卡尔为什么不给我接受或拒绝的机会，他说这些不是我操心的事情,他替我做决定。

他的话让我耿耿于怀,因为我一直在设法筹钱支付研究和旅行费用。就在我花太多时间申请补助和奖学金的同时,他的一项所谓决定让我失去一笔可观的预付款,这成了压倒骆驼的最后一根稻草。事情是这样的:一位英国出版人约我写一本关于T.S.艾略特的短书,编入一套大众丛书,而我其实早就想写写艾略特。对方提供的费用(在可怜的我看来)高得惊人,大部分都是预付。而且,最棒的是,我可以写完波伏娃传记再动笔。可是卡尔根本没对我讲过这件事,直到别人接受约稿我才发现。我在某次聚会上见到那位丛书编辑,他说:"太遗憾了你没接受。你本来是我们的首选。"

我把这件事告诉两个好友,作家朱迪丝·罗斯纳和芭芭拉·西曼,她们也像我一样感到难以置信。向来直率豪爽的朱迪丝给出答案:"你需要一个能为你服务的好女人!把那家伙炒了!摆脱那个侮辱人的《波伏娃传记》合同!"我就是这么做的。我给卡尔打电话,他破天荒接了。我告诉他为什么不想再让他做代理,他说"好吧"就挂了。我们从此再没说过话。

朱迪给我四位女性经纪人的名字,让我面试,选一个最喜欢的。尽管经历了那么多,想到要面试这些在文学界享有如此盛誉的女性,我仍然觉得紧张。不过,见过第一位以后就没必要再见别人了,她就是伊莱恩·马克森。我们一见如故,她的友谊和忠告在接下来的28年里一直扶持着我。

身在巴黎远离宾夕法尼亚大学使我躲开另一种烦恼：刻薄的同事，终身教职之争，诸如此类。在公寓里倒是经常接到宾大的电话，但这些电话不仅富于建设性，而且神奇有趣。最近成为宾大联络部主任的非凡女性玛丽·佩罗·尼科尔斯似乎正在筹划一场具有开创意义的国际女权大会。法国政府将支付大部分会费，还将负担12~15位重要女性学者、作家、政界人士和艺术家的参会花销。核心人物，如我写的，将是："西蒙娜·德·波伏娃：活着并亲自参加！是啊，没错——他们做梦呢。"这个项目似乎过于宏大，我一开始就有保留。但是，如果真能实现，那确实了不起。玛丽知道我在写《波伏娃传》，因此希望我能成为重要的盟友，说服波伏娃参加。

萨特去世后，法国女性就试图在多条战线把波伏娃当作发言人。1982年，一个女性中心成立并以她命名：西蒙娜·德·波伏娃视听中心。这个中心致力于收集保存与女性历史有关的一切，由（用她们自己的话说）"三名好斗的女权主义者"创建，分别是电影导演卡萝勒·鲁索普洛斯、演员德尔菲娜·塞里格和导演约安娜·维德尔。波伏娃因为这个中心以她命名倍感骄傲。

那些年，她的很多活动都致力于支持女性。她签署《121人宣言》，加入承认做过堕胎的女性行列，还同意参加伊薇特·鲁迪通过妇女权利部主办的所有项目。当年轻一

---

1 1960年，121位知识分子签署的公开信，呼吁法国政府和舆论承认阿尔及利亚战争是争取独立的合法斗争。——译注

些的女权主义组织请她参加会议,她毫不犹豫,马上接受。她和鲁迪的私人顾问米歇尔·科基亚密切合作,后者对女性处境的精彩洞见丰富了我自己的女权主义教育。波伏娃同意女权主义小组在她的公寓开会,策划妇女解放运动的抗议战略,并且建议她们如何写宣言和公告。当我们的谈话里出现她们当中某些人的名字,她总是态度热情。她提到的人包括克洛迪娜·蒙泰伊和代表妇女解放运动的安妮·泽连斯基。她很开心记者若西亚娜·萨维尼奥写有关她的文章,以及热纳维耶芙·弗雷塞教授在课上讲她的写作。波伏娃还很自然地给女权主义出版人弗朗索瓦丝·帕基耶打电话,建议她出版某人的新书。她和同代人科莱特·奥德里保持着联系。后者骄傲地告诉我,现在她已经太老了,喜欢把自己称作"法国第一位女权主义者、激励鼓舞波伏娃的人"。尽管克莱尔·埃舍雷利不是主动的参与者,波伏娃因为在《现代》杂志的工作喜欢她,也逐渐依赖她。

我从未要求参加在她公寓举行的这些小规模策划会议,她也从未邀请过我,但那些公共活动我都参加——不是陪波伏娃一起去,而是在足够近的地方观察她的行为。我看得出来,她很骄傲参加这种活动,尤其骄傲伊薇特·鲁迪总是特别点明她的到场。

萨特在世的时候,她的日常安排完全不同。在阿莱特彻底把她排除在外以前,她的一切行动几乎都围绕他的日常需求。他不在了,她仿佛重塑自我,可以按照自己的意愿生活。她仍然早起,尽管很少急着面对这一天。她喝茶,读报，看信，到上午十点来钟开始进入状态。如果有时间，她通常会回信，打电话，写点东西。她不再需要下午一点去萨特的公寓吃午饭，因此通常在家吃，西尔薇给她送饭，除非她有约。她尽量把社交活动安排在下午两三点，因为希望在四点或五点前回来工作。但是，她经常要到九点甚至更晚才能工作，就像萨特还活着的时候一样，因为她的生活不再像过去那么私人化。这种自由并非没有代价，因为她的女权主义活动把她放到公众视野的中心。她是法国的 Monstre sacré，他们爱戴尊敬的"怪杰"。

玛丽·尼科尔斯有那么多精彩的点子，要把女权主义意识引入宾大，在我们后来的无数次通话中，我听得头晕脑涨。我在她的又一次创意爆发后问，她把这么多理念的气球抛上天，想达到什么目标，她有现成的答案："抛出去 300 个是好事情，因为哪怕能留住 10 个你就很有优势了。"但是，说到"波伏娃会议"——这很快成为我们对那次大会的简称——至少留住了 100 个点子。

等到我 1982 年 2 月底回家的时候，玛丽已经获得法国驻纽约总领事馆所有重要人物的合作。在他们的帮助下，她也得到法国驻华盛顿大使馆的热情支持。他们帮她计划法国之行：她和我将作为法国政府的客人，官方也将确保我们拿到需要的一切，接触到我们希望参会的所有人员。但是，玛丽首先请我单独去一趟巴黎，说服波伏娃。尽管她之前拒绝来宾州接受荣誉学位，她一定要来参加这次大会。

因为玛丽拿到的预算，我几周后又回到巴黎，3月份在那里小住10天。那些天我和波伏娃都非常忙。埃莱娜要举办画廊新作展的开幕式酒会，西蒙娜计划参加。宣传报道也已经开始，记者和采访者希望围绕这两姐妹写文章做节目。她有点抱怨自己被占用很多时间，但她其实不是这个意思。她告诉我一个"不可以公开，就是你我知道"的情况：她担心，她与法国女权主义者公开合作而新近获得的关注才是埃莱娜画作获得关注的真实原因。但令人遗憾的是，埃莱娜其实比她姐姐早很多年就开始参与女权运动。早在1975年，埃莱娜就发挥关键作用，在阿尔萨斯给受虐待女性建起收容所。此后，她参加游行，帮助撰写宣言，尽一切所能帮助女性。但是，她的名字不像姐姐那样引发关注。当巴黎女性以多种方式动员起来的时候，她们选择西蒙娜作为领袖。埃莱娜始终从女性的最佳利益出发，于是有风度地让开，把领导地位留给西蒙娜。

西蒙娜爱她妹妹，尽管她有时候抱怨看不懂埃莱娜的画，不知道为什么卖出去的画那么少，间隔那么久才有一次画展，她还是不停地画。令人遗憾的是，她在几封信里用相当难听的语言吐露这些想法，西尔薇拿到这些信并在若干年后出版，当时西蒙娜已经离世，但埃莱娜还活着。我有几次和埃莱娜在一起的时候，看到她如何被姐姐那些欠考虑的随意发言深深伤害。没有一个"家人"理解西尔薇怎么能够残忍到公开这些信，我至今也找不到合适的解释。

西蒙娜·德·波伏娃说过的很多话其实并不当真，有些关于女权主义者的泛泛评论就属于这类。正如她对妹妹的画作表示不屑，她对我说，因为"那帮女权主义者的需求"，我们不得不缩短这10天里的面谈时间，这让她心烦。但是，我每次说想跟她聊聊，她都能挤出时间见我，而且每次都肯定那些"战略会议"开得多好。显然，那些会议使她更有干劲儿，她也珍视那些活动，尽管抱怨占用了她的时间。

"啊，戴丽德。"她有时候假装抱怨又要去参加会议并提议我陪她一起去。我赶快找借口说去不了，但晚点会自己过去：这也许是反应过度。我觉得这种态度可以追溯到我跟贝克特的圈子打交道那些岁月。当年，我决心不加入其中，而是保持谨慎的客观。这些女权主义者很多都成了我的好友，有些人来美国的时候还到我家暂住。我在法国期间没少给她们做"美式正餐"。她们经常要求我做的两道招牌菜有美式"炖肉"（炖牛肉）和肉饼配烤土豆。我猜自己总能找到理由不做波伏娃的陪同，因为我不希望有人认为我的书是她授意写的。

现在我得打动她，使她意识到她现身费城大会的重要性；另外，如果她不想住酒店，我一定会请她住到家里。我使出全身解数说服她，告诉她一切都取决于她的到场。她专注地听着，有很长时间没说话。我生出希望，以为她在认真考虑。可她最后说："我确实来不了，我年纪大了，太累了。"

我把这记在日记里，还写了听她这番话有多不高兴，因为之前她说过想在1982年7月去纽约过个"私人假期"。

更让我不快的是,她上一秒才告诉我自己太老太累,下一秒就容光焕发地说,我们的事情一结束她就要去度假。她之前多次告诉我,她打算最后去一次伦敦(从未成行),于是我问她是不是打算去那儿。"不是去伦敦,但我也不告诉你去哪儿。"(后来她告诉我,她打算去比亚里茨享受海水浴)。

我说了什么或做了什么招来这种待遇?她对我常常态度暴躁,又守口如瓶,但这种情况没遇见过。还没等我琢磨清楚,她就随口说,可以给我一个名单,列出她希望政府资助参会的法国女性,但"我希望你邀请的美国人只有一个:凯特·米利特。"最后说:"你想让我做什么都没问题,但我不会亲自到场。"我最后努力一次,想让她理解她的到场有多么重要,没有她法国政府不可能赞助这么多女性。"他们当然会让她们去的,因为我会跟他们说必须这么做。"

她显然被自己最近在女权主义者中间的人气冲昏了头。但是,我怎么才能告诉她,法国政府不会只为赞美她的声望就忙不迭地拿出成千上万美元?我又怎么把她的决定转达给大会组织者,她们花了这么多时间精力和金钱才走到今天这步?她对此也有办法。"我明天替你写一封正式的信。她们会接受我的决定。"听到这里,我感觉下巴都掉到地上了。那天晚上,我写道:"她永远都让我觉得不可思议。真是奇葩!"

离开她家以后,还好我晚上没有约,因为我需要想清楚怎么把这个消息告诉玛丽·尼科尔斯。第二天是我在巴

· 303 ·

黎的最后一个整天,从早到很晚都排得满满的。于是我去了圆顶咖啡馆,点了半瓶上好的葡萄酒和一顿精美的晚餐。这次旅行我没什么时间社交,因此决定宠溺一下自己(刷自己的信用卡),享受牡蛎和多佛龙利鱼。我不让自己去琢磨怎么传达波伏娃极不现实的态度,直到不得不去琢磨。还是那句话,事不临头,没必要担心。

35

在飞回家的途中，我全程都在担心怎么把西蒙娜·德·波伏娃不来参加会议的消息告诉给玛丽·尼科尔斯。我不能说很生她的气，但肯定是有点恼火。我担心法国政府收回承诺，而玛丽没有足够多的"气球"让会议照计划进行。

我其实不该担心，因为永远足智多谋的玛丽知道怎么解决波伏娃的拒绝。她联系华盛顿美国公共电视网的熟人，一周左右我们就有了办法：通过卫星连线让波伏娃舒舒服服在自家公寓里对大会现场发言。我们可以在费城与她互动，观众也可以对她打招呼，提问题。20世纪80年代初，现场卫星连线还是新鲜事物，玛丽发了一份新闻稿详细宣布这个消息，引发潮水般的关注，世界各地的人都主动提出要现场参与。如果接受所有人的申请，我们这个项目得进行1个月。

这一切发生的同时，我的邦廷奖学金项目结束了，我恢复在宾大的教学。玛丽和她的工作人员负责与计划和宣传相关的所有事务，但我的任务是设计会议议程。我请求减少教学安排，但没如愿。此外还有委员会的工作，尤其是我在宾大出版社顾问委员会任职占用大量时间。我倒是有一个半工半读的学生帮助处理大会的事情，每周来3次，每次4小时。他法语不错，只是接接电话就帮了很大忙。我还记得，每个工作日结束，他都茫然地坐椅子上，眼神呆滞，声音嘶哑，因为又跟那些认定自己在大会议程中占有一席之地却不是明星地位的人打了一天交道。想想看，如果他被折磨成这样，我在每天通常16~22小时的工作后是什么状态。这一年的大部分时间，我的《波伏娃传》几乎都没怎么动笔。

经过结结实实9个月的不间断计划，玛丽和我认为，我们已经基本安排好大会的议程，可以去巴黎跟法国政府希望赞助参会的15位女性面谈了。1983年4月，承蒙法国政府赞助，我、玛丽和她雇来帮助处理公共关系的女子一起乘法航班机前往巴黎。一位司机驾驶公务轿车前来迎接，风驰电掣般开进市区，那种气派舒适我这个永远预算紧张的穷作家没享受过。司机把我们送到法国政府出钱租住的圣雅克酒店，马路对面就是萨缪尔·贝克特住的公寓楼。

我一到巴黎，就又给贝克特寄一封信，解释我们为什么住在他对面，因为我不希望万一遇到让他惊讶。我感觉他好奇地想知道我在那个地方做什么，因为他留了一个电话口信，让我过几天的下午两点跟他见面。我那天4点要见波伏娃，因此这个时间安排很完美。见面的时候，主要都是我说，我向他讲述大会的初步计划。他说得很少，又告诉我一遍写作和奔波使他不堪重负,他要在巴黎和于西之间往返以便不受干扰地完成几件进行中的工作。我们亲切话别。但我不由自主地觉得,他略有不快。我的大学为西蒙娜·德·波伏娃费这么大力气,可从来没有人,无论我或者其他人,提出做点什么向他致敬。

我们在巴黎待了两周,我一开始就知道,玛丽和她的公关女助理跟法国人打交道会有问题。玛丽热情开朗,从不犹豫表达观点。这些观点经常不够圆通,使不太了解她的人震惊错愕。她的助理一定是按照天知道多久以前的公关初级读物设计自己的职业行为,因为她从来觉察不到某个人或某种局面需要什么,而是坚定不移按照事先决定的脚本继续下去。她对法国历史、文化或语言一无所知,却毫不犹豫地向我们的联络人展示一系列不妥行为,期待对方照单全收。我在宾夕法尼亚容忍她,因为玛丽坚持说她有用。但是,到了巴黎,我在第一次正式见面也就是跟伊薇特·鲁迪部长共用午餐之后,就让这个指手画脚的女人闭了嘴。那次之后,除非参加大型接待会或讲座,我通常不允许她跟我们一起。我反复告诉她俩,我们不可以讨论自己的真实想法,除非现场没有别人。我警告玛丽和她的助手,绝对不可以在汽车里说否定或贬低的话,因为司机能听见。我对她们的这些警告,用我一个好朋友常说的话就是,一只耳朵进,同一只耳朵出。

安排她们见西蒙娜·德·波伏娃的时候,她们弄得我差点犯了心脏病。在波伏娃的公寓,彼此问过好之后,她坐在惯常的位置，我们3个排成一排像小学生一样坐在3把小椅子上，玛丽开始对波伏娃拒绝去美国参会发表评论，我看得出这让波伏娃生气。愚笨的助理打断玛丽，大概认为自己在打圆场，其实是添乱。波伏娃的表情说明她已怒火中烧，我知道必须把这两个人弄走。我跳起来，用胳膊肘推玛丽起来，向助理示意我们要走了。我告诉波伏娃，我们要迟到了，接下来还有约，必须马上离开，感谢她的好意，在她们造成进一步破坏之前催促她们离开。我们在人行道上等司机开车过来接我们的时候，我才数落她们一通。

我总是坐在前排副驾，因为和司机讲法语，这个友好的姑娘声称完全不懂英语。我坐前排有好处，可以在那两位同伴行为不当的时候转身瞪她们。她们把这称作"改正错误，遵守规矩"的表情。我们在巴黎的最后一天，司机用完美的英语跟我们道别，说安排我们此次行程的高级文化专员是她姐姐。她愉快地解释，她之所以得到这份工作是因为会说英语，可以每天向姐姐汇报。因为我们待人接物都非常积极，她对姐姐说我们的会议非常值得支持。听到这里，我那两个伙伴都很难为情，避免跟我对视。

在巴黎的两周，我几乎每个工作日都挤出时间去见波伏娃。她专注地听我讲有哪些部长跟我们合作，哪些女性女权主义者准备参会。我还告诉她，美国大使馆的文化专员请我们喝茶，为的是向我们提供法国方面可以直接提供的一切合作。我感觉她最高兴听到这个。然后，她问我书的进展，我不得不说出令人沮丧的消息：自从我们上次工作会面之后，我没写多少。

我在这9个月确实写了不少东西，但主要是为讨好上级以确保评上正教授接的稿子，包括评论和报纸专栏、一本介绍贝克特著作的书的前言，甚至不列颠百科全书的西蒙娜·德·波伏娃词条，配图是我跟她的合影，由我丈夫拍摄，他是这项任务她唯一信任的摄影师。他快速给我们拍了几张照片就离开她的公寓。她说："他人很好，但是不怎么爱说话。"我没告诉她，来之前我就告诉他不要说话，除非是回话，然后只能说客套话，完事尽快撤！

法国之行的方方面面都比我希望的积极。回费城途中我睡了一路，相信活动正式确定下来以后，我们要做的（除了应付很多参加者的强烈虚荣心）就是静待成功。我在周末找到足够多的时间继续写书，尽管要从中断的地方重新开始很困难。我完全没料到的是，一个晴朗的春日，玛丽出现在我家的走廊，要知道她很少离开办公室。她态度反常，闷闷不乐，直入主题：她被解雇了。我不得不请她再重复几遍刚说的话。那天早晨，大学校长召她到办公室，她以为他只想了解一下大会的进展，结果他却让她尽快离开。

我们俩都蒙了，分析来分析去也找不到理由解释这个灾难性的新闻。最后，我们开始谈论大会的命运。玛丽说她已经开展的项目和宣传还将继续，但她要尽快退出。"可谁来负责这个会呢？"我哀号道。

"你。"她说。

几周后，在为大学理事举行的一次招待会上，我想我弄明白玛丽为什么被仓促免职了。一位我尤其不喜欢的理事说，现在玛丽·尼科尔斯总算走了，每天早晨醒来不用担心再从《纽约时报》头版看到宾大又取得什么成就了。对这种人来说，费城就是一块与世隔绝的小封地，他们希望保持原样。

我不可能按照玛丽设想的样子经营这场大会。我没有她那样的关系和管理能力。她在公共电视网的朋友几乎立即取消卫星连线。他们只认玛丽，当然不会去给伤害她的大学提供什么帮助。当法国政府听说玛丽离职、公共电视网退出，不同部门就说，他们或许只能拿到资助四五位女性的经费，多了没有。在宾大，不同院系的女教师没有前来帮助她们身陷困境的同事（我），而形成几个派系，争夺对大会的控制权。我太累了，不想再为自己不再相信的东西努力，就主动交权，退出一切活动。

会议召开了，但没有法国女权主义者参加，其他国家愿意自己出钱参加只为向西蒙娜·德·波伏娃致敬的女权主义者也没来。这个活动完全变成聚焦女性问题的美国国内活动，跟波伏娃关系很小甚至毫无关系。因为出席人数的减少，组织方把活动安排到春假期间，于是几乎彻底没人来了。我离开了，不仅出了城，而且出了国，趁春假去瓦哈卡的墨西哥村子走访手工艺人，寻找我喜欢收藏的"生命之树"陶器。

从大会辞职以后，我马上就掏出信用卡飞赴巴黎，当面告诉波伏娃发生了什么。那个阴雨的午后，黑暗慢慢笼罩她的公寓，她表达了一系列情感：起初是惊愕，然后是悲哀，最后我觉得是无奈。当她扭身去开旁边贾科梅蒂给她做的落地灯，我看出，同情最终占了上风。那是罕见的一次，以前我极少见她表示出真正关心我，把我作为一个女人、一个人，而不仅是她与之保持着职业关系、为写书跟她合作的作家——这本书她很希望能在有生之年出版问世。

我发现，她每次试图安慰朋友都显得笨拙，当她试图对我表示善意，这种笨拙在一定程度上使她话都说不利索了。她主动讲述自己职业生涯中经历的失望，坚持说这些都不如我的严重，尽管它们似乎远比我的事情重要。

她要求我不要放弃。她说话的时候，我想到自己在这种情况下常说的"覆水难收""木已成舟，多说无益"。我告诉她，我得用英语表达自己处理逆境的方式，因为我想不出怎么用法文俚语表达这个意思。我告诉她，面对拒绝、失败或者失望，我的办法是"及时止损，赶紧撤出"。我的意思是，既然过去无法改变，未来也不能确定，我们只有现在，因此应该充分利用现在。她说对，她一直也是这么生活的。我飞回家，感觉好多了。

我在很长一段时间都保持着内心的安宁，因为终于可以专心把书写完。那是1984年，我拿到两项奖学金，洛克菲勒和古根海姆。一开始，英语系主任说，只允许我一年不教课，所以我必须在两项奖学金里二选一。但是我说，除非我可以两项同时接受，否则我不会让宾大享有如此知名奖学金的荣誉。上边下来的决定答应了我的要求。我简直不敢相信自己的好运：可以在书房里坐两年写书，至少我这么认为。我的新经纪人伊莱恩·马克森已经找到高峰出版社富于远见的出版人吉姆·西尔贝曼，他开始催促我们拿出早就应该拿出的稿子。该认真工作了，因为伊莱恩说服吉姆再耐心等一段的借口快要用完。

我在1984—1985年那个冬天写个不停，直到某个时刻：我需要再跟波伏娃对话，也需要从每天的苦工中停下来喘口气。有个美国朋友提出，她在巴黎的公寓可以给我住三周，从1月底开始。这真是天降好运，我可以趁机挖掘波伏娃之前一直死死藏在"透明卷帘门"后面的两大生命主题。当时书已经进行不下去，要写这些话题，我必须让她提供解释。

我写信告诉波伏娃要去巴黎，说有些具体题目谈得不够，现在还需要细谈，但没告诉她是什么话题。我有时发现，如果给她的信息刚好挑起她的好奇，我就能得到更丰富的回答，因为她事先没时间准备答案。第一个题目是她的博士论文，有关德国哲学家莱布尼茨。我认为这可以提供重要信息，使读者体察她作为哲学家的发展历程。波伏娃说论文多年前就遗失了，并且坚称自己没有副本。只要是和巴黎高师沾点关系的图书馆或档案馆我都查过，但都没有查到。我找过所有可能的学术档案，那些主动提出帮忙的法国朋友大多也是如此。我不明白波伏娃为什么拒绝谈论一个貌似简单直白的问题。通常情况下，如果我想看某一样具体东西，比如手稿、照片或者书信，最好的办法是事先就坦率地告诉她。但是，就这件事而言，我知道她还会像以前一样找借口,所以最好采取比较间接的方式。

第一次面谈的时候,我告诉她,为了准备这次会面,我一直在读莱布尼茨的哲学。让我觉得有趣的是,哲学界和莱布尼茨学者中间流行(后来被否认,然后又被接受)的观点认为,他受到卡巴拉(希伯莱神秘哲学)的影响。在波伏娃写博士论文的年代,一些学者提出,神秘主义和超自然著作为一般科学理论的发展作出贡献。他们还提出,莱布尼茨的单子论纳入某些这样的研究。我问波伏娃,她的论文是否纳入这种思路,她是否受到当时所谓卡巴拉乐观完美主义和普救论哲学的影响,以及她是否接受这种哲学。她写论文的时代流行一种观点,认为莱布尼茨把这些理论拿来揉进自己的现实概念,他把这些独立的实体结合起来,形成统一的无限概念。

我记得,她在跟萨特和他的学生哲学家朋友们交往以前就开始写这篇论文。当时恰好是她热恋表兄雅克的最后两年,她还没受到他们的存在主义理论影响,同时痴迷于阿兰在《大莫纳》里创造的浪漫人物。女学生对表兄那种热烈的单相思以及她如此倾慕的虚构人物正好是萨特理论的反面,也完全符合她可能接受的对莱布尼茨的某些阐释。

我不是哲学家,所以我在试图解释为什么要问有关她论文的问题时显得混乱无知。但是,说到我最想了解的问题,我的语言再清楚不过:她不希望任何人读她的论文,是因为论文不以萨特的存在主义为基础,甚至和存在主义毫无关系,她因此尴尬或羞耻吗?她提出的是不是完全和他相反的观点,而她当时完全接受那种观点?

她对于我竟然提出这样一个问题似乎很吃惊，至少我看到她的表情时这么认为。但我不给她时间发怒，而是连珠炮似的大谈我认为她论文里可能写到的内容和萨特的新理论之间存在哪些区别。我紧张地说个不停，语速很快。最后没话了，就总结说，她不希望任何人在文章中涉及这篇论文，因为她想和论文脱离关系，不管出于什么原因。

她瞪着眼睛坐在那里不说话。我在脑海中看到"透明卷帘门"迅速下降，但只能默默坐着，直到它砰的一声砸到地上。面对不太乐于提供信息的信源，沉默是一种著名的采访技巧。不过，我之所以沉默，是因为没有别的办法，这或许是让她谈谈莱布尼茨的最后机会。如果我被赶出公寓，那也只好如此，但我决心要让她首先打破沉默。终于，她开口了。

她没赶我走，但我知道，那天下午不会有例行的威士忌了。她一开口只说了两个字："不对。"我还是不说话，她就开始解释，说自己不记得什么"女学生的想法"。这很有趣，因为她仔细记得那一时期写过的其他很多东西，或者读过的书，看过的电影。她只说论文丢了，再谈让她很烦，警告我别再提这件事。我被打败的时候，自己是知道的。这个话题，我只能接受她告诉我的。没有别人的证词支持，自己的猜测不可以写进传记。所以我写了另一条非常谨慎的尾注，解释她的哲学写作，很可能也是她最早的信条究竟从哪开始。

波伏娃不愿意谈论我此次巴黎之行的第二个主题——

她如何勾结萨特引诱她的学生比昂卡·比嫩费尔德·朗布兰——这要好理解得多。

我在以前的谈话中问过萨特的性关系。波伏娃通常都直言不讳，无论她帮他引诱女性的行为有多不堪。她坚持说，她和萨特的性关系持续多年，他们都觉得这种关系（她多年来用过的表述包括）"深情"或者"温柔"，更多地用到"令人满足"和"必要"。不错，他喜欢美丽的女人。但她知道自己对他有多重要，胜过其他所有女人，所以他把多少女人带上床都没关系，因为她们除了身体上的释放以外没有多大意义。如果她帮助说服一些不情愿的女性跟这样一个相貌丑陋有口臭和体臭的男人睡觉，她也是不得已而为之。

她妹妹埃莱娜在很大程度上也以同样方式解释西蒙娜的共谋行为。她恳求我理解，外形的丑陋对于萨特需要川流不息的性伙伴起了什么作用。尽管埃莱娜从没参与这些不堪的猎艳，但她力劝我接受，出于对萨特无条件的爱，她姐姐才促使这些事情发生。我在其他多数情况下都接受这种解释，但这解释不了波伏娃对比昂卡的态度。每次我问到他俩和波伏娃这个高中学生的情事，她都说不谈这个并且试图转换话题。过了一会儿，我就不再坚持，以免她按老规矩跟我喝一会儿威士忌就打发我走：这是她的方式，让我知道自己过分了。

我把萨特的女人们这个话题留到下次见面，也就是两天以后。一开始，气氛有些紧张。看得出来，她在有关莱布尼茨的激烈对话后仍然处于警惕状态。我们围绕冬天糟糕的天气、她的伤风和我的吸鼻子交换意见后，我想不出什么轻松的对话，就直入主题。我问了一个我知道比其他问题都更让她生气的问题：她和萨特"不可缺少"的关系是她自己一厢情愿的构建吗？这回我把问题放在一个背景下：她为什么选择只出版萨特写的信而不出版她写的信？隐瞒她这一半的通信，难道不是证明阿莱特这些人说得对吗？按照阿莱特和其他一些人的说法，她和萨特"不可缺少"的关系只是她的杜撰。她的脸再次气得发黑。

萨特去世后，波伏娃不顾几乎所有人反对，在1983年出版萨特写给她的信。她告诉我，这么做是为在阿莱特声称对这些信拥有版权以前抢先行动，因为她担心阿莱特不仅永远不会出版这些信，甚至可能销毁它们（她确实销毁原件）。波伏娃认为，阿莱特决心破坏她的声誉地位，直至彻底把她从萨特生命中的至高位置移除。出版萨特的信，她就可以确保自己的合法地位。尽管"家人"都反对，她仍然采取这项行动。博斯特的话最好地总结了社会的普遍态度，他对我说，波伏娃不应该"把家里这些丑事——这些丑到让人恶心的事——抖搂出去"。

这些丑事里有些最丑的部分描述她如何在萨特引诱女性的时候做他的同谋。还有，就18岁的比昂卡（信里叫作路易丝·韦德里纳）而言，她先引诱了这个女孩，这样就可以和萨特交换意见，他引诱她的时候用得上。这些信读起来不令人愉快。我感觉得到，波伏娃不情愿把这个女孩带上床。我可以肯定，和比昂卡的亲密行为让她羞耻。可是，她为什么要把自己在这件丑事里的角色公之于众？她本来可以留着这些信不发表，这样做毫无难度，没人会知道它们存在。从一个角度看，比昂卡事件准确体现了波伏娃在事关萨特时通常采取的行为方式：他的欲望，无论是否正当合理，都先于她的欲望。这一点，再加上她不屈不挠的诚实，使她选择不去隐藏自己的所作所为。

但这似乎只能部分地解释我每次问起比昂卡的时候她表现出来的怒气（或尴尬）。几年来，我一直小心翼翼避免直接触及这个问题，但现在终于准备好问她，这是不是跟她如何定义自己的性取向以及她称自己不是同性恋有关。她是不是担心，如果承认跟比昂卡的性关系（她证实这件事）还有其他几宗同性"友谊"（我没能证实这些情况还有友谊以外的成分），现在她收养密友西尔薇，她作为女权主义偶像和名人的主角地位就会失去光环？前几次会面，当我们谈到她的女权主义行动，她以贬损或不屑的口吻说到"那帮"女同性恋；所以，她有没有可能还残存着保守天主教成长环境给她的偏见？她的回答一如既往地简单粗暴：不是，她身上一根偏见的骨头都没有。不错，她做过一些事，她小心地说自己"并不感到骄傲"，但没有承认更多，比如（下面是我自己的用词）尴尬或羞耻。至于历史给她的地位，她只希望她为这个时代贡献的写作经得起时间的考验。

我做调研的时候，在萨特重要的两性关系对象当中，只有比昂卡·比嫩费尔德·朗布兰一人健在并且心智正常能够交谈。西蒙娜·若利韦去世了，米歇尔·维安因为酗酒严重失忆。我在纽约聊过的多洛雷丝·瓦内蒂是不可靠的对象。奥尔加·博斯特生着气，讲了一两句她和她妹妹万达与萨特的性关系，就告诉我这个话题到此为止。我开始寻找比昂卡，因为她是最后一个可能的信源。在那个前谷歌时代，我用了记者和学者能用到的所有办法，但没人知道她的任何情况，包括她住在哪儿甚至是不是还活着。波伏娃说她40年没见过她了，完全没有她的消息，甚至不知道她是否死于战争。我能看到波伏娃的地址簿和每天的日程安排，从未在上面见过比昂卡·朗布兰的名字。几年以后，我放弃了，不再想寻找她下落这件事。

想象一下，1993年，她出版《乖女孩回忆录》时我有多惊讶。她声称战后至少每月见一次波伏娃，而且她一直住在巴黎，离波伏娃很近，如果愿意可以步行去她公寓。她嫁给著名的哲学教授贝尔纳·朗布兰（1978年去世），后者是萨特在巴斯德中学的学生，而波伏娃从他的学生时代就认识他。比昂卡还是作家乔治·珀雷克的表亲，萨特和波伏娃也都认识。她写的很多内容都可以描述成她对现实的看法，更准确说是幻想。但是，完全可以理解，她希望得到正义，如果不是报复，鉴于她在学生时代被萨特和波伏娃诱奸，在战争期间又被他们无情抛弃：身为犹太人，她恳求他们的帮助，但毫无结果。萨特的书信1983年出版，波伏娃的书信1990年出版。跟这些信出版之后带来的公开羞辱相比，他们的行为一定黯然失色。我的《波伏娃传》在比昂卡·朗布兰回忆录出版3年前问世，她对我的书有意见，这也在意料之中。她有自己的记忆，我没（现在也不会）跟她争。

今天，和波伏娃的那些交谈过去那么多年，我意识到，这对她来说有多难，或者说多痛苦。我想到当代女权主义作家使用的某些词语："自我创造"、"能动性"和"掌控"。自我创造始于这样一些女性，她们最初无法真实、诚实或客观讲述自己的故事，无论出于什么原因。她们一开始讲的故事可能源自"不诚实"，这是她们为逃避"真相"采取的方式；而定义"真相"的是"能动性"，或者担起诚实自我界定的责任。"掌控"自己的私人叙述只能通过能动性实现。回过头来把这些概念用于波伏娃，我怀疑，说到比昂卡的时候，她是不是在主张她自己的"自我创造"版本，以便把她自己的故事放进她希望世界记住的能动性故事里呢？如果是这样，她在我们那么多年的采访和谈话里是不是一直在做这件事呢？

这让我回想起我们的第一次会面并且自问：她是否通过比昂卡展现出另一个版本，有关她告诉我传记该怎么写——她来说，我来记，然后（她高兴地拍了一下手）传记就有了？

这是使传记作者凌晨4点焦虑发作的另一个噩梦。就莱布尼茨和比昂卡而言，我最后都不完全确定。我本来满怀希望，以为一定能弄清这些话题的真相，但最终却被"透明卷帘门"挡在外面。这种情形带来急剧加深的不安感，使传记作者担心自己可能不经意间——下意识地——把传达真相这个任务交给自己的写作对象。

自然地，当我快被榨干的大脑因为波伏娃以及怎么才能写好波伏娃的复杂性乱成一锅粥，萨缪尔·贝克特在这个节骨眼上又回到我的生活。

36

和波伏娃共度的那个下午在情感上使人不堪重负,我照例去多姆咖啡馆休养生息,找个靠窗的位置,喝一杯葡萄酒,在记录本上奋笔疾书。她回答的每个问题都又引出六七个让我操心的问题,每个问题都可能让她更不高兴。想着这些,我抬头看一眼街上的行人,一个男人映入眼帘:熟悉的嶙峋面孔,高领毛衣和羊皮夹克。但我必须再看一眼,因为他走得很慢很小心,显得特别老迈,背也特别驼,我以为可能看错人了。过了片刻,我确定,就是萨缪尔·贝克特。

我这次来巴黎之前没给贝克特写信,因为我不想跟他有任何接触。我满脑子都是围绕《波伏娃传》要做的事情,不想再添乱。每次见贝克特我都被焦虑折磨,前一晚失眠,当天肠胃紧张,之后精疲力竭。我不想要这些。另外,我也挤不出时间见他或者去见写他传记时在巴黎结交的很多好友。除非他们跟波伏娃有关,我不得不礼貌谢绝他们的殷勤好客,只能在电话里聊几句。如果那些让我觉得放松愉快的人都没办法见面，那么，和贝克特见面则是无法忍受的事情。

那天晚上，我本来很容易避开他，就像一年前那样。我当时不知道，那将是我跟贝克特的最后一次见面，所以我不能说自己想最后见他一次。跟波伏娃的对话使我感到挫败，但我既不与之敌对，也不戒备，所以我没办法适当描述是什么心态让我冲贝克特打招呼。也许，是他的意外出现造成突然的下意识反应，使我来不及细想就站起来招手。他看见我，似乎不能确定向他招手的是谁。

他站在多姆咖啡馆的入口附近，我于是走到外面的人行道迎他，抱歉说没有事先告诉他我来巴黎。我想，他当时说的类似于："不用说，你来这里是为她工作。"（我明确记得，他没有说西蒙娜·德·波伏娃的名字，令人想起他们的陈年恩怨。）他告诉我，他要走一小段路，去马克萨斯群岛吃饭，那是一家做鱼的餐馆，他很喜欢，因为工作人员总能保证他的隐私。他问我想不想一起去。这个邀请来得很突然，我又没有现成的借口说不去，因为我每次跟波伏娃聊过以后都不安排和别人一起吃饭，为的是有整晚时间回忆并记录谈过的内容。

他的邀请让我措手不及，合作那么多年，我从来没和萨缪尔·贝克特一起吃过饭。我们经常喝点什么，通常是咖啡，有时是葡萄酒，也可能吃点酒吧里的小零食。我总是这么安排，因为知道自己太紧张，没办法好好吃饭，正如我知道那天晚上也会如此。我撒了谎，红着脸说晚些时候要跟朋友一起吃个便饭。他提议我们去玫瑰花蕾餐馆

（他经常光顾的另一个地方）一起喝点开胃酒。

那段路很长，走得很慢。多年过度吸烟伤害了他的身体，使他呼吸沉重。坐下来以后，我注意到，他手里第一次没有在摆弄香烟或火柴。他问"她的书"进展如何，我的回答是每次不想聊这件事的时候会说的——没有问题，进展顺利，出版在即，一切都好。这时他马上把话题转到我个人。我还教课吗？我的孩子现在一定长成大人了，他们大学毕业没有？我是不是还住在费城？他从多位德国学者那里得知，我在德国待的时间挺长，参加不同的会议和座谈，讲他的作品，他还知道我不久又要去德国开会。他问我在德国工作感觉怎样。

突然，我意识到自己正不假思索地倾诉自从他传记出版以来经历的各种屈辱——更确切地说是人间地狱。我说的是高度编辑后的"洁本"，但某个时刻，"贝克特俱乐部"这个贬义词从我嘴里溜出来。我对他当时的表情记忆犹新。他目瞪口呆。他没重复这个词，我也没有，但我知道这打进他的心坎。我觉得，他当时说的话类似于这真是"令人遗憾"，但记不住确切的上下文了，不确定这指的是他们的行为还是我"遭的罪"——我半开玩笑地这样总结他们使我经历的一切。但我记得，他对我说，他很早就决定不对批评作出任何回应。他没有建议我仿效他的行事规则，但我可以确定他话里就是这个意思。然后他转换话题，告诉我说他"在跟吉姆合作"。

我花了一会儿才明白，他说的是詹姆斯·诺尔森。诺尔森在写《贝克特传》，要到他去世以后才出版。正如我对"贝克特俱乐部"有很多要说的,我发现自己对其他传记也有很多要说的,就兴致勃勃地讲起来。我说欢迎日后有更多写他的书,因为那么多的事件、情况和关系我只触及皮毛,需要更加全面的探究。我狡猾地,带着幸灾乐祸的目的说,我认为,相比我写的"指定"传记,他和诺尔森的"授权"传记对读者来说是好事。我还忍不住说,授权的传记有时会沾上污名,被视为"写作对象宣讲的福音,由恳切的乞求者写就"。鉴于我的书是独立写就,而且已经出版,诺尔森无疑得承认它,哪怕只为反驳或否定我的研究结果。他写书的时候不得不经常"回头看"我和我的书。说着这些,我是多么沾沾自喜,又多么乐在其中!萨缪尔·贝克特一如既往,什么都没说。

我说个不停,酒杯几乎没碰。天色渐晚,我开始收拾东西。直到那时,他都没有说具体的跟"贝克特俱乐部"有关的话。但是,我想,当他主动对我说这句话的时候指的就是"贝克特俱乐部":"永远都不要解释。永远都不要抱怨。"这也是他对我说的最后几句话之一。事实上,在那以后,我有好多次已经准备针对某个糟糕的书评或刻薄的评论发起猛烈的报复,但每次都想起这些话,于是我从来不解释,也从来不抱怨。

我当时并不知道,这是我最后一次跟萨缪尔·贝克特共处。这次邂逅太激动,我很多天都不断在脑海里重放,记日记。我体会压抑的感情如何爆发,惊叹贝克特如何安静优雅体贴周到地接受它们。后来,当我成为有经验的传记作者,我多么希望自己当时能拿出时间写信给他,让他知道，能够向他讲述自从他问我是不是要成为拆穿他是冒牌货的人以后我经历的一切对我多么有意义。我真希望能告诉他，我多么感谢他能允许我按照自己的看法揭示他的为人——那个在我心目中非同凡响的人——并且告诉他，能认识他有多么荣幸。

我结束在巴黎的暂住离开西蒙娜·德·波伏娃时心情很好。1985年剩下的时间照常被贝克特讲座和撰文这些事情打断，不过这都是我喜欢做的。大部分时间，我每天都在桌前从早坐到晚，给我认为基本写完的书做最后的润色。到那年年底，我知道可以出版了，因为没有人能再告诉我任何新东西。在当时，在今天，我都把这作为研究完成的标志。但那也是非虚构类作家最担心的时刻：担心突然出现某个新的、意料之外的、可能具有颠覆性的信息，推翻全书的命题或前提。但我觉得有把握，各种情况都已考虑周到。我认为自己可以去巴黎做最后的事实核查，然后出书。

我计划在巴黎待1个月，包括1986年2月的后两周和3月的头两周，这样安排恰好可以参加埃莱娜画展的开幕酒会。酒会在女性权利部举行，由伊薇特·鲁迪主持。那对我来说是喜忧参半的夜晚：我得花时间向那么多出色的女性致歉，说明宾大的会议为什么失败，这影响我欣赏画作的愉快心情。

埃莱娜这晚既兴奋又喜悦，尤其因为她崇拜的姐姐也和她在一起。如果西蒙娜也有同感的话，她并没表现出来。

我不断想起自己小时候对妹妹的态度，那只崇拜地围着我、被我轰走的小苍蝇，讨厌的小不点儿。几天以后，我修正对波伏娃的看法，因为得知她一直身体不好，埃莱娜在她那里住了8天，由此引发的各种活动让她精疲力竭，包括接待很多女权主义者朋友的来访，以及希望给这对著名姐妹采访拍照的巴黎各路记者。

埃莱娜尤其高兴见到我，因为她知道我像她一样也得到邀请，要在4月份去斯坦福大学参加女性研究中心和美国西蒙娜·德·波伏娃学会主办的会议。巴黎的展览一结束，她的画作就将送到那里展出。我们正聊着这个话题，西蒙娜走过来，吓了我一大跳：她似乎认不出我是谁，我说了两遍自己的名字。我怀疑她可能出了什么严重的问题。

这么多年来，我们有过那么多次私密对话，现在我却得告诉她自己是谁，并且提醒她我们第二天下午有约。往轻了说，这也让我担心。更让我费解的是，她说，不行不行，她至少有8天都不能见我，因为她的时间都安排给妹妹了。我在动身前和她通过信，信里列出时间表，我们会面的次数将远远多于以往；我们还在信里达成一致，第一要务是把书稿确定下来。那天，房间温度过高，太过拥挤，又热又吵。我前一天到巴黎的时候得了重感冒，头痛欲裂，很早就离开了。波伏娃的表现让我难过，但我身体太不舒服，做不了什么，只有爬上床设法睡觉。

第二天一早我就被电话吵醒，是波伏娃打来的，为昨晚的行为道歉。她说当时房间里太热，闪光灯闪个不停，人们不停地让她干这干那，她完全不在状态，我们当然要按原计划进行,她当天下午会在正常的时间见我,4点钟,我需要待多久就待多久。我大大地松了一口气。

那个月,我们没有发生任何争论或分歧。我每周见她几次,其他时候是打电话。如果我觉得需要了解她最近女权行动的更多情况,她就打电话给一起工作的女性,安排我见她们。她的情绪和状态一直很好,甚至做了她几乎从来不做的事情:开玩笑。她对我一直严肃而专业,警惕地确保我写在小卡片上的所有问题都问过并且答过。我用4个字总结我和她的关系:公事公办。难得见到她放松,微笑,提出续上那杯仪式性的威士忌。最后一天见面,我走的时候,她做出前所未有的异常动作。因为我个高她个矮,她就抓住我胳膊肘上面一点的地方,轻轻摇了摇。我想把这看作她在跟我拥抱,这让我激动不已。

我飞回家,准备在去斯坦福开会之前给书做最后的润色,我告诉吉姆·西尔和负责编辑的年轻姑娘,我从斯坦福回来就交稿,大概在5月1日以前。

然而,我4月份去了巴黎,参加西蒙娜·德·波伏娃的葬礼。

37

我一踏上斯坦福校园就感觉有什么不对,会议开始那天找不到埃莱娜。两天前,她还在画展开幕酒会上喜气洋洋,然后我匆忙跟她告别去洛杉矶采访剧作家伊万·莫法特[1]。找了一圈,我打电话到接待她住的约兰达·帕特森家才找到她,帕特森当时是国际西蒙娜·德·波伏娃学会的会长。埃莱娜说,她一直盼着我打电话,因为有重要的事告诉我:"西蒙娜因为肺炎住院,我们觉得很严重。"

我难以理解,因为上次见面她还那么积极快乐。我不得不请埃莱娜重复几遍,我记得自己结结巴巴地说:"可是我离开的时候她很健康啊!"埃莱娜说她太难受了,没办法在电话上继续,请我马上到帕特森家。她要求我不要告诉斯坦福的任何人,因为她不希望这个消息让与会者不安。

到帕特森家,我的震惊又多一重。两星期前,在巴黎,

---

[1] 他对我说,他被波伏娃和萨特"设局"娶了娜塔利·索罗金,也就是跟他俩都有过关系的"娜塔莎"。——作者注

埃莱娜是那么活泼快乐，两天前展览开幕时她还精力充沛。现在，她来迎我的时候却紧紧抓着女主人的胳膊，面如死灰，步履蹒跚。我们拥抱，她抱我的时间比以往要长，在我耳边轻声说，情况非常严重，西尔薇故意不让她知道姐姐的情况，这让她特别难受。

她告诉我，我刚刚离开波伏娃一两天，她就说腹部剧痛，马上被送到附近的科尚医院，医生检查后没有发现什么问题，让她回家，她似乎也恢复得很好，但大概又过了一天，她就出现"肺并发症"，又被送进医院。

西蒙娜在埃莱娜登机几小时后就又进了医院，可是西尔薇等了快4天才告诉她，而且不是用电话，而是发一个短电报。埃莱娜的第一个念头是马上飞回家，所以就打电话给西尔薇。西尔薇坚持说，她等了这么久才通知她是因为想确保情况得到控制。她让埃莱娜别回来，因为治疗正在起作用，所有迹象都显示西蒙娜将恢复健康。埃莱娜还是很担心，认定自己没办法参加那天的日程，尽管她本来要做嘉宾，而且多数活动也是为纪念她们两姐妹的关系和情谊。

那天剩下的时间，我都陪在埃莱娜身边，坐在厨房里喝咖啡，入迷地听她回忆和姐姐的童年，她讲这些故事给我们听也是为排解忧愁。按计划，我当晚要在最后的庆祝宴会之前发言，埃莱娜决定参加，因为她想听我讲话，顺便也和这次暂住期间交的许多新朋友告别。当时已经是巴黎的半夜，她知道不会再从西尔薇那里得到消息。埃莱娜真是一位善良的女士，我们出门的时候还努力想改善我的心情，因为她的女主人和我明显都满脸愁容。我开着租来的雷诺车，埃莱娜恭维我选了"一辆不错的法国车"。在校园里，我们3个被祝福者包围。我们以为自己表现得很高兴，但了解我们的人都问，出了什么情况导致埃莱娜不能参加那天的会议。我们给的借口都是，长途飞行、中途转机还有接下来办画展的紧张激动把她给累坏了。

那是4月12日晚，我们13日都要飞回各自的家。告别时，我们紧紧拥抱，两个人都哭了。我在日记里写下她说的话，我们必须"要拿出勇气。我对她说，是的，我们必须坚强。虽然这么说，但我想我们都知道，终点不远了"。

我在旧金山的最后一个早晨跟儿子一起度过，他当时在州立旧金山大学读研究生。埃莱娜直接去机场赶一大早飞巴黎的航班，中途还得在达拉斯停留几乎一整天。我的航班中途也要在辛辛那提停留。我在巴黎得的伤风一直都没好转，到费城的时候，鼻窦疼痛难忍。

第二天，也就是4月14日中午，电话响了，是埃莱娜打来的，她还在加州。她推迟了航班，因为西尔薇12日晚上打电话跟她说，西蒙娜的情况恶化，让她原地等待进一步的消息。西尔薇没有再打电话，埃莱娜反复尝试都没联系上她。直到西蒙娜去世以后，她才找到她。西尔薇没有打电话告诉她这个消息，这让她很崩溃。会议的组织者拼命努力，想让她坐上直飞航班并且升级到商务舱，但弄不到票。于是，这位瘦弱的女士顽强地拎起行李坐上飞机后排的中间座位，开始这段漫长悲伤的旅程，去参加她亲爱的姐姐的葬礼。

现在西蒙娜·德·波伏娃已经去世。跟埃莱娜通话以后，我在日记里记下这段简短的说明："西蒙娜·德·波伏娃今天下午4点在巴黎科尚医院去世，官方死因是肺水肿。"并在周围画上黑色的框子。然后，我坐在那里，动弹不得。

我的朋友们几乎马上就得到消息，都主动提出帮忙。我派一个朋友把参加葬礼需要的黑套装送到干洗店，让另一个朋友打电话帮我订最早飞巴黎的航班。那个在巴黎有公寓的美国朋友过来给我送钥匙，说我需要待多久都可以。然后，电话开始响个不停。先是《解放报》《费加罗报》和《世界报》的记者，请我评论；接下来是美国报纸和杂志的记者。我的两个孩子从纽约和旧金山打来电话安慰我，我丈夫取消会议提前下班回家。我去到自己的书房，紧闭房门。这对我是前所未有的举动，因为我希望随时掌握家里其他位置发生的情况。那天晚上，我在日记里又记了一段话："冯提前回到家，难过极了，仿佛失去某个亲人。他一整天都没办法工作。两个孩子都很伤心。卡特妮担心我还病着，不能飞巴黎；冯·斯科特不停地说：'但你在这边的时候没告诉我们她病了啊。我能做点什么？'我们竟然都觉得失去那么多。失去。失去。失去。她不在了我才意识到有多喜欢她。不——直到现在我才意识到不只是喜欢她：我尊敬她，没错；但我觉得我也爱她。"

没有时间一个人默默哀痛。4月15日，我在最后一刻登上能找到的唯一航班，汉莎航空，通过法兰克福转机飞巴黎。我之前告诉埃莱娜我朋友公寓的电话号码，我到巴黎不久她就打给我，问第二天下午可否到我这儿喝茶，我当然说可以。她告诉我，西尔薇一直在等我的电话，好告诉我告别仪式和葬礼的信息，还有葬礼前后几个私人聚会的邀请。埃莱娜提醒我："你第一次见她一定要称她德·波伏娃女士，因为她现在是西蒙娜合法的养女和财产继承人。之后你可以称她西尔薇，但第一次一定要表示尊敬。"我通过电话联络西尔薇的时候遵照这个礼节，第一次见她也是如此，然后就恢复到我们平常的称呼方式，西尔薇和戴尔德丽。

告别仪式安排在4月19日那个周五。波伏娃的棺材放在科尚医院一个阴森的小房间，旁边就是休息室。我记得现场是水泥地，没有装饰——棺材旁边没有花，只放了几把椅子，供年老体弱者使用。埃莱娜的丈夫利昂内尔·德·鲁莱坐在一张椅子上。他因为内耳问题引起眩晕做了手术，还在恢复期，很虚弱，害怕摔倒。他的妻子疲惫瘦弱，但没有坐下，而是站在他身边随时准备迎接应邀参与这个私人时刻的朋友。我向西尔薇问好，然后走向博斯特，"他看起来像个梦游者。所有人都在。我认识的四位部长：雅克·兰、洛朗·法比尤斯、伊薇特·鲁迪和利昂内尔·若斯潘。我看到伊丽莎白·德·丰特奈和克洛迪娜·塞尔，屋里有很多人我都认识。"

"西蒙娜·德·波伏娃看起来肿胀发黄。头上包着那块红色的破布（我这样称她的包头巾），穿着（这时候）看起来破破烂烂的红袍子。他们把她的头垫高，使她出现生前没有的双下巴。她脸上还有刚出现的癣或者开放性溃疡似的东西。埃莱娜说，她看起来仿佛睡着了，但我觉得她看起来很糟。对我来说，最难的时刻出现在我们排着队从棺材前面走过：我们做最后告别的同时，几个看起来公事公办的法国小男人动静很大煞有介事地拧上巨大的螺丝，以便合上棺材。"

告别仪式后聚集起一支送葬的队伍。利昂内尔去了朋友家，因为身体过于虚弱去不了蒙巴纳斯公墓。西蒙娜将在那里和萨特合葬，共用一块墓碑。埃莱娜乘轿车过去，同车的有两位表亲让娜和马格德莱娜、不羁的儿时朋友热拉尔迪娜（热热）·帕尔多，还有给她很大帮助的年轻女权主义者克洛迪娜·蒙泰伊。我们其他人步行前往。玛丽-克莱尔·帕基耶走过来与我同行，热纳维耶芙·弗雷斯和玛塞勒·马里尼也是一样——马里尼的丈夫最近刚刚死于癌症。我们这个小群体还有大家共同的美国朋友朱迪·弗里德兰德和出版人弗朗索瓦丝·帕基耶。

有这么多人同行，我体会到一种强烈的归属感。队伍里有推婴儿车的年轻妈妈。一个爸爸把蹒跚学步的孩子扛在肩头，说她还太小，不明白这个场合，但她长大一些以后他会告诉她，她参加过一位伟大女士的葬礼。队伍中有穿着鲜艳民族服装的非洲男女，其中一群妇女说是来自几个非洲国家，她们举着旗子宣布自己是西蒙娜·德·波伏娃的女儿。还有一些中年女性，衣着打扮是我所说的"破旧学术风"，长发，戴小圆眼镜，骄傲地宣布曾在1968年学生起义中与萨特和波伏娃并肩战斗。队伍里有名人，比如曾经和波伏娃一起参加女权主义抗议的女演员德尔菲娜·塞里格；还有一位演员，我的法国朋友说"你总能见到但永远记不住名字的著名演员之一"。克洛德·朗兹曼和克洛迪娜·塞尔与律师兼摄影师吉塞勒·哈利米争执了几句，认为她拍照太有侵略性。

一场争吵打断我们的遐思，把悲哀的表情变成笑容和笑声。一位不停摁喇叭的出租车司机被要求保持安静，以示敬意，因为这是一位重要女性的葬礼。得知死者是西蒙娜·德·波伏娃以后，这位司机把车停好，加入我们这一小群人，跟我们手拉手，还说我们在某个时刻大概应该唱爱国歌曲。

送葬队伍沿着圣雅克街缓慢行进，因为人群都往灵车那个方向挤，估计有3000到5000人。大家都想触碰灵车，鲜花淹没了它。警察花好一阵工夫才腾出地方，让灵车通过。它缓缓穿过蒙巴纳斯，那是波伏娃住了一生的地方。最后，灵车开进蒙巴纳斯大街。多姆、菁英和圆顶咖啡馆的侍者都恭敬地立在门外，向这位他们提供过无数次餐饮服务的女性致敬。灵车蜿蜒而行，驶入埃德加－基内大街，经过萨特最后住过的公寓楼，最终来到墓地门前。人群太密集了，警察用扩音器大喊："继续往前走！"努力使人群腾出位置，让几辆车开进去，然后关上大门。年轻胆大者爬上高墙往里看，但其他人就都站在外面，尽管什么也看不见听不见。

"现场群情激动。朗兹曼朗读《物质的力量》和《告别的仪式》的结尾。我们都待在原地，公墓里，大门外——

时间仿佛停止。开始下雨,但没人想离开。"

最后,一小群人离开墓园,在盖伊-吕萨克街的一个公寓集合。1968年起义时,埃莱娜的朋友曾在那里为萨特和波伏娃提供住处。我们听到当年的故事:他们看着下面的学生把鹅卵石挖出来堆成路障并用作武器掷向当局,还有催泪弹如何气味刺鼻他们不得不紧闭窗户。埃莱娜让我和她、让娜、马格德莱娜还有热热坐在一起。她们抽泣着,间或给我讲她姐姐的故事,她深爱的姐姐不在了,她们担心她怎么面对。埃莱娜抓住我的胳膊悄悄说:"西蒙娜一直照顾我。现在我得自己照顾自己了。"我说不出安慰的话,只搂住她的肩。这个动作足够了,她靠着我,我们就那样待了很久。

天色渐晚,我筋疲力尽。晚上忆起那个时刻,我在日记里写道:"我突然深深动情,浑身颤抖,不停地流泪。我知道,自己得走了。我含泪拥抱埃莱娜和利昂内尔,向让娜和马格德莱娜保证,我今年晚些时候会再去一次梅里尼亚克。我们都同意,我们还要大笑,还要讲'西蒙娜和萨特的滑稽事'。"

我步行到卢森堡花园,找一家咖啡馆坐下,要一大杯法式咖啡,试图让自己放松。"终于一个人了,我可以思考这一天发生的事情。我试图看报纸,雨停了,几缕阳光透过云层,我喝着温暖的牛奶咖啡,感觉好些了。情绪控制住了。我坐车回到巴克圣日耳曼的公寓。"

回到公寓,我在给朋友们打电话的间隙吃了一顿清淡的晚饭,有水果和奶酪。这些朋友大多和我一起从医院走到墓地，那最后一段伤心的路。"我们似乎都需要谈谈大家共同的悲伤。玛丽-克莱尔·帕基耶告诉我，她在回家的路上'买了鲜花送给还活着的人——我自己'！我上床休息，睡得很沉。这一天终于结束了。"

接下来几天，我专心处理离开前的各种后续工作。我把西尔薇、博斯特和朗兹曼等人的葬礼印象加进来，并且和跟着送葬队伍行进的几位记者交流看法。我见了克洛德·库尔谢，波伏娃突然去世使他悲伤欲绝，以至于患上带状疱疹，不能参加葬礼。他无法接受亲爱的朋友已不在人世，我因此陷入一种奇怪的处境：在自己急需安慰的时候不得不去安慰别人。在这些工作之后，我打电话和西尔薇聊了几句，没有多说，只是确定下来，我可能还得再来一趟巴黎，跟她交换意见并做最后的事实核对。西尔薇让我等几个月再来，我说我可能要等到秋天。我当时没有告诉她，我还会做最后的努力，争取加入新素材，也就是最近这些事件可能揭示的情况，但我当然在下次来巴黎的时候会问她。

回到家，书在等着我。几个月来，只要有人问，我都说马上要写完了，尽管我不停地意识到有必要再"加一个话题"，或者"再加一个章节"。但是，最后一次巴黎之行，走在阴雨绵绵的街上，我突然惊醒：这本传记离完成还差得很远。我原本写的是一位积极从事写作生活的作家，一部鲜活的、呼吸着的、生机勃勃的记录，现在却不得不变成盖棺定论、不可改变的终极叙述。西蒙娜·德·波伏娃死了,她的经典也铸入永恒。她的人生需要另一个焦点和适当的结尾。

这时,我产生另一种想法,毫不夸张地说,这种想法让我喘不过气。"我不得不把这本该死的书从头到尾重写一遍,要用完全不同的东西来结尾。"

38

生活一如既往，总有办法干扰我制定的几乎每个计划或者日程。我在巴黎参加完波伏娃的葬礼，一回到家就发现无数关于她的约稿，根本写不完。伊莱恩·马克森让我尽可能多写，因为这些都是权威出版物，对即将面世的传记是绝佳的宣传。若干学术期刊也约我写波伏娃，以及贝克特——后一个要求让我烦躁。我当时不愿去想贝克特或者《贝克特传》，除非理清自己关于波伏娃的所有想法和观点，还有对她去世这件事的反应——让我惊讶和担心的是，我的反应太过情绪化。从1986年4月底直到9月初，在完成其他写作任务之余，我断断续续地写这本书。接下来一年，我的日历排满邀请，比如在马里兰某大学主持一整天的贝克特研讨会，在哈佛大学的欧洲研究中心与萨特最新的传记作者安妮·科昂-索拉尔一起聊一聊波伏娃。这些邀请我都接受了，不仅是为在出书前激发读者的兴趣，也是为晋升正教授准备相应的评审资质。

我写《波伏娃传》用的是自己的第一台电脑，一台又大又重又贵的 IBM，只有 64KB。最开始用的系统是 WordStar，9 年后写完的时候，用的是 WordPerfect。如今，Windows 每隔一天都要更新，给我的写作生活捣乱。我哀悼 WordPerfect，那款软件真是名副其实。我还有一个 10MB 的外接硬盘，因为这本书有七八版草稿，用掉全部电脑内存。我信不过电脑，每天都把写的东西全存进软盘并且打印出来。孩子们把我称作友好的本地妄想症患者，因为我总担心不经意删掉或者用其他办法毁掉自己写的东西。我的一些作家朋友比我还夸张，把打印出来的书稿放进冰箱或冰柜，以防住处着火。但是，等到书写完的时候，我有一个 7 层的书柜，装满用不同颜色标记的文件夹，显示每次修改的是第几稿。我把色谱过了一遍：从米色、黄色、橘色、红色、蓝色到绿色，绿色是我最喜欢的颜色，我以为它会是最后一种颜色。现在我却得再次改写，可以用的只剩下紫色了，这种悲伤的颜色似乎很合适。

我至今仍然对付不了电脑提供的所有复杂的可能性，但从一开始就爱上用电脑写作。用打字机的时候，我刚写好一个句子，就想到 3 种可能更好的表达方法。多少沓纸都牺牲了，直到电脑解放了我，使我尽情发挥想象力去创造一个个句子，然后剪切、粘贴、调整语序，直到这句话完全就是我希望的样子。当时的几段笔记显示我如何在写作过程中苦苦纠结：

6/25: 今天我把第七章的前 6 页用 3 种不同方式写了 3 遍。或许我试图放进太多历史知识和历史记录了。或许我就应该继续写人生。

6/26：我陷在细节里出不来了，但最好都写下来，不管是不是华丽夸张的文字。我可以最后再决定删什么。

7/22：包括修改的内容，我想我可以留下15页。我似乎对波伏娃以及她和女性的关系有很多表态。需要融进适当的地方。

7/30：兴奋是短暂的。有太多东西不知该放哪儿。必须想办法交织，分散，让所有内容和谐一致。太难了。

费城那个闷热的夏天就是这么度过的。写作进展缓慢，书房里那台我称作"B29轰炸机"的老空调每天隆隆作响，吵得要死。我决定换换脑子，放下书稿，尝试一点新东西。我先把波伏娃的信输入电脑，看看有没有什么可以独立探究的点。如果能根据信里的某个内容独立写一段，我的写作或许能借此恢复动力。我在"8/13"的标题后面写道："把波伏娃给我的信都输入电脑。信很感人。基于现在对她的了解，我可以看出她的态度如何发展变化：她越来越喜欢我，也越来越信任我的工作。认识到这一点，传记很难继续，因为她去世以后，传记的性质有很大改变。我打算保持原样，最初写的基本不动，然后在前言里设法解释为什么这么写，作为某种批判性的'方法解释'。不过，这还有待确定。"等到9月，我终于明确调整文本面临的主要问题："难的是，现在我必须在书的开始部分加入这么多不同的概念和观点，勾勒人格的发展脉络，这样才能解释她日后的行为，尤其涉及她的著作如何纳入她的人生。"

这是显而易见的结论，但我花好长时间才弄明白。取得这个突破，我感觉好极了，因为紧接着"我就写了大概

10页，一直写到她结识萨特，我把这段放在一章的中间，波澜不惊，自然而然，因为事实就是如此——两个注意到彼此的学生终于见面"。

在这之后，一切进展顺利，我觉得已经基本定稿，可以在10月初最后去一趟法国。很长时间以来，冯第一次可以跟我同行，我们期待在我工作之余安排一些私人时刻。一年来我们都忙于工作，觉得有必要放慢节奏，关注双方的关系。我尤其意识到自己缺席家庭生活，不仅对丈夫和孩子如此——尽管孩子们都已经长大，独立生活——对弟弟妹妹也如此，我一直和他们很亲。我母亲准备从心脏病重症监护护士的岗位退休，计划搬到加州住在我弟弟附近。这次搬家有很多决定涉及我全家，我觉得自己应该参与却没能参与。

可是，出发前夜，当我关掉电脑电源，关上书房的门，那种因为放弃产生的内疚却无关私人生活，而完全源自工作。我仍然在我那一辈女性面临的两难里挣扎：一边是家庭，另一边是职业，总觉得专注一边就等于严重忽略另一边。随着书稿的修改推向深入，我开始更有意识地通过自己的视角看待写作对象。波伏娃在一生中如何努力避免这样的疑虑和冲突？她如何全心专注于职业生活？也许她并非如此？我还没弄明白。

我第一次（也是最后一次）害怕去巴黎，这个我一直热爱的城市现在却引起"那么深的凄凉和失落。太糟糕了"。

我的焦虑因为巴黎发生一轮恐怖袭击而雪上加霜：政府要求所有旅客申请签证。9月底，反常的持续热浪席卷整个东岸，冯和我却不得不前往纽约，在总领馆外面排3个小时的队。签证官往护照上加盖签证时问我出行缘由，听到我的回答，他说"节哀顺变"。

旅行途中安保严密，这在今天司空见惯，当时却很不寻常。在奥利机场落地后，我们看到"穿警服的法国年轻人神情紧张，手持乌兹冲锋枪。等行李的时候，砰的一声响彻机场，所有人都吓得一激灵，以为是炸弹。然后都不好意思地笑了。一切都如此不同"。

10月份那次租的公寓在我们热爱的蒙巴纳斯，雷耶路。房间敞亮，俯瞰水库，窗外是绿色的田野，感觉仿佛住在乡村。我们穿过蒙苏里公园，想起那些老头如何点头赞许，孩子们跑过去很久，爸爸才慢慢跑过来。我们又去阿莱西亚街的小市场，那里的店员当年曾像欢迎老街坊一样欢迎我们。我们还经过那家面包店，"夫人"曾经随时向我们提供黄油涨价的最新信息。我们发现，一切都变了：那群老头不在公园，小市场变成大超市，原来是面包店的地方在建一幢巨型公寓楼。所有和幸福时光相关的有形东西都不见了，留下的只有记忆。

这次巴黎之行我还有一点档案工作。波伏娃去世后，几部电影和电视纪录片都赶工完成，我得去西蒙娜·德·波伏娃中心看这些片子，因为在别的地方看不到。这里，我遇到官僚机构的重重障碍，直到我好不容易说服负责人，让他们知道我在巴黎时间有限，才获准用整整一天看完这些片子。在军火库图书馆的档案馆就没这么幸运。一位研究戏剧的法国历史学家朋友发现波伏娃多年前的几次采访,内容有关她的戏剧创作和对她戏剧的有限兴趣。朋友觉得我应该看看这些资料,但我拿不准要把这些信息放在传记的哪个位置,所以希望把复印件带回家慢慢消化。但是,档案馆不允许复印,我只好花几天时间用铅笔疯狂抄写。每天晚上都得冰敷肿起来的手腕,不然根本别想拿起叉子吃饭。

但是,最重要的约会是跟西尔薇。她说在波伏娃的公寓见面。我知道自己需要鼓起勇气才能迈入舍尔歇街11号。那些金色的沙发和像珠宝一样的小椅子还在,贾科梅蒂设计的灯具和摆在架子上的枯枝似的小雕塑也在——架子下面就是波伏娃一直坐的位置。萨特的石膏手模仍然摆在房间正中央的桌子上。装着水笔的小碟和小记事本仍然放在咖啡桌上。但是,那个让一切如此生机盎然的女性却不在了。我怎么面对?

西尔薇让我傍晚来,那时候她才能结束一天的教学。天色暗下来,她还没开灯。我起初觉得她"盛气凌人,甚至蛮横无理"。她让我打开录音机以后,这种态度更是变本加厉。她说了将近一个小时,诋毁波伏娃生命中的每个人,尤其是埃莱娜。骂完以后,她提议我们下次在她的公寓见面,因为她要把波伏娃这里的所有东西都搬走卖掉。她还告诉我,她准备出版波伏娃给萨特的信,"很多人都不会高兴的"。我直接问她这些不高兴的人是谁,她没有回答。但是,我读过那些信,猜到会是哪些人。西尔薇想必不会出版那些最伤人的信，她一定不会出版如此尴尬残忍的东西来伤害那些人，他们唯一的罪过就是爱西蒙娜·德·波伏娃。令人遗憾的是，书出版以后，事实证明我错了。西尔薇把波伏娃对妹妹作为已婚女性的人生选择和作为画家的职业能力发表的既严苛又残酷的评价公之于众。读到这些，埃莱娜备受打击，这种痛苦持续终生。

那次见面，虽然开始时西尔薇充满负面情绪，结束时的气氛却相当友好。谈完话，她从冰箱里拿出一瓶没开封的威士忌，说"照老规矩"，我们必须喝一杯，"这回不加水"。这时我知道我们处得不错。我让她放松下来，因为我问的问题主要都为澄清日期和事件，属于基本的事实核查，我也没逼迫她回答打算如何处置那些严苛的信件。没有什么情况引发不满或争执。她似乎惊讶于我的知识之深以及某些观点之复杂，因为她不止一次暗讽，一个美国人对法国的事物有如此洞见是多么不同寻常。我只笑笑，假装对这种恭维表示感谢。

她让我给她两天时间收集一些她知道我没见过的资料，因为它们最近才从舍尔歇街的地下室被发掘出来，包括粉丝、仰慕者以及在波伏娃生命里扮演过不重要角色的人写来的信。有些很有趣，但大多数内容我已经知道了。还有几个笔记本我没见过，是波伏娃教书那些年积累起来的，都是教学材料，不是她的写作或思考。这些文件里没有我想要找的东西，比如有关莱布尼茨的论文，或者她小说的手稿。但是，看到这些东西也很高兴，因为它们证实波伏娃在采访中告诉我的一切：她没有任何隐瞒，如果传记在她去世前出版，不会出现任何意外或矛盾，不会有东西证明我写的不对。让我觉得讽刺的是，她的去世在很多方面可以让我松口气。读到这些文件，我再次证实，没人能告诉我任何新东西了，也就是说，我的主要研究确实已经完成。

我又见了几次西尔薇，把她的话录下来并做大量笔记。等到分别的时候，我从她那里得到无限许可，可以援引她拥有版权的一切资料，使用我想使用的一切照片。她同意履行我和波伏娃合作时达成的条件，不给我设置任何障碍。一切都进展顺利，尽管未来几天有和丈夫出去消遣的机会，我脑子里想的却只有回家，回到书房，打开电脑，写我的稿子。这时，西尔薇给我出了一个意外的难题。

我告诉她，我想在第二年春天以前结束修改，把书写完。她却坚持让我2月份再来一趟巴黎，因为到那时她肯定能在舍尔歇街的地下室发现"别的东西"。尽管波伏娃反复告诉我，没有她写作的手稿了（战争期间，她妈妈不得不用纸来盖果酱和果冻的罐子），我总还抱着希望，期待她漏过了什么。希望一直在我心里：如果发现《名士风流》或者《女宾》的手稿，那将是怎样的意外胜利……好的，我对西尔薇说，我2月份再来，尽管我不知道自己有没有时间或钱。

我刚花了一大笔钱给西蒙娜·德·波伏娃中心使用他们的版权图片，又给一位法国研究生开出一张高额支票——此人声称花数小时挖掘鲜为人知的出版物，结果一无所获。当然，还有这次旅行和租车去南方见波伏娃表亲的费用。我想象剩下的奖学金变成美元符号在空中蒸发，就像头顶悬浮的卡通泡泡。尽管如此，我身处巴黎，应该充分利用这个机会。

冯和我开始作为游客在巴黎的奇遇，我们有一点时间在右岸逛街，只看不买。我永远忘不了日本相扑队从爱马仕鱼贯而出的场面：一群胖大的男人穿着蓝白相间的和服，鲜艳的橙色购物袋点缀其间，都装着奢侈品。我们至今还哀叹，那天把沉重的尼康相机留在家，而只能靠记忆留住这个场面。我们花一天时间在卢瓦尔河城堡区漫步，再花一天探索诺曼底，再一天逛蒙圣米歇尔湾。根据行程，接下来我们应该去戈克斯维莱见埃莱娜，但是利昂内尔·德·鲁莱又住院做另一个手术，她因为担心和整日陪护筋疲力尽。我们因此改变行程，直接去法国西南部的于泽什拜访波伏娃的两个表亲马格德莱娜和让娜，她们分别住在拉格里耶尔和梅里尼亚克。

这是我们第二次去拜访波伏娃这两位年事已高的表亲，却是我们第一次住她们家。我们的第一站是圣日耳曼－莱贝勒村，马格德莱娜·芒蒂·德·毕肖普的家族庄园。这幢大宅在拉格里耶尔，多年前就已售出，现在是"尼斯一个有钱人的财产"，但芒蒂家族保留庄园的某些土地，马格德莱娜结婚时搬入那里的一幢房子。她在丧偶以后给自己新盖一幢小些的房子，让女儿一家继续住她从小一直居住的大房子。我们和马格德莱娜一起住她的小房子，拜访她女儿阿涅斯、阿涅斯的丈夫让和伊莎贝尔——他们有3个女儿,伊莎贝尔是唯一住在家里的。这次访问全程都很愉快。80岁的马格德莱娜精力充沛,对生活满怀热情。她那十几岁的孝顺外孙女对我说,和外祖母一起过一天,她总会精疲力竭,早早上床,而外祖母却熬夜阅读,直到地方电视台停止广播。

那几天,我们似乎无时无刻不在吃东西:早餐跟马格德莱娜大吃一顿,十点多再和她喝咖啡,然后是阿涅斯和伊莎贝尔准备的丰盛午餐,接下来跟阿涅斯和让一起喝下午茶,最后和马格德莱娜共进(谢天谢地)简单的晚餐。在这中间,我们在院子里溜达,一路听马格德莱娜详细讲解看到的一切。城堡那个塔形的建筑是鸽楼,萨特没打招呼不邀自来的时候,马格德莱娜就把他藏在那里。城堡的后门通向厨房,她偷偷把面包和奶酪藏在围裙里拿给萨特吃。看那边,西蒙娜就是沿着那条小路溜出梅里尼亚克跑到鸽楼跟他过夜。这些地方我第一次来的时候都见过,但来去匆匆,虽然做了很多笔记,却没留下深刻印象。现在,不慌不忙地再看一遍,听马格德莱娜讲波伏娃和萨特早年的故事,不由得把我又带回到那些时刻。我告诉马格德莱娜,我可以清晰地想象那些岁月,他们之间是纯粹的求知欲,她哈哈大笑说:"没错,但也是纯粹的肉欲。"

周日早晨,我们准备去梅里尼亚克,那里住着波伏娃另一个表亲、她少女时代的玩伴让娜·德·波伏娃·多里亚克。埃莱娜和马格德莱娜反复告诉我们,多里亚克夫人跟她们很像,但也有很大不同。她俩都明确知道自己想怎么生活,让娜也是。她希望早早结婚生子(她有9个孩子），成为管理家族财产的女主人。她得到自己想要的，生活得满意，按照自己的方式，自己说了算。让娜比她的两个表亲正式得多，自我介绍永远是多里亚克夫人。她们说，我们也得这样称呼她。两个表亲都很爱让娜，但也温和地调侃她那些布尔乔亚的礼数，建议我们如何在她的周日午餐上表现得体。我们跟马格德莱娜作别的时候，她嘱咐我们一定要在小镇的花店停下，给女主人买一束雅致的鲜花，而且要在12点半准时到达。我们打电话给埃莱娜，向她通报旅行的最新情况并且转述这些指令。她笑着说，在利昂内尔的病床边忧心忡忡守了一天，我们的电话是唯一让她开心的事。

我们准点到达梅里尼亚克，心情惶恐。尽管场面正式，桌上的餐具也尽善尽美，现场却无比欢乐。多里亚克夫人风度迷人，亲切和蔼，她9个成年子女中有几位（以及他们的子女）也在场，用两种语言热烈地交谈，因为有些人希望练习他们已经相当厉害的英语。我们入迷地听着有关西蒙娜的搞笑故事，以至于大概没有足够留心多里亚克夫人对一桌子精美食物的介绍，它们几乎都在庄园里生长或种植。

饭后，她带领我们看房子里的很多变化，那些地方已经不再是西蒙娜儿时的样子。比如，她的卧室改造成浴室。尽管内里有很多改变，外面以及某些正式的房间仍然和波伏娃在回忆录里描述的一模一样。为准备这次拜访，冯事先重读《端方淑女》。他咧嘴笑着对我说，我们一走进这幢房子，就可以想象她在那里的样子。后来，我们看到厨房

（与西蒙娜年轻时相比只略微改造过），那是所有女人聚在一起八卦、做饭的地方。我们被陪同来到窗户旁边的一个位置，去看一棵树：当年，西蒙娜常常四仰八叉地躺在那里，拒绝参与做罐头装罐头这些有损人格的活动："西蒙娜宁愿把头埋在书里，她父亲常常数落她，她母亲则从厨房窗户里瞪着她。"那个周末，一切都鲜活起来，我希望自己笔下涉及这些岁月的章节也能再现这样的活力。

坐车回巴黎的路上，我满脑子都是各种想法以及需要的改写。我在冯开车的时候写满几个小记事本，回程的飞机上又写了几本。回到书房，我看着书架上那些彩色的牛皮纸夹，尤其对着绿色的微笑，它们原本是用来放终稿的。但是，读着自己从波伏娃去世以后做的笔记，喜悦却变成恐惧。每翻一页，我都意识到，这些笔记写的是她也是我。它们是我的想法，我的反应，我的感情。我怎么把这堆乱麻融入她的传记？这毕竟是她的人生，我该怎么收尾？

39

我显然需要启用一套不同的文件夹,就马上去买。没用过的只剩下紫色,于是绿色让位给紫色,这就成为终稿的颜色。买回这些文件夹,想到又得从头开始,我绝望地坐在那儿盯着它们发呆。

然后,我的思绪转向贝克特。在巴黎逗留期间,我一直努力不去想他,知道大概不会在街上遇见他,因为他年事已高,身体虚弱,很少出门。我呆坐在书房,回想当年给他写传记的经过,回想跟他合作有多么不同——想这些事情用掉的时间比我愿意承认的还多。我们每次会面都很正式。他或许认为只是"两个朋友聊聊天";但是,每次见面,贝克特先生和贝尔夫人彼此都客客气气。这种正式创造出距离,距离为客观创造条件,因此我下笔的时候甚至不必考虑这一点。

1987年10月的一个傍晚,我正琢磨怎么能用类似的客观写波伏娃,电话响了,一位同事问我有没有听说贝克特去世的消息。跟听说波伏娃去世不同,我的反应很平静。

那是互联网出现以前的时代，我谢了她，挂上电话，镇静地打电话给巴黎的一个记者朋友。对方告诉我，不是，刚刚去世的著名作家不是贝克特，而是在瑞士洛桑的让·阿努伊。同事弄错了，我感到由衷的高兴，但思绪很快就转到专业问题上：《贝克特传》准备出新的平装版，谢天谢地我不用再重写结尾。我记得自己摇晃着肩膀，仿佛要理清思路，不知为何对他如此冷漠。

回头看，我觉得这是因为我们之间的正式距离，造成这种距离的更多在我而不在贝克特。是我有意为之。作为女性，我觉得别无选择，必须如此。我决心像专业学者一样行事，避免丝毫的不当行为，对贝克特和别人都是如此。这种态度在职业生涯中自然形成，始于我在《新闻周刊》当记者这第一份工作。

后来换另一份记者工作时，我从一位关心我的编辑那里学到，面对别人含沙射影地说我用性做交易来换取独家新闻，我不要"自作聪明"地反驳。我的桌上至今还摆着排字工用硬质材料铸成的两行打油诗："贝尔穿迷你，这可不合理。"我一直把它放在那里，提醒自己，从我跟萨缪尔·贝克特合作以来，女性已经走了多远。但是，20世纪70年代仍然是糟糕的旧时光。说到底，我以什么形象出现并不重要。对于职业女性，老男孩俱乐部的成员仍然想怎么写就怎么写。贝克特在爱尔兰读大学时的很多朋友都愉快地对我说，他们认为，他跟我合作的唯一原因就是对一个长相标致的姑娘、一个要写一部吹捧式传记的轻量级选手感兴趣。

80年代初，我开始写波伏娃的时候，这些态度开始改变。更大范围的妇女运动也是我个人斗争的写照。女性开始要求在历史中拿回自己的位置，要求在各行各业占据应有地位。西蒙娜·德·波伏娃是榜样。她一生都是各种明枪暗箭的目标，但始终专注写作事业。到她生命最后10年，世界各地的女权主义者都以她的坚韧为榜样。当她支持某些事业并加入抗议，她们也会追随她的脚步。事实上，她是女权斗士。我始终认为，倡导女权是她如此热情欢迎我的一个原因。她只希望有人能考虑她的全部著作。对她来说，个人的并不重要，她在意的只是确保她对当代文化的诸多贡献能得到后世的承认。

我承认，两位女权主义女性合作的时候更容易达成默契，而一位来自旧世界的绅士面对一个他不太了解的女人吐露秘密就没那么自然。这个问题我在开始写波伏娃以后参加的课程和讨论上有足够机会探讨。话题通常表述为"女性能够写男性（或者反过来）吗？"我通常跟一个写过某个女性的男性搭档。几乎每次，听众都同意，男性当然可以表现女性生存的本质，而女性写男性却是另一回事。我在这些讨论上的发言遇到的反应往好了说是怀疑，往坏里说是不屑。

此外，女性是否值得成为传记对象？这个更深刻也更令人不安的问题通常在表面下酝酿。哈佛欧洲研究中心杰出学者会议上，我受邀与安妮·科昂-索拉尔谈谈我们传记对象的政治活动。安妮做的不过是朗读或者总结她在《萨特传》里写过的段落，我却费好大力气准备。我的书将在几个月后出版，因此我提供的是当时很大程度上不为人知的有关波伏娃政治写作和政治观点的信息，明确按照观众中政客和政治学家（几乎全部为男性）的兴趣定制。我看到，很多人在我讲的时候不停地做笔记，因此期待出现热烈的问答环节。可是，对安妮提出的每个问题几乎都有关萨特的政治活动，而给我的每个问题几乎都有关西蒙娜·德·波伏娃的性生活。毫不夸张地说，我差点哭出来。

《贝克特传》显然不能作为《波伏娃传》的模板或榜样。我写完《贝克特传》的时候，他仍然活着，并且还在继续工作。我因此不会产生要把这本传记作为某种盖棺定论式文件的紧迫感。他还在写，每天也都有新事情发生。我一直认为，没有哪本传记享有绝对权威，没有哪本传记是解答一切的终极版本。它只能是一两代人觉得必要、有内容、令人愉悦的书。我认为，玛格丽特·阿特伍德说得对：每代人都需要自己的传记，因为当我们甚至不知道未来的时代会提出什么问题，怎么能傲慢地认为自己提供了一切答案？

所以，我对《贝克特传》的终极责任就是收集我能发现的每条信息并且按照自己的判断说出真相。我开玩笑说，我没办法写这么一句话："那天天气很好。"除非查阅了贝克特所在地区前后三周内出版的每张报纸上的天气报告。我说过，每个主动对我讲述贝克特故事的人，我都会再找如果不是5个至少也是3个人分别讲述同样的故事。这是贝克特的第一部传记，因此准确必须是基本要求。最重要的在于，这是他的人生，我在其中没有扮演任何角色，也没有理由在任何地方出现。

这个问题直接引向波伏娃：为什么在写她的时候，我却偏离这种视角那么远呢？当一位编辑联系我，请我为他编的一部传记写推荐语时，我找到了部分答案。那本传记是一位女性作家撰写的，讲述的也是一位女性的故事。那位作者当时很有名，她和那位编辑今天仍在合作，在这儿我就不透露他们名字了。编辑主动提出，我也许不喜欢这位作者的书，因为她的写作跟我很不一样。他说，我"非常小心，不把自己设为读者的障碍，而（他的这位作者）总是把自己放在中间。要理解她笔下的人物，你首先必须得让她告诉你有关她自己的一切，直到最后，她的情感和她的角色使你不堪重负，以至于你几乎看不到她写的是谁"。

想到会被放进这个类别，我的写作生命差点被吓死。我马上开始清除一切可能被理解为私人的、情绪化的观点，代之以没有任何感情色彩的文字，以至于通篇都干巴巴的。电脑屏幕上满眼都是修订，后来我才找到积极的节奏。就在我逐渐进入状态，把她的生命重新注入我的书，我的"其他生命"突然来干扰，使我不得不把书稿扔在一边大半年。

1987年，我拿到奖学金后的第二年已经过了不少时间，这笔奖学金使我得以离开大学，高高兴兴在家工作。有一天，我接到英语系主任的电话。他说，让那些正教授"感到难堪"的是，我得到那么多荣誉和奖励，却还没有被考虑晋升正教授。我的第一个反应是高兴：同事们如此看重我的贡献。但是，用一个多重隐喻：警示信号马上亮起。我离开学校快两年了，这种缺席从来不会让大学里的同事更喜欢你，而只会让他们嫉妒。尽管我拿着第二本书的优厚合同，我知道晋升申请可能被完全拒绝，至少是拖到出书以后，甚至是在书评以后。此外，准备晋升材料，包括列出自己的作品、讲座、给其他书写的书评和出席的各种专业场合；找学生写推荐信；列出我代表宾大参加的一系列公众活动；收集费城公共或非营利机构跟我以各种方式合作过的人士的证词——这一切都是耗时耗力，至少要花几个月。

我跟系主任第一次通电话时没有表达这些担忧，而是说，我意识到，我花时间准备好这份厚厚的卷宗以后，里面的材料最后可能都不会被考虑，因为最重要的第二本书还没出版。他说，这种情况绝对不会发生在我身上，事实上我甚至不需要提交全部书稿，因为反正没人有时间看。我为什么不选出"能体现这本书风味的几百页"交上去？我不情愿地同意了，但前提是他保证，晋升申请不会因为我没有提交第二本出版的书被拒。他反复向我保证，这绝对不会发生，"鉴于其他一切条件都这么突出"。

我花几乎5个月准备这份卷宗。在准备过程中，我的"妄想症"把朋友和家人（用我丈夫的话说）弄得"发疯"。我在1987年秋季学期开学时提交材料，对结果充满恐惧，急于恢复写作。书的前400页基本定稿，我认为它们表现出这本书的"风味"。正教授们有两个月时间看我的档案，投票定在11月13日，周五，下午4点半。到了那个时间，过了不到1小时，系主任打电话说，他们以7票反对2票赞成（几乎不到法定投票人数），决定拒绝在出书以前批准我晋升，因为这样符合我的"最佳利益"。他们说，没有多少好讨论的，因为我只提交了部分手稿。

我不得不让他再重复了一遍，才说得出话，抗议他之前已经承诺不会发生这种情况。他支支吾吾，含糊其词。与此同时，我脑海中浮现出《爱丽丝漫游奇境记》里白兔子坠入兔子洞的景象。他说个没完，前后矛盾，一通胡扯。我不断地重复，他已经承诺，拒绝的理由不会是只提交了部分书稿，现在他必须兑现诺言；如果他不重新召集会议并发起二次投票，下周一以前他就会收到我的辞职信。他窃笑着说，他知道这不会发生。我愤怒地在日记中记下他的原话："没人辞去终身教职，尤其是你。"对他——礼貌地——说再见是我的极限了，然后我把电话放回去，轻轻地。

过了一会儿，我丈夫回到家，发现我在书房写辞职信的草稿。我把信给他看，他说，他应该向我严肃地道歉："冯说，他之前以为我是妄想症，但他大错特错：'他们才是真的疯了。'"

这次所谓评审最让我抑郁的是，在那7张反对票里，4张出自女性正教授。令人遗憾，没有什么姐妹情。

没过多久，我申请被拒的事就作为小道消息在大学里传开。整个周末，我的电话响个不停。所有人都提到两个词：他们先是感到"震惊"，然后"气愤"。从大学的理事到其他院系的成员，从曾经为我写推荐材料的杰出校外学者到我那些困惑的学生，没人明白这是怎么回事。英语系唯一打来电话的就是系主任，他发出的信息越来越自相矛盾，是我见过的"事后掩盖"战术的绝佳例子之一。他说，我其他的都不用管，第二年再重新申请就行——但要交上全新的材料。下一次，他又说，我应该收回辞职信，在接下来的春季重新提交申请。他有一次说，如果书还没出，系里可能要等到校样出来以后；也可能不会，也许最好等到书付印以后；要不然等到书评出来以后。每次我都很坚决：他已经对我作出承诺，必须信守诺言。他竟然跑到学生办的报纸上发表声明。"这些声明让他摇头晃脑摆出一副义愤填膺的样子，让我看起来像个歇斯底里的神经病。我保持沉默但异常坚决。"

因为每个系都完全自主评审，院长或校长都没办法解决僵局。系主任被叫去解释时，他告诉他们，"当时的决定是不作决定，因为这符合'她的'最佳利益。"参加那次会议的人对我说，"他的话没一句能让人听明白。"我厌倦地总结道："是啊，没错。"另一个系的好友打电话提醒我，辞职决定后果严重。我认真听他体贴周到的劝说，告诉他我如何浪费大半年时间准备这次评审，我的书如何因为系里的政治斗争再次推迟。我说，我知道眼前的经济风险，但我真的不想再忍受这样的屈辱。最新的这一次超出我的忍耐限度。他的结论我也记在日记里："换句话说，你不想再忍气吞声了，他们也就别无选择，只能让你加入俱乐部。"

是的，我说，完全正确。我一直是家庭经济的重要贡献者，我得想办法替代每月的工资。但说这话的时候，我确实一点儿都不担心。虽然做了13年的教授，我一直保持着"自由职业者心态"，对重新开始即兴写作生活并不紧张。事实上，我期盼这种生活带来的自由。写完波伏娃的传记还得一年，出版过程再一年。这样算来，我的第二本书从开始到完成用去10年，从1980年到1990年。如果没有学校事务的干扰，我6年就可以完成，最多7年。我知道，从辞职开始，我就奔向陌生的新领域，但我从未回头。

每当有人问我是否怀念学术生涯，我总是说，有一样的确遗憾：没有拿到的退休金。但是，从那以后，我以客座教授或作家身份在美国大学和欧洲、澳大利亚等地的大学教学，这些经历都非常愉快。另外，用那么多不同方式看待自己感兴趣的学科，这种体验也是乐趣。我教过传记课，因为聪明的学生提出对这个文学类别的洞见而欣喜。我还帮几个学生出版受到好评的传记作品。这样的交流使人神清气爽：要知道，以前我有很多时候都是一个人关在书房，除了为发表写东西不干别的。让我特别开心的是，离开课堂总是能量满满，精神充实，而且知道这些体验不会被接下来系里的会议煞了风景。我始终不懂怎么玩学术政治，也意识到能摆脱这些并且有这么多年去做热爱的工作是多么幸运。

就这样，我又重新开始写传记。中间被一些任务打断，但这一回都是我愉快接受的任务，为需要的收入，也因为写作本身就是乐趣。我确立很好的写作节奏，对这个框架感到满意，每天都盼望从昨晚停止的地方重新开始。我的日记里有很多笔记,我跟其他传记作者交谈时腼腆地称其为"戴尔德丽·贝尔国别传记理论"。

想出这个"理论"或者"论点"之前,我被无数次问,给一个文化和社会跟自己截然不同的人写传记是什么感觉。我说,美国人会加极多的脚注,让你难以招架,因为他们要通过海量的信源让你相信他们的解释符合逻辑。他们拿出的都是大部头,炫耀自己做过的每项研究。英国人则不同,他们用极其讲究的散文讲述精彩的故事。可是,当读者寻找引用文献或参考资料时,他们却多半会被告知:要相信作者啊亲爱的读者。信源和引用文献常常少之又少。法国人则又和上面二者完全不同。他们会造出一个理论工具箱,如果必须把人物的生平砍得七零八落以适合工具箱,他们会欣然为之。我想起一位法国作家,他告诉我,一旦发现符合他论点的写作对象,他也要写一部传记。

正当我把这些想法顺利融入《波伏娃传》的终稿时,一个要求大修大改的"顿悟时刻"又出现了。我读过所有已经出版的萨特传记,突然对自己的书有一个惊人发现。仅比较两部,罗纳德·黑曼和安妮·科昂-索拉尔的,我写道:"他的似乎比她的更深思熟虑。她重新叙述人们已经了解的很多信息,他在很大程度上也是一样,只不过努力去解释这些信息。基本上,二者都接受已知的事实,并且重述萨特的写作。"接下来是我的顿悟:"有趣的是,二者都没给波伏娃多少空间。"

让我恐惧的是,在我的《波伏娃传》里,几乎每一页都有萨特,从他们初次见面直到她在他过世7年后也离开人世。他怎么能如此神不知鬼不觉地深入波伏娃的生活，为什么有这样的不平衡？英国批评家彼得·康拉德在评论托马斯·德·昆西的传记时给我部分答案。彼得·康拉德借用约瑟夫·康拉德的说法称，德·昆西使自己成为有关他的任何书的"沉默的秘密分享者"。

我问自己："我对萨特也是如此吗？我把他深深织入她人生的经纬。"接下来我写道："如果我的目标是肯定她的人生和著作，我该怎么处理他呢!?!"

40

当我思考萨特在波伏娃生命里扮演的角色,纳尔逊·阿尔格伦重新占据写作的主要地位,写她和他的关系帮助我把萨特放在该放的地方。波伏娃写给阿尔格伦的信由俄亥俄州立大学买下。1987年底,我想抽时间去哥伦布读这些信,同时意识到已经答应西尔薇1988年2月回巴黎,去读她可能发现的信或手稿。新年过后,我震惊地收到一封"措辞严厉、歇斯底里"的信,不准我引用阿尔格伦的信,或者我之前已经读过的波伏娃和萨特的任何通信。"她的信凶狠恶毒,使人感觉屈辱,但同时也让我大松一口气,因为我2月份不必去巴黎了。更妙的是,现在我可以按照实情解释她和阿尔格伦的分手:令人心碎的失恋。"怎么写阿尔格伦的问题解决了,但是我那位"秘密的分享者"萨特的问题却得循序渐进才能解决。

西尔薇现在是波伏娃的合法继承人,想怎么做都行。如果愿意,她可以阻碍我出书,因为我跟波伏娃没有签订正式的合同或书面协议,规定相应的权利和许可。我写这本传记的方式和《贝克特传》一样：基于象征性的握手。在我天真的想象中，所有传记都是这么写的。等到开始写波伏娃的时候，我懂得多了一些，但仍然请求并得到这种非正式的信任。我很幸运，因为我继续把自己塑造为传记作者，而写传记我只知道这一种办法。

西尔薇完全了解我们这种非正式的安排，也知道波伏娃希望她能尊重这个安排。因此，当她开始拆解或销毁一切，从波伏娃的公寓到波伏娃和我以及我知道的其他几位作家和电影人达成的协议，就更使人难过。最后，她让步了，我得以按照我认为需要的方式写这本书。但是，直到今天，尽管俄亥俄州立大学保存的波伏娃写给纳尔逊·阿尔格伦的信被阅读、使用甚至在其他一些书里引用，西尔薇却始终不允许任何合法的学者或作家阅读阿尔格伦写给波伏娃的信，这些信都由她掌握。

我不理解她为什么坚持这种荒谬的立场，但我在1988年的主要感觉是释怀，因为不必亲自去见她，担心我的出现可能刺激她采取敌对行动。思前想后，我认为她的反复无常反而间接有益，因为这使我仔细思考如何刻画萨特和阿尔格伦。阿尔格伦那些信的内容加上萨特的信给我极大的自由去写波伏娃和这两个男人的关系，去写这两个男人。她和他们的通信可以用来佐证、核实和解释。这些信提供的背景信息涉及方方面面，从她和他们在某个给定时间身在何处，到他们告诉彼此自己在想什么，做什么，读什么，写什么。这些信成为确保我文本准确的又一个重要信源。

波伏娃的回忆录在很大程度上也是这样，我第一次读的时候根本想不到日后会给她写传记。初读之后,像其他很多女性一样,(借用波伏娃最喜欢的表达之一)我"被彻底征服"。回忆录里有太多内容,我认为和各个阶段的女性都相关,从笨手笨脚、爱看书、渴望摆脱沉闷家庭扩大视野的少女,到试图弄清人类关系的年轻姑娘,再到经历过生活和工作的成功和失败、基于自身选择冷静看待波伏娃各种选择的成熟女性。这四卷书有一种无畏的诚实。但是,当我开始写她,尤其是对最了解她的人做了那么多采访以后,我认为回忆录还有另一个方面需要探究和解释。

我在传记很多章节的较早版本中都赞扬她的坦率和直面一切的方式,无论面对的事情有多讨厌或多尴尬。现在,就像我之前写到的,我开始质疑她的逃避,质疑她在多大程度上从来不透露任何私人的东西。一个典型的例子就是,她对纳尔逊·阿尔格伦说,她在《美国纪行》一书里写到芝加哥时不把他放进故事里有多难。"我必须要找到一种不说出真相而说出真相的方法。"我认为,波伏娃回忆录令人遗憾地缺少这种私人元素,因为这才是真正定义她解释她的东西。波伏娃在她人生的文字版里告诉读者她去过哪里,做过什么,写过什么;但她讲述这一切不带任何感情,仿佛她是自己的观察者。仿佛她,那个叫西蒙娜·德·波伏娃的女人,是躲在作家波伏娃阴影中的秘密分享者。我知道自己需要探究她的逃避。我认为传记作者的任务是讲出她漏掉的东西,怎么样最好地做到这一点是不断出现在我脑海的问题。

回想跟波伏娃的很多次谈话,我有时会询问她回忆录里提到的某个事件或某次相遇，我的问题不可避免地归结为："是啊，但你那时候有什么感觉？"她的反应几乎永远不变：先是沉默，思考；然后可能是不耐烦地摇摇头，摆摆手，给出不屑的回答，类似于"就是这样，人生就是如此；无可奈何；最好接受现实"。我不肯放弃，试图再找个办法问那个关键的问题。"我已经告诉过你了。""透明卷帘门"啪的一声放下来。

所以，要由我来解释她生命中的许多方面。在这里，跟她最亲密的人的证词对我写的内容非常重要。她在回忆录里写到她和萨特的完美"契约"："我们的生活方式完全就是我们想要的样子，以至于仿佛是这种生活方式选择了我们。"我问，那么，为什么当她和萨特跟朋友以及他们的"家庭"成员在他们最喜欢的某个酒吧享受某个夜晚，她有时起身，独自坐到另一个桌子，灌好多酒，还控制不住地抽泣？朗兹曼、博斯特、彭塔力斯、普永和其他很多人都注意到这种行为，也对我讲过，说她如何突然哭起来，如何又突然止住哭泣，擦干眼泪，站起身，耸耸肩，回归人群，仿佛什么都没发生过。这种不快乐显然不是完美的画面。另外，波伏娃认为，她童年的一切都是阴暗的。我可以接受这些想法，关于她母亲和她那些姨妈穿的衣服，但她家的公寓却不是这样，而是阳光充足——因为我亲自见过那个地方，多亏现在的房主。我记得埃莱娜对我说："我姐姐就是这么认为的，你得允许她有自己的生活记忆。"为此，我苦苦思索如何在不把自己作为绝对权威嵌入文本的情况下解释这些矛盾。我把这种现象称作个人真相与历史

· 363 ·

现实的差距，并且决心给二者都找到位置。

我知道自己不打算写什么偶像传记；但是，我应该在多大程度上做她的鼓吹者，或者在多大程度上做她的揭发者？我苦思冥想如何才能找到适当的声音。我记得，有次在艾琳·沃德家吃饭，在座有几位杰出的传记作者，包括弗雷德里克·卡尔、肯尼思·西尔弗曼、卡萝尔·克莱因和梅纳德·所罗门，都曾参加她著名的传记研讨会。或许因为在吃饭，大家就随意聊着食物的比喻，最后总结说，传记作者的任务就是"刺激胃口，但不给吃饱"。我们一致认为，写文学传记的人应当让读者读完我们的书以后马上想看传记人物的作品，去阅读更多有关他们所处时代的东西。

我此后写的每本传记都遵循这句格言，但我在写有关《第二性》的章节时尤其关注这一点。全书只有这一章我还不能肯定是否按照我希望的方式进行。我没有提供作品概述，而写它的发展历史，从波伏娃最初产生写书的想法到她如何写书以及读者如何反应，尤其是它对美国读者产生什么影响。我甚至讲到动物学家 H.M. 帕什利那部一开始错误百出的英译本如何发展演变。我相当于在波伏娃的人生传记里写了有关这本书的小传记。我希望完整展现《第二性》引发的一系列反应，从敌意、愤怒、讽刺、贬损到新事物造成的震撼以及有共同焦虑和担忧的女性对它的认可。波伏娃给她们希望，因为她探讨她们面对的问题：如何处理私人的个人的领域，如何找到参与更大的公共世界的可能。每当有人请我去讲波伏娃的人生和著作，这一章仍然是引起最多兴趣的章节。它映照出对我所有传记的反应：有些人说，我的写作，最好（最不好）的一点就是，我从来不告诉读者应该怎么想，而是希望他们形成自己的观点。最引发这种分歧态度的就是有关《第二性》的那一章。

写作一旦变成我的唯一职业就进展顺利。到1988年中，我把书稿交给高峰出版社的吉姆·西尔贝曼。我感激他的坚持，他说我们不要仓促行事，要让书的外观和宣传体现出他说的内容的"优秀"。他没有赶在1989年下半年出书，而是决定等到1990年初。吉姆认为，大众读者在假期后度过最黑暗的冬夜，受到幽闭症的折腾，因此1月至3月对我这样的书来说再合适不过。

他完全正确，因为足够多的读者对一位"没人再关心的法国老太太"感兴趣，他们使它成为获奖畅销书，被译为多种语言，今天还在印。

吉姆选择伊琳·史密斯跟我合作，她卓越的职业生涯当时刚刚起步。从一开始审视每一行文字的时候，我们就不谋而合。截稿时间非常严格，因为伊琳肚子很大，怀着第一个孩子。我的书和她的儿子一同问世。我们每次都笑着忆起，她在当妈妈几小时前还在编辑最后一章。

进入出版程序以后，我有大半年时间思考自己写了什么。书稿离开作者变成一本书之前总有很多事情要做。选照片，写致谢。但我把最开始或许也最关键的部分留在最后：前言。《贝克特传》就是这样，《波伏娃传》和接下来写的每本书都是这样。把前言放在最后写，我就可以表达我认为读者在投入地阅读传记之前需要了解什么，告诉他们是什么吸引我去写这个人物，还有为什么我认为理解他或她的人生对领悟他或她的作品很重要。只在这个过程的最后我才能清晰表述这些貌似直接的答案。

我在会上发言或在课堂讲课的时候，人们经常要求我谈谈写传记的目标和意图。关于《波伏娃传》，我谈到如何努力写得生动，同时也找到必要的距离以保持客观。我一开始显然是作为波伏娃的铁杆拥护者，怀着偏爱，因为尊崇她的著作被她的人生吸引。我的任务是把这一点讲给读者，同时说服他们，我讲的人生故事是他们可以信任的版本。这使我思考这两本传记有什么共同之处，什么使二者各有特性，因此都不能作为其他传记的样板。

我觉得，认识这两位当代文化巨人并给他们作传是难以置信的荣耀。你可以说，因为贝克特，戏剧在《等待戈多》之后发生不可逆转的变化；因为波伏娃，当代女权主义运动被《第二性》点燃。在我与萨缪尔·贝克特合作的7年里，我常想，如果把我的经历写成戏，那么可能有两个极端：一个在惊悚片和正剧之间；另一个在奥斯卡·王尔德的风俗喜剧和费多的闹剧之间。跟西蒙娜·德·波伏娃打交道这些年，我惊叹于这个天主教小贵族家庭的女儿展现的勇气。她摆脱家庭，过不受社会束缚的自由生活，还写了一本书，日后使一半以上的人类改变生活方式。

我常对人说，传记作者不应对所写的人物怀有感情。然后我承认，我当然有感情，正面的感情，因为我（或者任何人）怎么可能在那么多年里日日夜夜跟某个无感的人一起度过？我的感情从崇拜和尊敬到真诚的喜欢，甚至是某种爱。我知道，有些传记作者不赞成甚至鄙视他们写的人，但我如果是这种态度就没办法写书。读者能感觉出来，也不会喜欢或尊敬这么一本书。写作的时候，我的任务是把感情放在一边，变成德斯蒙德·麦卡锡说的"宣誓的艺术家"。但是，写完以后，我可以自由说出自己的真实想法。就这两个人而言，一个词马上浮现在我的脑海：尊敬。我尊敬他们，我带着绝对的崇拜尊敬他们。

萨缪尔·贝克特和西蒙娜·德·波伏娃有清晰的远见，对自己行为的公正和自己写作的价值确定无疑。贝克特坚持说："除了写别的都不重要。"他一次次说："如果不在沉默中留下痕迹，我熬不过人生这可悲的困境。"西蒙娜·德·波伏娃拒绝听任自己变成纪念碑。她对于自己被称作法国的"怪杰"感到失望；但如果这种可疑的荣誉意味着她对后世产生影响，她愿意随它去。对我而言，贝克特和波伏娃都是榜样。我尊敬他们对当代文化和社会作出的贡献，谦卑地感激能认识他们。但是，我承认，需要多次修改才能滤掉自己的种种经验和狂热崇拜抵达目标：我希望自己写的是审慎低调的作品，记录两位作家的独创性和成就。

"伟人"传记大多要等到主人公去世后才出版。好在我当年决定写第一本传记的时候不知道这个惯例。那时候，我还是个鲁莽的年轻姑娘，以为自己要完成某种使命。写这两本书给我自己的生活带来那么多改变，它们影响到我的所有作品，从我刚刚起步直到成为今天的经验丰富的职业作家。贝克特和波伏娃无疑对我的热情感到满意，但他们大概也觉得我既好玩又烦人。

写这两部传记的前言时,我重温漫长调研岁月的时时刻刻,又经历许多情感上的波动。每次快写到终结都是恐惧和期待交织,几乎提不起勇气去写结尾的段落——当我挣扎着写这本书的结尾时,又再次体验到这种感觉。

我百感交集地回想起那种震惊的感觉:突然意识到一切结束了。7年时间,每一天都在想贝克特写贝克特,接下来10年换成波伏娃。这种生活终于结束。应该放下过去,开始另一种人生,我自己的人生。这在很长时间都比登天还难。我发现自己漫无目的地从一个房间走到另一个房间,或者一动不动地坐在桌前,有时突然流泪或抽泣,让我那几只心爱的斗牛犬陷入不安,它们把头放在我的膝盖上或者用爪子拍我的腿,想用表示关切的呜咽安慰我。过了一段时间,我知道该停止给厨房里的铜锅抛光了(我不写东西的时候它们总是锃光瓦亮,我写作顺利的时候则锈迹斑斑),让自己再次出发。

最近我在家也这么走来走去,因为写自己并非易事。我在写作生涯里始终小心翼翼,把自己放在所写的东西之外。我就是那个好奇的怪胎,那个揭示别人生活里种种私密事实却严格守护自己私事的作家。我揭示别人那么多,对自己的事却守口如瓶,这或许很不协调。但是,就像贝克特一样,我真心认为,自己"乏味无趣"。

在这些传记里,我需要回答的终极问题是:怎么概括一个人一生的成就?事实上,现在我也问自己:怎么结束这段重温人生某些最奇妙记忆的旅程?写这两本书的时候,我偶尔会翻翻我称作"伟人"作家的书，比如卢梭、伏尔泰、弗吉尼亚·沃尔夫、圣奥古斯丁、帕斯卡尔、詹姆斯·乔伊斯和蒙田。我总能在他们的书中找到一些适合我基本处境的语句，我习惯把他们的评论、警句或定义记在笔记本边上的空白：我写每个作家都有一个专门的笔记本。我想，结束这本书的最适当方式就是分享一些我觉得最有道理的话。

乔伊斯提供一个例子（他从福楼拜那里抄来的，不过没关系），我的一切写作都遵从这一点："艺术家，就像造物主一样，在他所造之物的里面，后面，外面或者上面，隐匿无形，不动感情地修剪着指甲。"（我确实让自己隐匿无形，但做不到不动感情，也没有咬指甲，只是撕指甲周围的倒刺。）帕斯卡尔的思考再合适不过，可以帮助我敞开心扉，把自己的经历付诸永恒的铅字。当他思索自己的生命如何"被之前已经在那里、之后即将延续下去的永恒……吞噬"，他"感到恐慌"。当我开始写传记，我像帕斯卡尔一样"惊愕地发现，自己在这里而非别处……谁把我送到这里来的？谁的命令和什么样的命运把此时此地指派给我"？这使我问自己，是什么使我认为萨缪尔·贝克特"需要"一本传记，而由我来写这本传记？至于是什么吸引我写波伏娃，圣奥古斯丁给出答案。我成了"自己的问题。我也并不完全明白自己"。卢梭给我希望，支撑我完成每一本传记，特别是这本自传回忆录："我的目标是展示一幅从各个角度都逼真的自画像。我刻画的人就是我自己。只有我自己。"

如果做到这一点，那么我就成功了，别无所求。

致　谢

这是那本我原以为永远抽不出时间写的书。所以，首先我想感谢我的家人和多年来一直敦促我动笔的朋友。艾琳·沃德是我先要感谢的人之一：这本书献给她，杰出的学者和作家，我的导师和朋友。20年前，我承诺写这本书作为她80岁的生日礼物。而今，让我痛惜的是，她已不在人世，不能接受这份礼物。

我的两个孩子，冯·斯科特和凯瑟琳·特蕾西（卡特妮）·贝尔，他们的成长岁月伴着我的传记冒险。他们是最有风度的伙伴，从小到大一直容忍我。现在他们都已成年，感谢他们极少对我的荒唐报以白眼。这么多年以来，他们的支持对我的意义无法用语言表达。我很高兴我们之间的这种亲密延续到下一代：我的外孙女伊莎贝尔·安娜·库尔特利斯对我说，我在塑造女权主义身份认同过程中的经历如何对她这代人有益。

我在2017—2018学年开始写这本书，当时我在康涅狄格大学人文学院拿到一笔奖学金。我难以表达对迈克尔·林奇院长和亚历克希丝·博伊兰副院长的感激之情，他们选中我参与这个杰出的项目，享受康涅狄格大学人文学院提供的融洽工作环境。和他们讨论他们的研究和写作极大地丰富了我自己的研究和写作。我还要感谢人文学院所有同事提供的慷慨建议和支持，尤其要感谢哈里·范德尔赫尔斯特、特蕾西·拉奈拉和艾丽西亚·拉瓜迪亚-洛比安科。我的后勤需求由乔-安·魏德·文谢尔满足，纳西娅·赛义迪耐心地指引我解决各种各样的电脑问题。

2018年3月，在康涅狄格大学工作的这一年接近尾声时，我摔了一跤，左腿胫骨和腓骨骨折。我在康复医院住了1个月，在家非负重状态休养1个月，之后又花10个月慢慢学习重新走路。我亲爱的妹妹琳达·兰金拿出整整6周时间做我的护士。我亲爱的朋友艾莉森·斯托克斯接替她又照顾我一周。我的孩子们陪伴我走过每一步，弟弟文森特和弟媳朱迪丝·巴尔托洛塔给我急需的情感支持。女婿尼科·库尔特利斯用源源不断的邮票和贺卡给我鼓劲儿。特蕾西·克拉奇菲尔德和辛西娅·斯科雷奇的看望帮我度过很多枯燥的住院时光。德博拉·亨德森负责我的采购和家庭杂务。托马斯·亨德森随时准备解决任何问题，电脑或其他问题。邻居们常来看我，给我加油鼓劲。我还要感谢琳达·德维奇诺、贾妮斯·艾森伯格、阿诺德·德梅约、加里和苏珊·图尔、阿琳·温特斯以及杰克·萨尔克曼。迈克尔·帕特里克·莱斯利博士用金属板和金属钉把我变成仿生女人，理疗师博赫丹娜（比莉）·萨苏拉克和温迪·诺维克帮我重新学会走路。塔拉·桑夫特医生给我很大的鼓舞。

朋友们的鲜花、电话和探望是我的救星,我感谢尼尔·鲍德温、泰德·博塔、帕特里夏·德马约、简·金尼·丹尼、沃尔特·多纳休、西奥多·伊滕、伊夫琳·戈特瓦尔茨-伊滕、戴安娜·雅各布斯、苏珊·芒格、唐纳德和戴安娜·彼得、莱昂和默娜·贝尔·罗切斯特,还有梅芙·斯莱文。

我要特别感谢悉妮·斯特恩,她毫不犹豫地热情加入我的各种历险,无论事关传记还是其他。玛丽昂·米德以可靠的建议和鼓励帮我克服暴露自己的恐惧。"女性书写女性生活研讨会"上的同事鼓舞我,作家协会委员会的同事们也是,这里我要特别感谢玛丽·拉森贝格尔和戴安娜·洛克菲勒。我在波伏娃这条"旁门左道"上的朋友和同行者玛丽·劳伦斯·泰斯特是任何作者能希望的最好的第一读者和第一编辑,我无法想象没有她的最先反馈就能交稿出书。我还感谢马克·莱伯格向我解释怎样写法律问题。传记作者、诗人罗斯玛丽·沙利文的谈话使我获益,她永远有值得追寻的主题或想法。我也永远忘不了,我刚开始写贝克特的时候,南希·麦克奈特的出现如何抚平我的焦虑。

我感谢富于远见的出版人娜恩·塔利斯,我这第三本书由她出版。我对丹尼尔·迈耶在编辑过程中的指引表示赞赏和尊敬。莉兹·杜瓦尔是出色的版权编辑。我还要感谢贝特·亚历山大、玛丽亚·卡雷拉、洛蕾恩·海兰、迈克尔·温莎。克丽斯廷·达尔不仅是我信任的经纪人,也尔·林奇院长和亚历克希丝·博伊兰副院长的感激之情，他们选中我参与这个杰出的项目，享受康涅狄格大学人文学院提供的融洽工作环境。和他们讨论他们的研究和写作极大地丰富了我自己的研究和写作。我还要感谢人文学院所有同事提供的慷慨建议和支持，尤其要感谢哈里·范德尔赫尔斯特、特蕾西·拉奈拉和艾丽西亚·拉瓜迪亚－洛比安科。我的后勤需求由乔－安·魏德·文谢尔满足，纳西娅·赛义迪耐心地指引我解决各种各样的电脑问题。

2018年3月，在康涅狄格大学工作的这一年接近尾声时，我摔了一跤，左腿胫骨和腓骨骨折。我在康复医院住了1个月，在家非负重状态休养1个月，之后又花10个月慢慢学习重新走路。我亲爱的妹妹琳达·兰金拿出整整6周时间做我的护士。我亲爱的朋友艾莉森·斯托克斯接替她又照顾我一周。我的孩子们陪伴我走过每一步，弟弟文森特和弟媳朱迪丝·巴尔托洛塔给我急需的情感支持。女婿尼科·库尔特利斯用源源不断的邮票和贺卡给我鼓劲儿。特蕾西·克拉奇菲尔德和辛西娅·斯科雷奇的看望帮我度过很多枯燥的住院时光。德博拉·亨德森负责我的采购和家庭杂务。托马斯·亨德森随时准备解决任何问题，电脑或其他问题。邻居们常来看我，给我加油鼓劲。我还要感谢琳达·德维奇诺、贾妮斯·艾森伯格、阿诺德·德梅约、加里和苏珊·图尔、阿琳·温特斯以及杰克·萨尔克曼。迈克尔·帕特里克·莱斯利博士用金属板和金属钉把我变成仿生女人，理疗师博赫丹娜（比莉）·萨苏拉克和温迪·诺维克帮我重新学会走路。塔拉·桑夫特医生给我很大的鼓舞。

朋友们的鲜花、电话和探望是我的救星，我感谢尼尔·鲍德温、泰德·博塔、帕特里夏·德马约、简·金尼·丹尼、沃尔特·多纳休、西奥多·伊滕、伊夫琳·戈特瓦尔茨-伊滕、戴安娜·雅各布斯、苏珊·芒格、唐纳德和戴安娜·彼得、莱昂和默娜·贝尔·罗切斯特，还有梅芙·斯莱文。

我要特别感谢悉妮·斯特恩，她毫不犹豫地热情加入我的各种历险，无论事关传记还是其他。玛丽昂·米德以可靠的建议和鼓励帮我克服暴露自己的恐惧。"女性书写女性生活研讨会"上的同事鼓舞我，作家协会委员会的同事们也是，这里我要特别感谢玛丽·拉森贝格尔和戴安娜·洛克菲勒。我在波伏娃这条"旁门左道"上的朋友和同行者玛丽·劳伦斯·泰斯特是任何作者能希望的最好的第一读者和第一编辑，我无法想象没有她的最先反馈就能交稿出书。我还感谢马克·莱伯格向我解释怎样写法律问题。传记作者、诗人罗斯玛丽·沙利文的谈话使我获益，她永远有值得追寻的主题或想法。我也永远忘不了，我刚开始写贝克特的时候，南希·麦克奈特的出现如何抚平我的焦虑。

我感谢富于远见的出版人娜恩·塔利斯，我这第三本书由她出版。我对丹尼尔·迈耶在编辑过程中的指引表示赞赏和尊敬。莉兹·杜瓦尔是出色的版权编辑。我还要感谢贝特·亚历山大、玛丽亚·卡雷拉、洛蕾恩·海兰、迈克尔·温莎。克丽斯廷·达尔不仅是我信任的经纪人，也通过分享断腿经历帮我坚持下来。我还感谢她的助手塔玛拉·卡马尔照顾我的各种需求和问题。

最重要的是，感谢萨缪尔·贝克特和西蒙娜·德·波伏娃允许我和他们共度将近 20 年的时光，给我机会写他们的人生和作品。这是一种荣耀，我将永怀感激。